QingChun HangBan
JinXingShi

青春航班进行时

谢波 —— 著

陕西师范大学出版总社

图书代号： WX19N0118

图书在版编目(CIP)数据

青春航班进行时/谢波著. —西安：陕西师范大学出版总社有限公司，2019.4
ISBN 978-7-5695-0581-8

Ⅰ.①青… Ⅱ.①谢… Ⅲ.①长篇小说—中国—当代 Ⅳ.①I247.5

中国版本图书馆CIP数据核字（2019）第032547号

青春航班进行时
QING CHUN HANG BAN JIN XING SHI

谢 波 著

出 版 人	刘东风
出版统筹	郭永新
责任编辑	舒 敏
责任校对	王淑燕
封面设计	ABOOK 酒至微
出版发行	陕西师范大学出版总社
	（西安市长安南路199号 邮编710062）
网 址	http://www.snupg.com
印 刷	陕西龙山海天艺术印务有限公司
开 本	889mm×1194mm 1/32
印 张	10
插 页	1
字 数	180千
版 次	2019年4月第1版
印 次	2019年4月第1次印刷
书 号	ISBN 978-7-5695-0581-8
定 价	39.80元

读者购书、书店添货或发现印刷装订问题，请与本公司营销部联系、调换。
电话：（029）85307864　85303629　传真：（029）85303879

目 录

01
毕业以后，
我们总要面对那些早九晚五的生活　　……001

02
人的一生会做无数个决定，
你并不知道哪个决定会改变你的一生　　……036

03
这场青春不会缺席的航班，
从遇见你们开始　　……051

04
就这样带着梦想
与北京这座谜一样的城市初次相拥　　……088

05
这世上有无数个航班，
偏偏你坐了我这趟，那么，很高兴认识你　　……111

06
生活从不会辜负努力奔跑的你　　……127

07
谢谢你以朋友的名义诠释了无私为大私　　……156

08
"闺蜜"是在我失利时拉我一把，　　……179
得利时为我拍手叫好

09
嫉妒，可以摧毁一个正值成长的年轻人　　……206

10
航班上的温暖与你的归来　　……235

11
祝君安好，此生幸福　　……253

12
请相信，你的意志力不会让你孤军奋战，
它会将未完成变成已完成　　……275

13
我试着接受这座城市给予我的幸福感与失落感并存，
幸好你还在　　……295

14
关于"这本书"　　……312

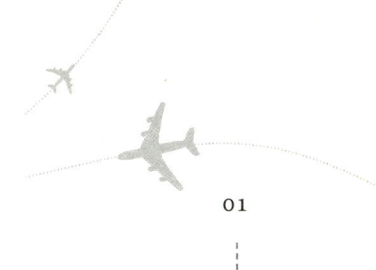

01

毕业以后,我们总要面对那些早九晚五的生活

顾一,北方姑娘。今年刚刚大学毕业,去深圳的一家银行工作。父母得知消息,血压顿时升高。顾一是独生女,父母希望她能在身边上学工作,毕竟在眼皮底下,看得见摸得着。但是,顾一高考后报志愿时,坚持要去外地。做父母的知道拦不住,只能选择妥协。最终达成的结果是离家不能超过一千公里。眼看顾一大学即将毕业,就要工作,父母满心欢喜漂泊在外思念着的风筝就要收线,可以回到眼前。不成想,线被扯长,顾一去了一个更远的地方——深圳。对父母来说,唯一的掌上明珠还没等到嫁人,就像颗人造卫星般消失在夜空中。你要说不在,她还有准确的位置;你要说在,又看不见。好在父母知道,让孩子早早独立在外闯荡,哪怕遭遇到一些困难、碰

壁，或许并不是坏事，只要她清楚是非对错，知道身后永远有一个疲惫后的港湾，可以让她累了随时休息、依靠，就够了。

以往去外地上学，在火车站见过太多次的难舍难分，体会过太多次与家人道别。两块钱的站台票摞成一打，顾妈妈都偷偷攒下来放在盒子里。每一张票都能拧出半桶泪水来。

讲实在的，顾一在那种场合从不敢哭得比顾妈还欢，一般都是迈出检票口瞬间在顾妈看不到的地方哭成一只狗熊。

顾一深知做父母的不容易，分别堪比上刑场。或许，看不见她哭哭啼啼闹着舍不得，父母心里能稍微好受些。

渐渐地，顾一习惯了这种模式也对分别有了自己的定义：每一次分别，都是为了更好地相聚，而更好地相聚来自于让亲人们看到自己不断强大与成长，只有这样，才对得起屡次阴雨天的挥手。

这次去深圳工作和读书不同，大学离家650公里，高铁3个小时就到了。而这次是相隔2800公里，往返万里之遥。如果乘坐火车，要一天半，就算是飞机也要4个小时才到达。这也就意味着：每个周末想吃顾妈做的排骨炖酸菜，买张票立马就能回家吃到的可能性，基本为零。

说不胆怯是假话，但这并不影响顾一对深圳这座被前辈画圈圈儿的城市的期待。

就这样在胆怯又期待的状态中，打包好了行李箱。这复杂心理对顾一而言，不算什么稀奇事儿，毕竟她是矛盾体综合症的头号粉丝。

中午的航班，一大早父母就起来，包了顾一最爱吃的香菇玉米馅儿饺子，硬是逼着顾一吃到实在咽不下去，临出家门，又在顾一背包里塞了两盘饺子。在父母眼里，体形圆滚滚的才最好看，说到苗条，那是在外生活艰难的表现。

"妈，别塞了，哎呀背不动了，让人看见会被笑话的！"顾一边说边往出拿，气得直跺脚。

"笑话什么！到了那边想吃我做的饺子，你都买不着！"

"现在超市里什么没有啊，妈。"顾一还在回绝着。

"超市里做的能一样吗？再说，超市里的饺子，那肉都不新鲜。"为了让顾一装下饺子，顾妈不惜污蔑全超市的食品。

"中午的飞机，到深圳那边都晚上了，没吃的，饿坏了怎么办？容易得胃病。""况且你这出远门带着饺子是交好运的意思，老人家的话不能不信！"

"飞机上有吃的！"顾一争辩着，但顾妈铿锵有力地把饺子又塞回了顾一的背包里。饺子战算是告一段落，显而易见，眼泪在眼圈内直打转的顾妈胜利了。

车上顾一听了一个半小时顾妈妈的唠叨叮嘱：

"到了那边可不能乱走，尤其是晚上你一个女孩子！"

"每天给我回个电话！"

003

"不要减什么肥,你又不胖,注意身体。"

"千万不能熬夜,别我一不在你身边你就熬夜玩手机,自己眼睛都400多度了!长点心,少戴那隐形眼镜!非戴的话就买日抛或者月抛的,可别戴发炎了!"

……

"钱不够了跟我和你爸说,一个人在外照顾好自己!"

说到这里,顾妈妈眼睛又激动地湿润起来。

"好啦,妈,知道了!我又不是第一次出家门,都成年了。我只是去外面探索一下新的事物,我知道家在哪儿。放心吧!"顾一用刚吃完饺子蘸醋味的嘴唇深切地亲了一口顾妈的右脸颊。

顾妈没来得及躲开,下意识用手擦了一下顾一带醋味儿的少女口红印。

"完了,这还没走呢,就开始嫌弃我了……哎。"顾一小声念叨。

顾妈眼里噙着泪水,不舍地看着已经长大,即将远离自己的女儿。

"妈,别难过了,等我混好了,买个大房子,把你和我爸接过去,我们一家都在深圳住。"

"你那点钱能不能养活自己都不知道,还接我们。找男朋友要看好,人品最重要。"

一路上,总有叮嘱不完的话。无论你多大,在父母心中都是个孩子。

顾爸顾妈拉着行李箱陪顾一办完登机牌,送到安检口,突然见对面跑来一女孩,临进安检又折回去带着哭腔抱紧顾妈身旁的一位中年女子。

"乖,到那边缺钱了和妈说,妈给你打过去,别舍不得吃穿。"中年女子摸了摸女孩儿的头,转过头睫毛膏晕了眼眶。

或许对父母而言,他们不能陪在身边,力所能及的就是物质方面让孩子过得舒坦些。

顾妈看见这一幕忍不住又要情景再现,顾爸赶忙把手搭在顾妈肩上,"好了,孩子都长大了,该过自己想过的人生了,"转过头来又对顾一做最后的叮咛,"这个社会,除了父母对你的好是无私的,不求回报的,没人会无缘无故地对你好。所以,接受别人的恩惠前,要想想人家是否有所图,你有什么回报的。有什么事先想清楚利害关系,行动不要比脑子快。"

"别随便相信别人,不要交浅言深,有你吃亏的。在外面少说话,多做事。"

父亲对孩子的爱或许没有母亲那样细微,但却巍峨。

"好啦,爸妈,你们女儿不会让你们失望的!"顾一用笃信的语气掩饰着心里的不舍。

看着顾一进了安检消失在人群中,顾爸才带着顾妈依依不舍地离开。这回,真的只剩下自己一个人了,顾一的心沉寂下来,走到登机口,看着成排的被无数心里落寞抑或是期许已久的人坐过的座椅,选了一个安静的角落,坐了下来。

顾一是乐观的,她对未来充满了美好的期待,要在深圳大展宏图,做出一番事业。她相信,这个世界是美好的,就像自己被老天选中,得到了深圳的这份银行工作一样。

当初,顾一在得到银行给的录用信时,多次幻想把自己的下半生交代给银行这个稳定的工作圈子。但事实是,她并不真正了解这个行业是否和她性格相匹配。

航班准点开始登机,顾一走进客舱找到42A坐了下来,是靠窗户的位置。不错,符合顾一心意。

打小无论是汽车火车出租车,顾一独爱靠窗的位置。她觉得太阳照进车厢,闭上眼感受阳光洒在脸上,会有种饱满的安全感。

"您好女士,您所在的座位是飞机的紧急出口座位,根据民航法规有关规定,正常情况下请您不要触碰您旁边的红色把手……"一位甜美清秀的空姐向顾一走来并做了紧急出口座位简介。

"好的,谢谢!"顾一睁大眼睛听着,随后礼貌地回应了这位"棉花糖"空姐。

伴着登机音乐完成了上客程序,顾一身旁坐下一对父女。

父亲看起来是个老实人,女儿状态略紧张地看着父亲问:"感觉好点儿了吗?以后少喝点酒,你这病平时就得多注意。"

父亲听起来喘气声音较沉重。

看到这情景,顾一心里微有内疚。自己从来没有和爸爸这么温柔地对过话。顾一习惯了和顾爸以兄弟相称。总觉得,腻歪的话羞涩于口。

空姐在客舱做着安全演示,绝大多数的旅客都在低头忙着自己的事情,没遇到危险,没人把安全当回事。顾一认真看着空姐做的安全演示,这些穿着漂亮制服的空姐,动作标准优美地演示着,顾一不禁对这份工作产生了向往。有些羡慕。

伴着正午十二点温暖的橘色阳光,飞机准点起飞。顾一的心也随着飞机浮动起来,她知道落地后,她的生活将迎来一个新的篇章,人生从此将要不同……

虽然早上吃了不少,但是折腾了一上午,又有点饿了,肚子开始咕咕叫了。顾一按了按肚子,等等,马上就有吃的了。

人生幸福法则之一即是:饿了有饭吃,醒来有爱人。

要求越简单,感受越幸福。

就在顾一翘首以盼开饭的时候,身边那位老实父亲右手紧紧捂住胸口,大汗淋漓,明显感觉到他呼吸困难。

他的女儿边疯狂地按呼唤铃寻求乘务人员的帮助,边带着哭腔喊:"爸,爸!你怎么了?!爸……"

前后几排的目光随着不间断的呼唤铃声音,移落到这对父女身上。

顾一第一次遇见这种情况,惊讶之余紧张又害怕,侧过身来看着,却不知道能做什么。

一名穿着与其他乘务员制服颜色不同的乘务员跑了过来,说:"我是本航班的乘务长,您好先生,您现在是哪里不舒服?有过病史吗?"

"我是他女儿,我爸刚在候机楼就有些心前区剧痛,大概痛了20分钟左右,以往没听他说过有这病,现在怎么办啊!"这位女子抓着乘务长的手眼泪噼里啪啦地砸在父亲的手上,这位父亲则已经痛得说不出话来。

"女士们,先生们,现在客舱有位旅客需要救助,如果您是医生或护士,请及时与客舱乘务员联系。"

客舱里传来一段广播,一位男士走到乘务员面前,表明自己的身份后,向这对父女走来。

"我判断这应该是心肌梗死,应该不是首次发作,至少病史两年了。"

"有硝酸甘油片吗?拿氧气瓶来!"医生吩咐着身边协助的乘务员,正是那位给顾一做紧急出口安全简介的"棉花糖"。

这位甜美的乘务员麻利地拿着应急医疗箱抱着氧气瓶向那位父亲跑来,医生给他舌下含服硝酸甘油后立即安排吸氧。

然而，在即将插入氧气管的那一刻，父亲倒在了地上！医生判断基本无意识。女儿的大叫引起了客舱四分之三的旅客关注。有的旅客甚至不嫌事大地跑来凑热闹围观。

"为了保持我们飞机的配载平衡，请大家尽快回座位上坐好，我们一定会尽力救助这位先生。"乘务长以温柔却有力量的声音要求旅客回到座位上。

旅客回到座位后，医生决定采取心肺复苏！从判断这位先生的生命体征到两名乘务员交替着为这位先生做人工呼吸。

这些，顾一全部都看在眼里。

紧张氛围持续了20分钟……这位父亲终于有了意识。

他睁开眼用微弱的声音向两位刚为他进行急救的乘务员说着谢谢。

大家都松了一口气，女儿连忙鞠躬道谢。

"没关系，这都是我们应该做的。让您父亲稍微安静休息一下，我给他换个宽敞人少的座位。"乘务长拍了拍那位姑娘。

顾一在这段呼吸接近凝聚的时间里，已经完全忘记了肚子饿这回事儿。

"很抱歉女士，由于刚刚对您身旁这位先生进行急救，忽略了您还没有用餐，我们为您准备了咖喱牛肉饭和意大利面，您看您需要哪一种？"

称她为"棉花糖"空姐真是再合适不过了,人美嘴甜心又细腻。

"意大利面就好了,谢谢,辛苦啦!"抬头45度顾一式微笑。

这时,一位身材苗条皮肤稚嫩颜如超模的姑娘从头等舱出来向顾一身旁这对父女走来……

"老先生,您去前面坐我的座位吧,宽敞又没什么人,可以好好休息。"

父亲和女儿连忙感谢,女儿搀着父亲去了头等舱。这位从头等舱来的姑娘就坐在了顾一身旁。

纵使这个世界乌烟瘴气到什么样子,终究好人比坏人多,善比恶更丰盈。

顾一正感叹于这世界的美好,"刚才吓到你了吧?"身旁这位心善人美的姑娘小声喃喃道。

"是,是啊……吓我一跳,可惜我没能帮上什么忙。"

"放心吧,她们都是经过专业培训的,空乘这个职业,不光是服务旅客,还包括紧急情况下的应对,关键时刻可以救旅客的命,不是大家口中的花瓶啦。"

"我心里正竖着大拇指呢!听起来你很了解这个职业呢。"顾一按捺不住的好奇心泛滥。

"我也是乘务员,她们是我的同事。"姑娘语气中散发着自豪。

"难怪,不过据说你们这行面试要求很严呢。"

顾一脑子里闪现自己的模架,身高一米七,体重一百,如果不吃眼前这顿意大利面,或许称到两位数99,黑色披肩长发,明眸皓齿是她一贯在熟人面前毫无吝啬地给自己贴下的标签。纵使这个明眸下面常年挂着舌头都能舔到的黑眼圈儿。

"还好啦,只要身体没有明显疤痕,身高一米六二以上可以试试的,况且你长得还这么仙姿佚貌,机会肯定比别人多呢!"

仙姿佚貌?这个词听得顾一心里直笑,有夸过她神经质的,却少见有人把这么唯美的四字成语安在她身上。但还是抑制住被夸的亢奋,假装淡定地直摆手说:"没有没有,像你一看就是在人群中被发现的,我?消失在人群中,哈哈哈。"

在外人面前,顾一可以把谦虚做到最高级。这要是被她那群发小称赞,她一定毫不掩盖真性情:"仙姿佚貌?是的你们说得没错,这都被你们发现了,真是不好意思,哈哈哈哈哈哈!"魔鬼笑声强壮又有力。

或许这世上和顾一相似的人很多,在外人面前端庄又客气,出门前确保衣装无污渍,嘴角无杂物。在家人面前却可以几天不洗头,攥一把,头油可以炒几盘菜。但即使真实的自己过于随性,在他们面前依然是个与众不同的人类。

"哦，还没来得及自我介绍，丁迈兮。"话音刚落，姑娘礼貌地伸出手表示友好，嘴角上扬，梨涡一深一浅，一刹那，简直美到爆。

有那么一种姑娘，给人以亲近感之余，热情大方，自带人民币属性。若是笑起来，连女孩子都会心动呢。

顾一正是那位被姑娘笑容吸引愣住三秒的女孩子。

"顾一，谢谢惠顾的顾，一二三四五六七的一。"

介绍完自己的名字，顾一差点儿把刚放进嘴里的一口意大利面笑喷出来。

也难怪，谢谢惠顾？什么鬼？顾一再一次坚信自己不是父母买洗衣粉送的，可能是买彩票刮出来的?

伴着两个人畅快的你一言我一语，这段看似陌生却是温暖，中间还夹着紧张至安心的"调味剂"航班，即将进入下降阶段。

"一一，你一个人去深圳是放假了去玩？"

要说女人还真是你们常人不懂的物种，只要不和彼此男朋友搭上不明色彩的边儿，分分钟都能聊得来。这不，一趟航班屁股都没坐热，一一都叫上了。

"不是啦，我刚收到银行的offer，来这边工作。"

"听说银行待遇很好呢，朝九晚五，休息期又很固定。"

"具体怎样怕是只有迈进大门才清楚。希望不会影响我的期望值咯!不过……我反倒觉得你们行业更有人生值得体验的价值感。"

这话说出来,绝不是顾一对迈分的礼貌性恭维。而是打记忆以来、首次一个人乘机,航班上发生的种种事情,让顾一觉得自己存在于这个阳光普照的人性下、也给予了她不同年龄阶段对生活的全新认知。

人,只有在有思想、有职业操守、有行动力的情况下,才谈得上"活着"这一庄严词语。

而活着的意义,除了体验那些你未曾体验过的美好外,还有日行一善,善莫大焉地行走着。

因而,顾一对空姐这份职业有了新的定义:"光环下的白衣天使。"

提前10分钟落地,机长大方地把稳、准体现在技术上。

下了飞机,顾一直接到了事先预定的快捷酒店住了下来,这一夜,在一个新的城市,一个全新的环境,顾一思绪万千,想着明天将要开始新的生活,准备大展才干,实现在机场离别前和顾爸顾妈说闯出一番天地的豪言。

七月的深圳,和北方大不同。

这里的夏天闷热,即便是清晨,没有火辣辣的太阳,也不凉快,与北方的这个季节相比,显得含蓄又婉转。像极了二十岁出头的娇羞姑娘。路边的木棉花绿叶成荫,成排的梧桐树下，人们的步伐急速又不缺活力。站到这里，看到的是一群年轻人对梦想的追求和满腔的热血沸腾。

没错，是青春的象征，热情奔放，充满着拼搏的干劲。

迈进银行的大堂，呈现在顾一眼前的是都市剧的画面感，每个人好像都在为工作忙碌、奔跑。不知未来带给顾一的是惊喜还是包袱。

"嗨！顾一，我是负责给你们办理入职的王琳达，叫我Linda就好了。"

Linda带顾一到会议室，推门进去看到的是另外三位和她一同被招进来的姑娘。

"好了，我们现在人齐了。大家来这里工作，试用期半年。我先和大家讲一下我们的要求，试用期间和正式员工一样，不得迟到、早退、旷工。服从管理，遵守公司的员工守则。试用期满后，表现好的，留下成为银行的正式员工，能不能留下来看你们的表现。支行的编制只有两个名额，其他人试用期满后分到郊区的网点。好好干。"

当初银行去学校招聘时，顾一能够从众人中被选中，原因很特别，她在并不认识面试官的情况下同她前后走进大礼堂，顾一下意识用手帮她支撑了一半门，面试官点了下头道了声谢谢，机会就这样降临到顾一身上。

为了能够尽快熟悉了解大家，Linda给每人发了一份性格色彩测试题。

顾一一五一十地答完问卷，结果：红色。准确来说，是红中带点儿绿。瞧瞧，光听到这俩颜色结合，就觉得很拉风。更别说具体色彩分析了。

而被Linda分到一起住的室友罗佳，性格色彩为纯蓝色，看起来着实是个偏内向、有想法的南方姑娘。

也好，和顾一互补，风水中都讲究个平衡。顾一为动，罗佳为静。这要是又分一个大红色性格姑娘和顾一住在一起，大半夜一个拿扫把边弹边唱：

"你说前年你在丽江
转眼去年又到了西藏
扛过枪打过炮
你还吃过一碗热翔
……"

另外一个拍着洗脸盆打节奏，这公寓还有个好？深圳人民还有个好？

这样和罗佳住在一起，先说顾一能把神经质稍微收敛点儿，毕竟南方姑娘，人家温柔腼腆，与生俱来的娇小柔弱，随便几句话都自带撒娇体系，乖得很。这点，顾一打死都学不来。以往上学喜欢过她的男孩子，都渐渐和她成为兄弟了。在仗义这个领域，顾一的对手，只有她自己。

不得不赞扬Linda眼光独特，这样算是造福公寓人民了。

而另外两个姑娘看起来就和大家不太合群，也能理解，她们是同个学校一起被招来的。顾一本身年龄就是四个人中最小的，这下，她们更不会觉得顾一能对她们造成任何威胁了。

培训结束后，四个人一起吃了顿晚饭，简单聊聊第一天入职的感受，以及对不确定的未来充满着的憧憬和好奇。很明显大家心情放松了很多，回到房间各自都在为明天的第一天工作程序准备着。

站在镜子面前的顾一，穿着职业装，不过膝的西装裙，扎起来的马尾辫儿，戴的是为庆祝第一份工作给自己买的珍珠耳钉。

不得不说，对一向在熟人面前以"嘚瑟鬼"为称的顾一来说，眼前的自己，颇有成熟小女人味儿。

在成长的某个阶段，总有那么一两个瞬间，当我们自己察觉到的时候，会惊慌失措，也会惊喜交集。

"顾一，你和罗佳在公司金融业务部，这位是业务部综合办公室的经理琴子。"Linda把顾一、罗佳移交给了琴子。

琴子是位漂亮的姐姐，长发飘飘，透着温婉，黑色西装里透露着白色荷花领儿衬衫，显得干练又舒服。简直就是白骨精代表啊!

别误会,是白领+骨干+精英。

"琴子姐,请多关照。后面要跟您好好学习。"顾一弱弱地耸了下肩,一副天真无邪的表情。

或许,在这样一个还没摸清楚状况的时候,表现得不精于人,也不被道德所绑架,即是最安全、舒服的状态了。

琴子在银行工作多年,现任职办公室经理。连年优秀员工都有她,堪称劳模。行政岗位的业务娴熟到游刃有余,说是劳模都委屈她了,时间观念执行的比圆周率3.1415926……都精确,唯一就是30岁,至今单身。

琴子看了看顾一带来的简历,发现这个冒冒失失的女孩竟然是自己的学妹,都是一个学校毕业的,不由起了怜爱之心,但没有表露出来。生怕眼前这虎虎生风的女孩知道后,仗着有人袒护,会翻起天来。

"顾一,我来带你。罗佳,你跟着黄萍。"琴子把黄萍,办公室里一个工作三年,也算资深的女生叫了过来,"你来带罗佳"。

顾一看到自己跟着办公室里职务最高的人学习,心里乐开了花。试用期,自己肯定没问题了。经理,难道还能说自己教得不好吗?年轻的顾一不会掩饰自己,不由得脸上就露出了笑容:"琴子姐,啊不,师傅,接下来工作我有不熟悉的,还得劳烦您多指教。"顾一把声音放到最低,让这个开朗的女孩装得老成,实在有点难。

"给你们介绍一下办公室的同事",说完琴子一一向顾一、罗佳介绍了办公室的几位同事,顾一低头哈腰说着您好,罗佳则是叫着X哥、X姐,显得格外亲热。顾一在心里逐个打量了每位前辈,评估日后哪位更好相处。暂短的介绍之后,琴子又安排了座位,介绍了部门的工作内容,再让她们熟悉了一下办公软件。顾一拿个小本记录着师傅说的内容。虽然以她的记忆力,基本过目不忘,但为了表现出虚心的态度,还是先记下来。

介绍完之后,琴子就给顾一安排了任务,"部门下周三下午开例会,你预定一下美元会议室。"看着顾一惊愕的表情,琴子顺便给她普及了一下会议室命名的知识,"银行嘛,用各国货币做会议室名称,美元会议室是最大、条件最好的。还有欧元会议室、英镑会议室。你和综合管理部的小文确认一下。"

顾一心里想,果然是工作狂,没有多余闲话,直接布置任务。

然而琴子是考虑到,预定会议室没有什么技术难度,顺便可以看看顾一的执行力、领悟力、沟通能力、工作是否严谨。看着普通的一项要求,其实里面包含了多个知识点,就像一道简单的数学题，在考察你几方面的知识掌握程度。

拜见了一圈前辈后，腰背酸疼的顾一终于坐下来了，打开电脑，系统里显示出会议室预定情况。美元会议室没有部门预订。顾一问了一下综合管理部的办公室在哪后，跑上楼去找小文预定会议室。虽然琴子说了应该在办公系统上发邮件给小文确认。但顾一觉得，自己作为新人，不要搞这些官僚主义，都在一栋楼里，发挥一不怕苦二不怕累的精神，自己跑去确认，不但可以见识一下综合部，还可以混个脸熟。

到了综合部，顾一自报家门，告诉小文需要预定会议室。"好嘞，我知道了。"正要出去办事的小文爽快答应，"回头我给你登记一下"。

"这么简单的工作交代给我，也是太小瞧我工作能力了吧？"顾一心里撇着嘴想。

回到办公室，向琴子汇报："师傅，会议室已经和综合部确认好了，没问题。"

"嗯，我刚给你发的E-mail，你看一下，熟悉一下你接下来的工作流程。下午前台会传送你一些文件，你打印出来放黄总办公室。注意，进黄总办公室脚步要轻，他不喜欢吵闹。下午两点前没有特殊情况不要去打扰他。文件要整齐放在他办公桌富贵竹的右边，他有些强迫症。"

黄总是部门老大，琴子的领导，故而她毫无私心地把黄总的喜好告诉顾一,以免顾一初出茅庐莽撞而碰壁。何况都在一个楼层,低头不见抬头见,后续工作会很困难。

"好的师傅,遵命!"

顾一做了个吐舌头的表情,琴子没忍住笑了笑,气氛突然变得没那么紧张了。紧接着顾一才在心里松了一口气……

琴子师傅笑起来的样子还是蛮可爱的,露出两颗时不时跑出来晒太阳的小虎牙儿。

吃过午饭,顾一按照琴子的吩咐,和前台确认好文件打印出来。

"咚咚咚……"

"请进。"

"黄总,这是给您打印好的文件。"顾一边说边将文件整齐地放在了富贵竹右边。

黄总微微一笑:"你是新来的吧?"

"是,我叫顾一,目前正在行政助理实习阶段,如果有做得不够好的,还请您多担待。"顾一提了一口气到嗓子眼儿。

黄总点了点头:"你先出去吧。"

出了门顾一用手顺了顺胸口,大领导果然高冷,乍眼一看有点神似布拉德·皮特呢。

完成了琴子吩咐的手头工作,顾一坐在办公桌前,她现在主要工作就是熟悉办公系统,学习部门管理手册,一周下来并没什么大的变化。没有想象中那么忙碌，跑腿办事的事倒是蛮多。

"会议室怎么被理财部占用了？不是已经预定好了吗？"黄总站在会议室门口，脸板着。"谁定的会议室？"

"我"，所有人都转过头来盯着顾一，顾一头低着，不敢看黄总严肃的脸。

"我跟综合部确认过了。"

这时被喊过来了解情况的小文也来了，顾一像水中挣扎的人看见木板一样，问小文："我那天不是跟你确认过会议室了吗？我说部门例会要用美元会议室。"

已经明白发生了什么状况的小文，一脸茫然地说，"是吗？我不记得你跟我确认过啊。你发邮件了吗？"

琴子一听就明白了里面的问题在哪，她也知道刚工作才几天的顾一不明白其中缘由，于是主动承担起责任。"黄总，这事怪我，是我没说清楚，我刚才看了下澳元会议室，没人用。虽然小了点，我们将就一下吧。"

黄总什么也没说，径直走向澳元会议室，留下顾一委屈地站在那里直掉眼泪。琴子拉了一把顾一。

"师傅，对不起，给您添麻烦了。对不起，我……"顾一低着头声音哽咽着说。

"顾一，以后记住这些工作必须要发OA邮件确认，不能想当然。没有记录，人家不承认，就是你的责任。"

琴子并没有开口大骂，而是有条不紊地给顾一讲道理。她觉得顾一能说会道又能看出眼色这点，和刚来公司的自己很像。顾一还有可塑性。况且，能获得员工的信任与依赖，也正是领导想要的。

琴子这么温柔一说，顾一更忍不住抽抽搭搭起来。

"好啦，别哭了，这只是你步入社会的第一课而已，不管怎样，迈过去就是成长。但同样的错误不要犯两次，快回去工作吧！"

琴子从包里拿出两片纸巾递给顾一，对着顾一的脸两手食指在嘴边摆出一个微笑的动作。

顾一擦了擦自认辜负了琴子对她期望的眼泪，回到办公桌坐了下来……

疲劳的一天结束，回到公寓，顾一鞋都没来得及脱，直接瘫坐在沙发上，面朝着天花板，一副生无可恋的样子。

"顾一，还没吃晚饭吧？我今天下班早，买了菜回来，锅里炖的玉米排骨海带汤，快喝一碗，顺便尝尝我的手艺！"

同事兼室友罗佳从厨房盛了一碗汤递在顾一手中，顾一立马转换频道，面向天花板转移到面向罗佳的汤。

迫不及待地喝了第一口，瞬间将上午在公司发生的"会议室"事件全部忘在脑后，自我反省？喝完汤再说！

"佳佳！这真是你做的？！太好喝了！比外面做的都好喝！你这手艺可以申请非物质文化遗产了！"顾一夸张起来的样子，着实让罗佳害羞了一下。

要说南方姑娘罗佳还真是个窈窕淑女，不但长得闭月羞花，还特别心灵手巧。饭前也很讲究，碗筷要用茶水洗一遍才可以用。这点顾一在第一天来深圳去餐馆吃饭时就发现了。顾一在北方生活二十年还真没有饭前茶水洗碗这一说。倒不是说北方人粗糙，但能明显感到北方人和南方人饭桌上的差异。就好像罗佳为顾一熬的这汤，罗佳慢条斯理地说："我特意给你盛的温的，太热的汤会对人口腔或食道有伤害。"

而在北方，个个真性情，管他伤不伤害，先把嘴瘾过了。

喝完汤，两个人在沙发上突然对视，笑了起来。

"咦，顾一，还适应吗？看你今天回来很疲惫的样子。"罗佳从毛毯里探出头问。

"还好啦，就是太马虎了，犯了很低级很低级的错误，不过还好有琴子姐解围，也没有骂我，还给我讲了很多道理，她人超好的！"

顾一的样子看起来就像孩子调皮犯了错误，本应受到老师的责罚，不料冒出个护子心切的家长。

罗佳听顾一讲完事情经过后沉默了两秒……

"没说你就好，不过琴子姐看起来很喜欢你呢，你肯定能留在这里的！"罗佳嘴上替顾一高兴，心里却有种说不上来的不得劲。

"能不能留下还不好说啦，祈祷我不要再犯错误就好了。我还是希望我俩能一起顺利通过试用期！"

说完这话，瞬间感觉屋子里充满了对未知生活的期待。

"罗佳，你把昨天行长来巡视的事写篇宣传稿，下班前给我。"黄总点名把任务交给罗佳。

行长巡视，是指总行的行长来深圳调研，顺道巡视了一家支行，凑巧就是顾一所在的这家。大领导来此检查工作，自然是支行的荣幸。但因为行长是心血来潮，没有预先通知，所以也就没有充足的准备，好在总算应付了过去，至少表面上行长很满意，支行行长这才长出了一口气。行长离开后，支行行长立即布置下面人写宣传稿，因为行长来了金融业务部，也就是黄总的部门，对债务融资方面做了指导，这个任务就交由金融业务部。黄总再指派部门内的人来写宣传稿。就这样，一项工作，层层指派，就到了最基层。基层的员工无法知道上面发生了什么。反正，让做什么就做什么呗。

可是，这个任务偏偏交给了罗佳。罗佳接到任务就开始紧张，她学的是理科，平常语文成绩就差，宣传稿，除了这三个字外，完全不知道该写什么。想到顾一平常总写日记，应该比自己强，先找人应付交差吧。于是，工作再次转包。

黄总刚离开，顾一的微信上跳出一条信息，"一一，你能不能帮我先写下宣传稿，我胃绞痛一上午了……"

"怎么了？严重吗？那你歇会，我来帮你写。"还没等罗佳信息回复过来，顾一就已经挺身而出接下任务，一身仗义，感觉全世界"好人卡"都在她手里。

"谢谢，太感谢了！"

平常爱看书，又有写日记的习惯，这让顾一觉得这任务她能轻松完成。然而真要动笔写的时候，还是有点踌躇。顾一只好先仔细回想昨天行长来时的情景，说了些什么话。多亏顾一爱凑热闹，行长来时甚至还挤到前面拍了照。有了这些素材，顾一又上网搜了一下宣传稿通常的写法，开始动笔。

字斟句酌，反复修改后，顾一终于完成了罗佳的任务。伸了个懒腰后，告诉罗佳，"写好了，我发给黄总？"

"稍等，你先发给我，我看看要不要再修改一下。"

顾一发给了罗佳。罗佳看到后，不觉发自内心的夸赞，写得真不错，行长讲话的重点，还配有照片。而自己昨天净顾着看那些平时不苟言笑的领导如何围着行长赔笑点头了。罗佳把字体改成四号，在稿件最下加上通讯员罗佳，然后通过邮件把电子版发给黄总，又打印了一份，走到黄总办公室，轻轻叩门进去。

"黄总，我写好了，电子版已经发给您审阅，这有打印好的，您看看还需要添加什么吗？"

黄总看看宣传稿，照片上自己紧挨着总行行长，显得异常亲近。行长高度赞扬了银行的工作，似乎并非昨天说的，但感觉那么亲切舒服，不由露出笑容。

"不错，你先回去，我来改改。"待罗佳出去后，黄总将一个逗号改成句号，走出办公室，把宣传稿交给琴子："你把这篇稿件交给宣传部，让他们尽快发到行报上，网站上也挂一下。"

刚要回去，顿了一下，又大声对琴子说，"罗佳这篇报道写得不错，能看出平时很细心，还拍了照。记录领导讲话，文笔也很好，要好好表扬一下，绩效加5分。"

鼓励要及时，做领导多年的黄总深谙此道，及时地给予了鼓励。任何鼓励都不如经济上体现的最直接。

琴子回头看了一下罗佳，点了点头。罗佳也满脸笑容，谄媚地回应着，"是琴子姐和黄萍姐教得好，都是我应该做的"。成绩归功于领导，反正好处拿了，送个顺水人情呗。

琴子并不喜欢这种过于世故的表演，嘴上没说什么，心里却觉得对罗佳要多加注意。媚上必然欺下，这孩子以后可得当心。

没人注意到一边的顾一惊呆了的眼神，很委屈地在微信上问罗佳："佳佳，你没跟黄总说那篇稿子是我写的吗？"罗佳虽然心里很轻蔑，但还是装出一副无辜的样子回复，"哎呀，我只是拿给黄总,他也没问。现在我没法跟领导解释"。说完又补充一句,"我改天澄清一下"。

改天?改天一起吃饭,改天一起见个面,这种没有准头的说法,明显是托词。顾一不懂。只是觉得莫名的很失落。

太阳照常升起,工作也还要继续。接下来的一周还算平安和谐,没有麻烦事儿发生。罗佳还会不时对顾一嘘寒问暖,顾一把自己遇到好笑的事讲给罗佳听,罗佳也会在吃饼干的时候咯咯笑得饼干碎末喷一地。很快,顾一忘记罗佳抢了她的宣传稿的事。一切回归平静。

中午饭后休息时,大家坐在办公室里闲聊,讲述一天的工作、遇见的搞笑事儿,大大咧咧的顾一也加入到聊天阵营。黄萍在感慨,深圳的生活真是不容易。黄萍已经工作了三年,每个月的收入七八千,没什么变化,生活波澜不惊。每个月的工资有一半交了房租。

"深圳的房子这么贵,干一辈子也买不起啊。"黄萍说。

"你想做金领精英吗?"琴子本来在忙着,听到黄萍的感叹,加入了进来。

"当然想了,谁不想?"

"想想就完了?很多人都想成功,想完之后没有任何变化,既不努力学习,也不刻苦工作。这就只能是想想。你们觉得生活平淡,看不到未来。可你们为未来做了什么努力?

工作了三年，你有什么变化？除了年龄的增加，工龄的增长，工作能力提高了多少？如果你今年和去年没有变化，那这一年就是白过了。深圳这样的一线城市，不是每个人都能生活下去的。你要为之奋斗努力。你们平时除了上班以外，学习了什么，做过多少？如果这样就能在深圳轻松买房，那这个社会是不是太没压力了？社会要进步，必然要付出额外的努力。

你们看那些成功的人，除过官二代富二代，哪个不是付出了额外的努力呢？如果什么都不付出就想成功，怎么可能？"

听着琴子的话，大家都沉默不语。有的人是在思考，有的人是在想着琴子站着说话不腰疼。黄萍又开始埋怨自己大学的专业不好，以致现在只能做行政工作。

"好在还读了大学啊，那些没读过大学的，人生真是遗憾。"顾一说。又恶狠狠地补了一刀，"大专算什么大学"。

办公室突然安静了下来，顾一很惊讶，难道自己的幽默大家没懂？

黄总站在办公室门口，青着脸。大家低头开始做自己的工作，仿佛刚刚没有人在聊天，就剩下顾一一个人在那里尴尬。没人会告诉顾一发生了什么，顾一不知道，也不会知道，黄总就是大专毕业的。虽然工作以后，黄总通过个人的努力，成功地在银行界名校如云的众人中闯出一片天地，但是大专学历永远是心中的痛。不断学习深造，自费报名MBA，都是为了让自己的简历上好看一点，掩盖自己的出身。

要说英雄莫问出处，那是英雄自己说的，如果你背后议论，英雄一定会要你好看。顾一，不知江湖深浅，一句话就得罪了大领导，这之后的苦难，就怪不得别人了。

之后的一段时间，顾一隐隐感觉到自己工作上的艰难。无论做什么，都听不到领导的称赞，工作又多又繁琐。做好了，没人夸奖；做错了，一顿劈头盖脸的训斥。交上去的报告，被骂了回来，问题出在哪里也不知道。顾一仍然觉得这是西天取经九九八十一难中的一难，慢慢来，领导要求严是好事，说明他重视你。工作多，那是自己责任重要，领导离不开。顾一没有意识到自己做的都是没有什么技术含量、重复琐碎的工作。遇事总往好的地方想，没想到世道险恶。

冬天的深圳晚上十点，不像北方，大伙儿裹起被子看几集电视剧就准备睡觉了，深圳的夜生活才刚刚开始。窗外的街道熙熙攘攘，炒河粉的小商铺叫嚷得很有特色，隔着几条街都能听见。好像在说唱，当然没有那么专业有节奏。街边的店铺窗户上贴满了圣诞老人和麋鹿，时不时传来：

"we wish you a merry christmas;

we wish you a merry christmas;

we wish you a merry christmas and a happy new year"的圣诞快乐歌儿。

叮——一条微信,是群发。

先是一个红包为开场白,顾一点了下红包,66.6元,还不错。这是来年要六六大顺的趋势?她心想。

"感谢大家一年辛苦工作,祝大家圣诞快乐。平安夜,平平安安。来年再接再厉,创造良好业绩。"领导就是在圣诞喜庆的气氛中,都是叮嘱工作业绩,有点扫兴。但看在红包的份上,顾一还是很开心。

大家纷纷在群里抢着黄总的红包,然后各自亮出珍藏的表情包,群里一片和谐。

工作了几个月,顾一也渐渐适应了环境,领导训斥几句也都不放在心上。至少近半个月,是太平的,没有任何状况发生。白天上班,下班后放飞自我。

圣诞节晚上,约好和罗佳下班后一起看电影,可贪玩的顾一在平安夜里追着最新的韩剧,为男女主人公的故事而伤心得不能自已,早忘了圣诞节并不放假,白天还要工作的现实。虽然强打精神爬起来到单位强颜欢笑,下班后,困劲上来,还是顶不住。但又舍不得浪费昂贵的电影票,就预备去买杯咖啡顶着。

不料买好咖啡低头走向放映厅时,迎面撞上一人,顾一抬头刚要说对不起,发现是黄总。

"黄总好",然后看到黄总旁边正牵手的竟然是琴子,顾一的笑容瞬间凝固了。琴子立即甩开了黄总的手,一瞬间空气都是静止的。顾一惊慌失措地低头跑开，似乎听到琴子在后面叫着她的名字，但没敢停下来。

黄总和琴子是夫妻？不对啊！之前在给黄总送文件的时候，富贵竹右边还摆着黄总一家三口在草坪里坐着的全家福。儿子捧着足球，黄总的老婆微胖却看起来很有气质，不逊色琴子啊！顾一吓得一路跑进放映厅。坐到罗佳身边，顾一还用手捂着胸口。罗佳打趣道，"怎么了，买咖啡没付钱？"

"佳佳，我和你说个秘密！你猜我看到谁了？"顾一凑到罗佳耳边小声说。

"彭于晏还是吴彦祖？"

"什么呀？我刚才过来的时候看到黄总和琴子姐，他们也不是一家啊。黄总有老婆啊！难道琴子姐不知道吗？她不会被黄总骗吧？她人那么好又漂亮……"

顾一这时候还在担心琴子是不是被骗，人一根筋的时候，神都拯救不了。

"哦！真的吗？"罗佳瞪大眼睛，用手捂了下嘴。

"千真万确！"顾一坚定地点了点头。

罗佳假装打了个冷战说："好啦，我们还是看电影吧。"

嗯？罗佳好像真的对"八卦"不太感兴趣。从上一次顾一帮她写的宣传稿被领导表扬后，她对顾一的态度就一直不温不火，这已经是顾一第N次猜她的心思，始终没有个结果。

第二天，顾一照例踩着点冲进办公室，坐下来吃着楼下买的包子。

上午的阳光很充足，深情地照射到顾一的办公桌上，她把头靠在桌子上，闭上眼睛，仿佛回到了在飞机上那享受过的第一缕阳光。感觉像是昨天刚发生似的。可一转眼，试用期过得差不多了。也意味着离顾一面临最终的裁决日子越来越近了，她真的会像刚来时所想的那样，把下半生交给银行这份所谓稳定踏实的职业吗？

就在顾一对未来充满幻想的同时，一场暴风雨正在悄悄来临。

"不管怎么样，顾一是不能留在这里了！现在已经有人在议论了。"站在琴子面前的黄总，果断又坚定地说。

"所以……这才是你下定决心赶她走的理由？怕别人传我们，让你不堪？"琴子看到黄总的反应，心寒到说话的声音都在颤抖。

"我是为你好，亲爱的，你听我把话说完……"黄总上前一步想用手揽住琴子的肩。

"你不要再说了！我懂。这些年我也受够了！"琴子退后一步，冷冷地看着他。

"我知道是我不好，但你应该清楚我现在正值事业上升期，出现这么一茬子事，对我的影响……"

黄总依然为他的一己私欲找借口，他从没有真正为琴子考虑过。哪怕琴子一如既往地做了三年主管，他都没有设身处地地为她争取过更好的发展机会。

"我明白了。"琴子的笑容让人心疼。让人心疼的还有她五年的青春年华。

"师傅，您怎么了？气色看起来不太好。"顾一探了探头关切地问。

"没事儿，最近可能是压力太大了。"

"是不是我又让您替我操心了？"

"没有，只是……顾一，刚刚黄总让我通知你，下周你的试用期就结束了。很高兴这几个月有像你这样新鲜的血液为办公室增添富有活力的气息，但很遗憾今后的路，要你自己去把握、领悟了。"

琴子说完这些话，感觉整个办公室的空气似乎都静止了……眼前的顾一，目瞪口呆地望着琴子，整个人都愣住了。这结果，的确没在顾一的考虑范围之内。她一向是理想主义，从没把事情往坏处想。

"师傅，我是不是有什么做得不好的，怎么就……"

"顾一，要知道，很多事情即使你知道，也要烂在肚子里，不要用秘密去交换一个人的真心，懂吗？"

顾一明白了缘由。想不到一个小小的无心之失，竟然对自己的未来造成了如此大的影响。

"知道了师傅,谢谢您这段时间不辞辛苦的教导,给您添了不少麻烦,抱歉。"顾一诚恳地说。

"以后的路还很长,相信你会突飞猛进地成长,给自己一个满意的交代的。"琴子连告别的话,都富有哲理性。

顾一知道自己犯了办公室政治的大忌,不该传递八卦,议论是非,尤其是领导的。何况来了四个新人,最后留下两个。自己和罗佳天生就是竞争对手,哪有和竞争对手交友的道理。自己把领导的八卦说给对手,如果再被留下,那简直天理难容。可她现在才明白这些道理,为时已晚。顾一不由想起爸妈对她临行前的忠告:"切勿交浅言深。"

顾一深深地给琴子鞠了一躬,眼泪噼里啪啦地掉在地上。这一鞠躬,倒真不是想挽回什么,她只是想感谢,在成长的某一个瞬间,无论琴子的初衷好与坏,都曾帮助过她,给过她一丝温暖。

顾一看到罗佳在旁假装忙着打印文件。

"你真是个好演员。"顾一淡然一笑,离去,没有给她任何反驳机会。

回到自己的办公桌,预订下周回家的机票,整理桌子上的东西,看着那些她为新生活而在办公室增添的小玩意儿,心里一阵酸楚。原以为即将开始新的人生,不成想又匆匆结束。

接下来的几天,太阳照旧升起,顾一也照旧按时来公司,把手头工作整理完。同事们为了撇清关系,没人和顾一说话打招呼。

琴子因为别人在背后议论,也无比烦恼,基本冷面无声,坐在那里忙碌着。顾一觉得心里有愧,不敢去叨扰,知趣的一个人坐在办公桌前发呆,一个人去食堂吃午饭。

对于活泼的顾一来说,心里像被泼了硫酸一样,极度痛苦。她懊悔自己不该乱说话,不然也不会受到如此煎熬,更不会因为得罪黄总而被迫离开。

02

人的一生会做无数个决定，
你并不知道哪个决定会改变你的一生

最后一天，办公室还是一样的安静，琴子再也没有安排工作给顾一。坐在办公桌前的顾一，失魂落魄，觉得自己和一架空躯壳没什么不同。

她实在受不了这种状态，想去外面透透气，刚好还有半个小时午休，在外面吃顿午饭回来，不用去食堂接受别人的"脸色"了。

顾一穿过银行大堂正往外走，不成想被一个火急火燎的姑娘撞得原地打转半圈儿。要说人在倒霉的时候，别说喝口水塞牙，连让你塞牙的水都没有。

顾一下意识用手遮了一下肩膀。

"对不起对不起！"姑娘连忙道歉。

两人一对视,这不是来深圳时在航班上遇见的人美心善颜如超模的丁迈兮嘛?!

"顾一?"丁迈兮思索了一秒,想起了顾一的名字。看到顾一点头,幸好没记错。

"你不会在这儿上班吧?哈哈哈,这也太巧了!"丁迈兮激动地简直要跳起来,不知道的,以为是中了几百万彩票呢。

顾一看到了熟人,一声"哎——"拉长了音,"是你啊!!"一脸旋转跳跃的表情。完全忘记肩膀的疼痛以及这将是她以工作人员的身份待在银行里的最后几个小时。

"是呀,不过……试用期马上就结束了。别说我了,你怎么在这儿?这么匆匆忙忙的,怎么了?"顾一在落魄的时候也没忘记关心一下丁迈兮。

"别提了,遇到一件挺麻烦的事儿。前天我汇给一个代购公司一笔钱,结果货要两个月以后才会有,最重要的是我的汇款凭证还丢了,让代购公司查,他们根本不愿意。我怕被骗,来银行想找柜台帮忙查查,好有个证据,但马上午休了,排队办业务的还这么多,我下午就要飞回北京,害怕来不及!"丁迈兮气儿都没喘的把话说完。

顾一想起上个月琴子让给营业部送文件时,刚好和一个柜员打过交道,算是认识,估计柜台的人员并不知道办公室发生的事。

"别着急,你在这等我一下。"顾一摆出了一个嘘的手势,从柜台侧门进去,找到她唯一认识的营业员,简单说明情况。

"好的,你让她过来吧。"营业员小声说。

真没想到,顾一在银行工作的最后一天里,还能帮丁迈兮一个忙儿。要说缘分这事儿,还真是奇怪。该你遇见,上个厕所的功夫都能碰到,更别说在银行大堂了。

一会的工夫就解决了丁迈兮的难题,丁迈兮紧紧地搂住顾一道谢。

"太太太感谢你了,顾一!要是没碰见你,肯定办不成,那麻烦可就大了!"

"好啦,一件小事,别客气了。"顾一嘿嘿一乐,感觉此刻自己还是个有用的人,几天来在办公室遭受的委屈顷刻间云消雾散了。

"你没吃午饭吧?找个地儿一起吃吧?"

"啊?还是算了吧,我……" 顾一压抑了几天难得遇到一个能和她说话的人,开心得不得了,但是还要假装客气一下。

"哎呀,走啦,你帮我这么大忙,给我个感谢的机会嘛!"丁迈兮边说边拽着顾一往大堂门口走去。

空姐这个职业,训练出来的个个都是小人精儿,说出来的话让你听了心里美得跟吃了巧克力似的,一点儿拒绝的力气都没有。何况，顾一在经历一上午反思人生过后，肚子也确实有点儿饿了。

"刚刚我听你说试用期快结束了，是不是以后就在这里工作啦？恭喜你呀！"丁迈兮举起西柚汁准备和顾一碰杯庆祝。

"我……呃……"顾一难以启齿地挠了挠头。

丁迈兮倒是会察言观色，意识到顾一肯定有难言之隐，立即转移话题。

"一一，我们公司有乘务招聘，下周刚好在深圳有面试。你要不要来试试？我总觉得银行这里工作很死板又压抑，倒不如做我们这行，可以到处飞飞，看看世界！"

"乘务？我条件够吗？"顾一虽然这几天一直在想离开银行后怎么办，但完全没有想到乘务员这个职业。

丁迈兮拿出手机，在公司公众号上找出招聘通知，给顾一看应聘条件，"你看，大专以上学历，你有吧？"

"嗯。"

"18—30，你不会没成年吧？"丁迈兮逗着顾一。

"我21了。"顾一一本正经地回复着。

"最低身高一米六二，你肯定够。最后就是外语水平，基本的听说能力就行。"

"啊？真的吗！？那我都符合！"顾一抓着丁迈兮的手，叫了起来。然后看看周围的人，立即捂上嘴。突然又想起了面试的问题,"可我完全不懂面试要准备什么?"顾一摇了摇头。

"这不是有我呢嘛!我做你的面试指导!独家专送!"丁迈兮惬意地挑了挑眉。

顾一瞬间像抓住救命稻草一样,在来银行工作前,她想都没想过能遇见这样一位靠谱的空姐朋友,还传授她面试秘籍。又想起离开家前对顾爸顾妈信誓旦旦地说不会让他们失望。可事实是结束银行试用期,她铁定要垂头丧气回家面对老爸老妈。她一直没告诉爸妈,就是怕他们担心,但是最后一天实在瞒不下去了。现在新的机会来了,一定不能错过。面试就面试!万一遥不可及的事情是命中注定的近在咫尺呢?

与其垂头丧气回去遭人奚落,倒不如碰个运气赌一把。更何况,梦想还是要有的,万一实现了呢?如果真的被招上,就可以冲上云霄,让爸妈大吃一惊了。

就这样,顾一做出了人生中第一个不是由父母建议的决定。

人的一生会做出无数个决定,你并不知道哪个决定会改变你的一生,而这个决定,正发生在这样一个平淡无奇的中午。

"那麻烦你了迈兮,和我讲讲面试的流程。"顾一说着便向服务员借来纸和笔。

"不麻烦。首先呢,整个招聘过程分为初试和复试,通过以后还有体检、政审。政审基本都没什么问题。通过了就开始进行培训，培训合格进入航空公司，从见习乘务员开始，带飞结束就是正式的乘务员了。我主要跟你说说面试的事，初试共两天，我建议你第一天去，因为越到后面，面试官越容易疲劳，通过的可能性就低了。着装呢简单点，纯白色短袖衬衫，黑色裙子，长度在膝盖上下3厘米。穿黑色职业皮鞋，3~5厘米的鞋跟。不要穿丝袜哦，——。"

"嗯"，顾一只敢点头答应，生怕打断丁迈兮的思路。又担心记录不全，把手机打开，录音。丁迈兮看着大大咧咧的顾一这么认真，笑了笑，继续说着。

"初试主要是看个人外在形象，还有语言表达能力。所以，在面试的时候你要笑得大方点。对了，到时候面试官可能要求你做简单自我介绍，看表达能力和口齿是不是清楚，有没有浓重的方言。你先准备好中英文的个人简介，背好，千万不要有'嗯、啊、然后'这些口头禅。自我介绍时，先鞠个躬，给评委一个好印象。切记，这个介绍不能透露明确的个人信息，比如你的名字，免得让别人觉得有作弊嫌疑。"

"初始会刷掉一批人，通过的就可以进入复试了。"丁迈兮怕顾一记不住，慢条斯理地讲着，顾一认真听着、记录着，生怕漏掉了哪一项"宝典"。

"那复试都考什么呢?"

"复试主要是情景模拟,会问你一些问题。比如发餐时,鸡肉饭没有了,只有猪肉饭,而旅客又非要鸡肉饭不可。嗯……再比如旅客要毛毯或者枕头,但是已经发光了怎么办?总之这时候面试官会扮演刁钻的旅客,会穷追不舍,死缠烂打。应对的策略就是以不变应万变,态度要好,只要态度诚恳,通常不会有问题的。还有,回答完毕,记着给评委鞠躬致谢,留下良好印象。"

顾一不由得频频点头,打心眼里佩服丁迈兮能把面试技巧掌握得如此出神入化,这完全可以开个航空面试补习班了!

"一一,如果你顺利过了这两关,基本就没问题了。体检的前一周不要吃太油腻的食物,仔细阅读体检的通知要求,要求都在上面,按照上面做就行了。我看你今天戴了隐形眼镜,体检也记得戴上,要检查视力。你身上有明显的疤痕吗?"

"膝盖上倒有一点点,小时候磕的,不过不严重。"顾一朝着丁迈兮努了努嘴把膝盖晾了出来。

"那没问题的,不过要有航医问你,你一定要如实回答,不要隐瞒。如果他们发现你欺骗,直接让你走人,解释的机会都不给你。"丁迈兮认真地对顾一说。

"好。谢谢你迈兮,我会认真准备的。"

"谢什么!你刚刚帮我那么一大忙,我谢谢你才是!一会我把招聘的通知发给你，赶快报名。还有几天你好好准备！等你的好消息！有什么不懂的，也可以问我。"说完，丁迈兮拿出手机打开微信，"你扫我。"

顾一加了丁迈兮的微信后，又看了看自己记录的面试宝典，没漏下什么。折好，装进口袋里。举起手中的饮料，"干杯"，心里一块巨石落了地。"祝你面试成功"，丁迈兮也举起了手中的西柚汁。

碰完了杯，映着正午的阳光，两人开心地对笑起来，画面纯粹又温馨。这世界的温暖在于：只要你怀揣善意，总会有人在你一落到底的时候给你带来眼前一亮的惊喜。

新的一年，新的希望。

回到办公室，顾一将回家的机票退了，找了一个住处，准备迎接几天后的面试。忙完了这些，顾一知道要和这个相处了六个月的七楼说再见了，顾一把自己在办公室为新生活增添的小玩意儿放进箱子里，站起身来走出办公室，准备去迎接另外一个开始。所有人都装作忙碌的样子，似乎没人看见她的离开。顾一去和琴子告别，在她心里，琴子不仅教会她如何工作，还教她如何在办公室生存。虽然因为自己没有掌握要领，戳破了救生圈，但还是要感谢琴子。

琴子送顾一到门口，问："在这里待了几个月，你觉得你都带走了什么？"

顾一愣住了,除了自己的这些小玩意,还能带走什么?她环视一下埋头工作的同事,曾经的好友罗佳,办公室里咖啡点心的福利,舒适的办公环境,然而自己不属于这里。顾一茫然地摇了摇头。

"一个公司无论多好,你离开的时候,只有你学到的知识和技能才是属于你的。师傅希望你能懂这里面的道理。"

顾一似懂非懂地点了点头。

"以后的路还很长,祝你工作顺利。"

顾一的眼泪在眼眶中打转,忍着没流下来,不想让别人看扁。给琴子鞠了一躬后转身离开。在迈出银行大门的那一刻,她转过身停留了5秒,看了看这个地方。再次向自己人生工作的第一个地方告别。

大堂里的人们看起来依然是为了工作拼了命努力的样子,没有一刻是虚度的。好像都市剧里的情节浮现眼前,一幕幕都是在快进,而顾一的脚步也将一直往前走,没有抱怨,没有停留。好与不好,全盘接收,从此过着互不相扰的生活……

顾一删除了银行所有人的联系方式,这不仅是她对过去几个月工作的不满,也是一种切割,彻底告别过去,迈向未来新的未知的生活。这几个月的工作生活,对顾一来说是一种永远的痛,这并不是因为她未能通过试用期,而是不满于职场对一个新人的恶意。她满怀希望投入工作,换来的却是伤痕累累。

顾一并不怨恨哪个人,她只怪自己太单纯幼稚,未能及时适应这里。但是,相较老于世故过于成熟顾一宁可继续幼稚下去。

难道这就是成长的代价吗?顾一不知道,她暂时也没时间顾及这些。因为有新的挑战在等待着她。

准备了一周的面试,早上五点太阳刚朦胧睁开眼睛,顾一就起床收拾,化了个走心的妆。更换了以往的淡粉色眼影,果然,大地色眼影更让人彰显成熟与稳重。

按照丁迈兮之前的叮嘱,顾一对这次面试准备的很充分,在去往面试地点的公交车上,带着耳机心里默背好多遍中英文自我介绍,生怕哪句说卡顿了,直接被淘汰。不管能不能顺利通过,总要为自己想要的生活大胆争取,才不枉费青春。

到了面试地点,眼前的场景让顾一惊呆了,脑子里浮现的是宋丹丹春晚演出的小品台词:"那可是……锣鼓喧天,鞭炮齐鸣,人山人海……"

很形象,从面试地点的二层一直延续到外面大门口。放眼望去个个儿衣着妆容都很精致。自然少不了压力陡增。

"哎,你听说了吗?这次选乘一共才要50个!"

"什么?这么少!那机会岂不是很渺茫了。"

"这时候能找关系最好了,你懂的。"

顾一听到前面的两个女孩儿窃窃私语着,一听要找关系,顾一心头一紧,因为她的关系就是:没有关系。

交完了报名表,招聘工作人员带着顾一等十个人一同在考场外等待。

几乎每个人都紧张得甚至能听清旁边女生呼吸的频率和心跳声,顾一也不例外。面对这种要求质量高、选拔量小的面试,有谁能不紧张呢?

但既然来了,就要打起十二分的精神去应对,"兵来将挡,水来土掩!"顾一想。顺着又做了一次深呼吸,调整一下心情。

整个面试从回答考官提问到出来,大概20分钟。这20分钟里,顾一其中有几次紧张到心脏快卡在嗓子眼,脑顶充血,手心里的汗可以养几条金鱼了。但她始终没有忘记丁迈兮再三强调的:要保持自信而大方的微笑。

"你们可以回去了,面试结果明天晚上会通过短信告知大家。"场外工作人员说。

……

要说等待,莫过于这世上最痛苦的事情了。因为你不知道在这段你期许的时刻里,换来的结果是欣喜若狂还是万念俱灰。于爱情是,工作也不例外。

从初试结束,顾一就开始等待通知。手机紧握在手里,每个短信点开看看是不是。隔两分钟就看一下手机,生怕错过了什么。中间电话响起,顾一都不敢接。然而,事情并不会因为你的焦急等待而改变，直到晚上七点钟，顾一依旧没有收到航空公司发来的任何短信。顾一想，没过也正常，毕竟面试的人那么多，留下的那么少，找关系的又一大把，过了才是不正常。

想着想着，她拿起手机准备刷一下回家的机票。

"叮——"

"B126号，XX航空公司春季乘务员招聘初试您已通过，请于明日持有效身份证件到南山区深南大道9028-2号威斯汀酒店参加复试，祝您成功！"

看到这条信息，顾一在床上欢呼雀跃蹦得老高，头差点儿撞到天花板。要说这床的质量也是真好，不仅要承载着顾一的体重，还要承载她的情绪。短短几分钟，喜怒哀乐的情绪从低谷到飞上天。谁受得了？

亢奋中也没忘记把第二天要去复试穿的白衬衫熨好。"态度决定一切"可是顾爸爸没少对顾一说过的话。

复试明显少了很多人，但顾一却没有松懈。问度娘找了很多旅客刁难乘务员的案例，为"最后的冲锋"认真准备着。

"刚刚出来的这一组，B098、B126留下，其他人回去等通知。"场外工作人员说完这话，大家好像都听明白了意思，纷纷唉声叹气离去。

顾一还在保持着冷静，即使心里激动的小火苗快按捺不住地燃烧起来。

"你们两个下周看公司的招聘网,留意体检日期,千万不要迟到。"

"什么意思?我们通过了吗?"顾一觉得应该是,但她希望能从面试官口中得到准确的消息。

面试官对这种问题已经司空见惯了,头都没抬地回答说,"对,回去准备体检。叫下一组进来。"

这意思就是……最难的两大关已经通过了?!如果体检没问题的话,岂不是就通过了,可以飞了?!

顾一怎么也想不到,天上掉馅饼这件事儿会砸在她的头上,看来,航空公司真的没有传说中的那么水深不见底。还是会有正义、公平在。

出了酒店大厅,顾一拨通了丁迈兮的电话。

"啊啊啊啊啊啊,迈兮!我复试通过啦,下一步就是体检了!哈哈哈哈哈!"乐得毫无节操,完全忘记自己刚刚在考官面前还是个"温文尔雅"的姑娘。

"真的吗?!恭喜你啊,一一!快和我说说,考官都问什么了?"丁迈兮着实为顾一高兴。

"简单问了一下特长,我之前在学校写的文章倒是上过几次报纸,就说的写作。嘿嘿,不过……初试时刚进去我就出糗了!"

"怎么了?"

"夹在我腰上的号码牌,掉地上了!当时吓死我了!还好在银行职前培训有礼仪课!我就假装不慌不忙地用礼仪蹲姿拿起号码牌,冲考官微笑点了下头。"

电话里面,溢出来的都是顾一激动到无以言表的神情。

"我就说我们——应变能力绝对第一。好啦!你可以安心等体检了!最近饮食一定要规律,尽量清淡些哦!"丁迈兮叮嘱着。

挂了电话,顾一站在窗前,她很想把这喜讯大声告诉每一个路人,可惜人们匆匆而过,没有人注意到身边顾一喜悦的表情。人们都很忙,不会把太多关注点浪费在路人甲身上。

无论是开心或是悲痛,都属于自己。

体检如约而至,顾一各项指标均正常,拿到了航空公司的录取通知,培训也如期而至。

"喂?爸妈,告诉你们根本不可能的消息,但真实发生在我身上了!"顾一张牙舞爪地打电话给顾爸顾妈。

"怎么了?这孩子怎么从小到大都这样,跟个愣头青儿似的,一点不稳重。"顾妈嫌弃又抑制不住好奇心。

"我面试上航空公司了!下周去培训!大概三个月,就可以飞啦!"

"啥玩儿意?你不是在银行待的好好的吗,怎么就?"顾爸飙出东北话来。

"哎呀，嘘！我在休息的时候偷偷跑去面试的，本想着试一试，没想到还……哈哈哈哈哈。"顾一并没有把真实情况告知父母，她觉得这种"善意的隐瞒"是最好的方式。她始终想树立好爸妈眼中值得骄傲的顾一。

"你宝贝女儿厉害吧。3000个人报名，最后就招了50个呢。"顾一耐不住向父母炫耀着。只有在父母面前的炫耀，是最放松，无须担心嘲讽的。

"再厉害还不是我顾春的女儿！" 顾妈在旁听到这样的回复，瞪了顾爸一眼。

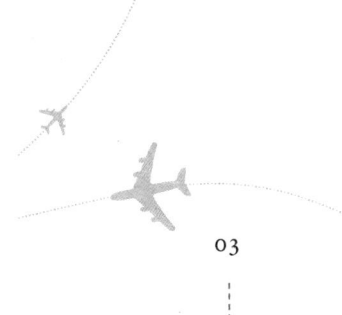

03

这场青春不会缺席的航班,从遇见你们开始

站在培训中心的大门前,顾一闭着眼睛深呼吸一口气,随后前台接待生用标准的礼仪引导她进了教室。顾一找了个位置坐了下来,东望西观地打探着这即将要相处三个月的教室。

教室不大,但地板上的每一角落都干净无比,甚至窗前的几盆花,都是按照平均分割线摆放的、井然有序。在经历几个月银行的打磨后,顾一反而更期待培训中心即将开始的日子,但凡和"学校"沾边儿的地方,至今在她眼里都是清澈透明,同学间没有任何利益冲突的,都可以做好朋友。

"哈喽,同学你的笔借我使一下。"

顾一感觉背部被别人用手指轻轻点了下,回头是一张笑嘻嘻的陌生男子的脸。

真是的！有话好好说不行吗？！非得用破手指头戳我，抱歉我们不熟好吧？顾一心里有丝不开心。

"诺。"可转头却是顾一式微笑，把笔借给了后面那位男同学。

对于男同学的鲁莽，顾一的不爽只在心里飘过，脸上没有表现出任何情绪。成年人相处法则之一：喜怒哀乐不轻易展现在脸上。

"我叫秦淮。你叫什么啊？"男同学伸着脖子小声问。

"顾一。"

"顾一？名儿还挺清新脱俗的！你知道我为啥叫秦淮吗？"男同学紧接着问。

我怎么知道？！这人真是莫名其妙，而且叫啥和我有什么关系？顾一心里想，但依然再度礼貌地接下了男同学的问话，为免场面陷于尴尬："哦，为啥？"

毕竟都说，好的情商就是不让别人难堪。

"你听没听说过李白的那句：烟笼寒水月笼沙，夜泊秦淮近酒家。"

"是杜牧的吧？"语文成绩向来优异的顾一，扑哧一声笑出了声，忍不住揭穿他。

"哦，哈哈哈哈哈哈，是吗，这不是重点，重点是我爸妈突然想起这首诗就给我起了这名字，一点儿没有犹豫当时。"

要说自来熟，顾一这次算是遇见真人了。借支笔的工夫，都能聊起他名字的由来，大写加粗的服！

"那你酒量肯定很好吧，要不怎么对得起后半句。"顾一挑衅地问。

"哈哈哈哈哈，那不敢说，不过管他能不能喝，咱北方人气势上不能输！我看你个挺高的，应该不是南方人吧？"

"北方的。"初次见面，顾一不想像以前那样掏心掏肺，话显然没有多说。

"我就说嘛，咱北方姑娘就是透俊儿。我北京的。"

什么？聊天不过3分钟，咱字都用上了？这大哥真是不把自己当外人啊？在下佩服。

"好了大家安静一下。我是你们培训期间的班主任。现在我点一下名，在的请答到。"从外面走进来一位40多岁的老教员，额头后移5厘米的发际线毫无掩饰暴露了他的年龄，但站在讲台面前拿起签到本严肃起来却令人分分钟把弦绷紧。

"栗湘。"

"到！"

"秦淮。"

"到！"

……

"顾一。"

"到!"顾一顺势举了手。

"西荷。"

"西荷。"

教室里鸦雀无声……大家都东张西望地看着彼此。

"到!对不起老师我打的车刚路上堵了。"一个姑娘右手拍着胸口,气喘吁吁地从门口跑进来。

"这不是理由。等你们飞航班的时候,迟到了,让一飞机的旅客等你?你告诉旅客,因为堵车迟到,旅客能接受吗?堵车,就早点来。"

我现在宣布一下培训期间的纪律:1. 全部实施打卡模式,迟到、早退超过3次以及代替打卡、旷课的,培训终止。2. 培训科目一共12科,必须全部通过才能毕业,期间有三科分数不及格或者补考不及格的,培训不通过。3. 培训期间考试作弊的,打架、盗窃的,直接走人。

"西荷,你培训期间还有两次机会可以浪费。"

教员面部丝毫没有笑容地说完了规定,场面十分安静,大家都在屏着呼吸静静地听着,咳嗽一声都不敢。

"最后说一下,培训总成绩第一名的同学,可以自由选择飞行基地,其余的同学统一分配。"

"其他人还有问题吗?"

大家纷纷摇了摇头,就算有,这时候提出不是找麻烦?

别人怎么想的不晓得，但顾一听到第一名可以自由选择飞行基地的消息后，还是想努力拼搏，拿到第一名，和丁迈兮一起飞行。丁迈兮不仅是她的救星，也是顾一在这个陌生行业里的灯塔，在召唤着她。

"没有问题，我带大家熟悉一下培训中心各楼层。"

这根本就是"魔鬼班主任"！和想象中的一点不一样嘛！同学们在悄声嘀咕着。

接下来，理所应当的是与魔鬼班主任相对应的"魔鬼式训练"。在梦想的道路上，必定有罪可遭。

培训中心很大，参观完化妆间、急救室、机型设备室、模拟客舱，班主任带大家进入一间庞大的演练厅，眼前是一架架空装置起来的模拟飞机。每一个出口都衔接着充气滑梯。看着三层楼高的模拟飞机，想到要从这上面跳下去，大家不禁出了一身冷汗。

"进这间屋子大家要穿脚套并统一着装。"班主任说。

在顾一印象里，穿脚套时代还停留在她小学去微机室……等等，统一着装？这放眼望去一片片蓝色宽松牛仔连体裤什么鬼？不知道的，以为是在蓝翔技校培训呢！

"这个模拟飞机你们在培训的最后一个科目'大撤'中会涉及。要知道你们身为一名专业乘务员的职责，是在紧急情况下帮助旅客撤离。端茶倒水每个人都会，应急撤离却不然。"

班主任笃定地说。

顾一打心眼里对这份职业有了更深刻的定义：安全高于服务。

参观完教室，发了培训资料和手册，就安排大家在教室先熟悉课程。第一天报到下来，除了在教室里班主任讲话时，氛围些许紧张，其余时间还是蛮舒畅的，同学们看起来都很和谐。

"新同桌！诺！"

栗湘递给顾一一瓶养乐多。

"谢谢。你是哪里人呀？"顾一歪着头问。

"我深圳本地人。"栗湘操着一口正宗南方口音说。

"那你煲汤一定一绝吧？"

"你怎么知道？哈哈哈，尝了包你打五颗星！"栗湘说完拿起养乐多咕咚喝下半瓶儿。

"南方姑娘就是心灵手巧，我原来室友罗佳也这样，煲出来的汤比点的外卖都好喝。"顾一露出了半个酒窝。

罗佳？怎么会突然提到了她？顾一心里叹了口气。虽然在银行遭遇了一些不愉快的事情，但心比天大的顾一，到了一个新的环境，早已忘记了那些不开心。

培训的第一天，魔鬼班主任为让大家彼此尽快熟悉，给接下来的情景模拟课和大撒进行了分组。这也就意味着接下来的时间，小组里面的人员交往是最为频繁的，至于哪一组完成任务效率最快成果最好，还要看相互之间的协作配合。

"西荷、栗湘、顾一、秦淮。你们四个一组。"魔鬼班主任看了看他们四人，眼神里好像透露着在问：有问题吗？

大家彼此看了看，立刻点了点头，神态中回复一句："我们敢有问题吗？"

中午，秦淮很仗义，请大家吃了顿熟悉饭。

"以后咱几个可就是个团队了！哎？顾一，要不你给咱团队起个名字吧，怎么样？"秦淮挤眉弄眼的表情还真是欠揍。

"我？我想不出来，还是你来吧。"

在银行经历的那些绊脚石，足以让顾一学会低调处事了。

"行，那咱们就叫'魂斗罗组合'，怎么样？"秦淮得意满满。

啥？魂斗罗？咋听起来这么耳熟？大家纳闷地看着秦淮。

"对啊！就是咱小时候玩的那个电子游戏，和'超级马里奥'齐名，特别火的那个射击游戏"，秦淮以为大家都没明白，一顿耐心解释。

"呃，这个和咱们团队名字有什么关系？"栗湘表示不解。

"'魂斗罗'的含义是'具有优秀战斗能力和素质的人'，它是赋予最强战士的称呼！你们不觉得和咱们团队宗旨很搭吗？"秦淮拍了拍胸脯，不由得竖起大拇指为自己点了个赞。

大家难以置信，眼前这个看起来粗糙的男孩儿，竟能说出这样一鼓作气的话。玩游戏能把文化理念深入骨髓，也是高手了。行，这解释算他赢。

西荷在大家面前始终没有多言语，一直表现出成年人的友好笑容。

顾一倒是看得出来，从第一天西荷迟到被魔鬼班主任下了一张"警示单"后，她始终闷闷不乐，笑得也很勉强。

"好啦，吃饭啦！"顾一顺手夹了一块西荷够不着的鱼豆腐放进她的碗里，也给栗湘夹了一块儿。

西荷笑了笑道声谢谢，栗湘吃起饭来倒是不拘小节，和秦淮有的一拼。

"哎，秦淮，你怎么想当空少的？"栗湘吧唧嘴问。

"世界那么大，我想去看看。"秦淮说出了一句流行语。

"你想多了吧？公司有那么多国际航班吗？"栗湘有点不屑。

"公司基地在北京，国际航班很多的。"秦淮解释着，但是他没有把心里的秘密告诉大家。"你呢？"秦淮反问栗湘，尽快转移话题。

"咳，我妈找关系把我弄进来的！"栗湘放下筷子落落大方地说。

大家愣了一下,居然还有如此坦白的人,少见,少见。秦淮怕引起尴尬,转头问顾一,把话题岔开,"你呢?"

"我啊,和你差不多。稀里糊涂,就来了。"顾一没有把在银行的经历讲述给大家,她已决心和过去说再见。

"西荷呢?"顾一看了看西荷。

"说起来可能会有些不好意思,这是我十一年的梦想。"西荷害羞地低下了头。

"这有什么的,我们不也正是因为这份职业给予我们不同的使命感,才会选择它嘛。"顾一说完,秦淮和栗湘坚定地点了点头。

"这……是我第六次才面试上的。我跑过五座城市,初试被刷,在厕所里哭过,在被窝里哭过,在动车上哭过。终于守得云开见月明。没想到第一天就迟到了……"西荷说着开始抽泣。大家开始安慰西荷。但内心的失落,岂是几句安慰的话就能解决的。

每个人都曾为了梦想拼命奔跑,也曾无数次被颁发过"失败令",但这依旧不影响我们充足电量越战越勇。屡战屡败、屡败屡战的青春不是更完整?

顾一佩服西荷这不服输的心气儿,或许是运气照顾了自己,没有体会过面试六次后拿到大王牌的感觉。

那一夜，每个人想各自的心事，对未来充满期待。谁又知道明天是坦途还是荆棘。

打卡半个月过去，同学们相处得较为融洽。秦淮时不时地为大家表演单口相声，逗得顾一眼角皮肤常现波浪状。

栗湘还是酷爱自由，半个月里请了两次假，今天姨妈疼，明天胃绞痛。凡是枯燥无味的危险品课程，她都能因为各种生理状况不舒服等原因巧妙避开。要说有关系就是任性，也不无道理。逃课的时间她都结伴培训中心前几批刚毕业的学姐出去玩了。每次回来还揣着培训中心大楼里不同的八卦讲给大家听，很快被同学们称为"小灵通大喇叭"。

西荷始终扮演着"乖乖女"的形象，大家几乎快忘记她第一天迟到被班主任狠批这档子事儿，只有她自己记得。想找到机会为自己的面子扳回一城。

顾一在这样一个新的环境，反倒表现的张弛有度，几次情景模拟课的临场发挥都被教员拍手叫好。当然，夜深人静的时候，感性的小人儿也会从她脑子里蹦出来，回忆起在银行的过往，欣喜与低落并存，始终都觉得没对住琴子姐的照顾。这时理性的小人儿会冒出来压住感性的小人儿，告诉顾一：活在当下，不负今朝。

对于第一天班主任提到的"最终成绩第一可以自主选择基地，"顾一奉为圭臬。

"危险品的考试成绩出来了，咱们班有一个挂科的。"

大家屏住呼吸，生怕挂科的是自己。

"我先表扬一下我们班的第一名：顾一，98分。"

大家看了看顾一，眼神里充满了"哇"这一感叹词。其实，人前显贵，人后辛苦。为了能拿到第一，自选基地，顾一付出了太多努力。

"栗湘，你跟我出来一下。"

栗湘睁大了眼睛，觉得不可思议。

"知道我为什么叫你出来吗？"

栗湘点了点头。

"意味着你还有一次考试不过的机会，第三次不过直接走人。希望你能认真对待这次培训，平时话少点儿，培训中心不是你用来说三道四的地方。"班主任的严肃压得栗湘喘不过气儿来。

栗湘低着头回到教室，同学们大抵看出来挂科的是她。平时她讲八卦的时候大家都左附右和的，甚至午饭要就着她的八卦吃起来才香。这次大家的反应却很淡然，所谓"事不关己高高挂起"，都各忙各的，心里想的是："只要挂的不是我就好。"

顾一没有多说什么，悄悄地在栗湘桌子上放了一瓶饮料。便利贴上写着："Nothing in the world is difficult for one who sets his mind on it.（世上无难事，只怕有心人。）"

英文，是她在网上搜的。

"顾一，一起去打水吧！"西荷拍了拍顾一肩膀。

顾一看了眼栗湘："湘湘，你杯子给我，我刚好去帮你打些回来。"

栗湘把杯子递给了顾一。

"顾一，你真厉害，考了第一！"西荷挎着顾一的胳膊边走边说。

"我？瞎猫碰上死耗子，不是有一句话说：三短一长选最长，三长一短选最短，参差不齐就选B，要是不会就蒙D。"顺口溜顾一背得很溜。

"我怎么才能像你这么聪慧呢？哎。估计没希望了。"西荷叹了口气冲顾一笑了笑。

从小到大，夸过顾一的人不在少数。什么个高腿长身材好、能说会道不怯场。但大多都是很直接地夸赞，她甚至觉得不好意思，用"并没有并没有"象征性客套的话回应对方。

而西荷这句"怎么才能像你这么聪慧？"一下激起了顾一内心小小的膨胀感，又是面对平日乖乖女形象在线、目前又身处弱势的西荷，顾一毫不犹豫地把自己总结的学习技巧和方法统统告诉了她。

"其实看书也要找技巧的，要把大的方向分成几个小章节来看，这样就能轻松很多。至于背的话，如果几类很难记全的话，你只要记住每类的开头字。你看啊，危险品分九大类，一是爆炸品，二是气体，三是易燃液体，四是易燃固体，五是氧化剂和有机过氧化物，六是毒性物质，七是放射性物质，八是腐蚀性物质，九是杂项危险品。"

顾一不停顿地把九种危险品的名字说了出来，西荷在边上听得惊呆了："你怎么记住的？"

"你可以只记住前面的字头啊，就是这样'爆气两易氧毒放复杂'，'复杂'就是'腐'和'杂'的谐音。这样就很容易记住啦。"顾一沾沾自喜地说，完全忘了刚说过的瞎猫碰上死耗子这类话。

西荷瞪大眼睛听顾一说完，恍然大悟的样子。不停地夸赞顾一这个方法好。

"大家静一静，现在每套组自由设定一个情景模拟，可以是机上旅客需要急救的处置，也可以是偶遇客舱失压，氧气面罩脱落，或者是行李架中锂电池失火。各组练习一下，下周考试。主要是看大家的协作配合和应急处置的能力。"班主任说。

魂斗罗小组四人聚在一起商议选什么科目。"顾一，你觉得咱们组选哪个比较好？"秦淮看着顾一。

"嗯……急救怎么样？我觉得选这个的肯定不多，咱们只要按步骤逐一处置就好。没有鲜明的对比,有问题也不容易被发现。"

说起来,与这个行业结缘,内心赋予这个职业更高的定义——"空中白衣天使",还是顾一来深圳的航班上遇见的机上急救事件。有机会能参与其中,成为救人的一分子,虽说是情景模拟,但顾一心里也是不禁泛起骄傲。

"顾一,我觉得我们还是不要搞特殊化,保险起见,还是别挑战机上急救处置了。做的越多,错的越多。栗湘你觉得呢?"西荷给栗湘递了一个眼神儿。

"啊?我觉得西荷说得对!选个简单点的情景吧,况且我反应比较慢,顾一你是知道的。"栗湘看了看顾一,站队站到了西荷这边。

"哎,我倒觉得顾一分析得有道理,咱们'魂斗罗'组合专治各种疑难杂症,西荷,你不会对大家没信心吧?"秦淮表面上是开着玩笑说,心里是偏向于顾一的想法的。

要说秦淮生性幽默是班里出了名的,但假装无辜怼的人没法接下句,也毫不逊色。

"没……没有啊,我也是为了大家好,顺便听听栗湘的建议,毕竟咱们是个整体,每个人都有发言权的嘛。"西荷貌似看出来了秦淮帮着顾一说话,而栗湘又没什么主见随风倒,是指望不上了,自己又力单势薄,心里再多不情愿,顾及面子也没说太多。

果不其然，模拟考试报机上急救事件演练的只有"魂斗罗"组合。四个人分工配合，经过一段时间的磨合，最终配合默契，顺利通过了考试。紧接着就迎来更大的一门考试，也是最难的：机型设备。

自打接触这门课起，凌晨一点睡觉几乎成了顾一的常态。每天背着机型设备，脑部电量明显不足。上课认真听老师讲，拼命记录，终于整理出一本重点笔记，方便去培训中心的路上坐车时看。

秦淮偶尔会给顾一送点吃的过来，说是顺路买的，别的倒没说什么。

当想陪你的时候，怎样都顺路。想和你在一起，随时都有空。

"栗湘今天怎么又没有来？"顾一转头问秦淮。

"谁知道呢，这大姐真行。只要是她不想上的课，人影儿都见不着。"秦淮撇了撇嘴。

"那考试咋办……这科可比危险品难多了。"顾一摇摇头。

"你替人家瞎担心什么？人家关系户，就算考鸭蛋，照样儿不耽误毕业！"

说起来也是，什么时候这个社会变得有关系也算是一种能力了?

"西荷,你复习得怎么样了?"顾一问。

"我?简直是一头雾水,连个方向感都没有。怎么办啊,顾一!"西荷焦急地问。

"要我帮忙吗?"顾一自告奋勇地走到西荷身边。

秦淮看明白了西荷的心思,以他和西荷同桌这么久对她的了解来看,别看西荷平时话不多,眼睛一转就是一个心眼,一百个顾一也玩不明白人家。

"哪里都模棱两可,估计这次要完蛋了。"西荷低头转了转笔。

"没关系,还有我给你垫底呢!你完蛋不了,放心哈!"秦淮插了句嘴。

"对了顾一,急救老师让咱俩去三楼拿一下包扎的东西,还有药品箱!"秦淮把顾一拽出教室。

"喂喂喂……等等!干吗啊,风风火火的有这么着急吗?你一个人拿不了啊,还叫上我。"顾一甩开了秦淮的胳膊。

药品箱那点东西老师当然不会让两个人去拿,秦淮只是想趁机把顾一拉出来,别又被西荷套得美滋滋,让人卖了还替人数钱呢。

"我说你是不是傻啊?"秦淮无奈地说。

"秦淮,你有话好好说,怎么骂人呢。谁傻?"顾一不屑地看着他。

"西荷像是那种什么都不会的傻白甜吗?她要真像自己说的那样一头雾水,危险品能考班级第三名?还向你第一名取经?"秦淮明显气不过声音高了两个分贝。

"你小点声!别让人听见!"顾一摆出嘘的手势。

"但她一直担心不受老师待见,怕毕不了业,毕竟她面试那么多次,挺不容易的,我觉得……"

"你觉得,你觉得的事多了!哪次你觉得准了?恐怕她不是担心毕不了业,是想和你争第一吧?"秦淮打断了顾一。

说起来也是,相处这一个多月下来,和顾一接触最多的就是秦淮了。虽不敢说十分了解顾一,但了解程度也占七分了。秦淮眼里的顾一很简单。没有心机又很坦诚大方。就拿熬夜整理的机型设备资料来说,顾一那么辛苦整理的,她知道秦淮平日里担待又照顾自己多些,以"礼"回报人家,就顺便给秦淮也复印了一份儿。

秦淮说完了这番话,顾一冷静想一想,的确,西荷怎么看起来都不像栗湘那般随遇而安事事无所谓。但顾一觉得,同学之间,又不存在通过率,没有竞争,能帮还是帮一下。

午休过后,栗湘回到培训中心教室,发现顾一不在。书桌里一本粉红色的,上面写着《葵花宝典》的册子,引起了她的好奇。她随手拿来翻开看看,里面竟是整理的所有机型设备的重点资料。栗湘想,平时看着顾一和大家一起学习一起玩闹,没想到竟然整理出来这么好的资料。

"栗湘,看什么呢?这么认真?"西荷凑过头看了一眼。

"你看,是机型设备考试总结的重点!在顾一书桌里看到的,这些是顾一整理的。"

"哦?我看看。"西荷凑过来看,果然整理得条理清晰。

"顾一也真是,这么好的资料,也不给我们一起分享,还是一个小组的呢?"西荷一边翻看着资料,一边觉得顾一不仗义。

"这是人家自己下的功夫,说实话,给咱们看是情分,不给是本分。要不,都等着别人去辛苦整理了。"栗湘帮着顾一说话,把资料给西荷,"你偷偷看会吧。"然后栗湘坐下玩起手机,她对学习一向不太感冒。

西荷接过资料走到一边,偷偷拿起手机相机调至静音模式把里面的内容拍了个遍后还给栗湘。

"你神速啊,看得这么快?"栗湘很惊讶。

"没有啦,我自己有整理一些,还想着等完全整理好分享给同学们看呢。对了,千万不要和顾一提起你看她资料这事儿,你想她既然没借给我们看,肯定是有她的原因的。"西荷看着栗湘说。

"真的吗西荷,你给我们大家准备重点了?你人真好!"

栗湘流露出真性情。

"还不是看你一天天总请假,落的课程太多。咱们既然是个团队,怎么会扔下你不管。"西荷说。

每个周五都是培训中心最活跃的一天,大家都当半个周天过。下午没课,全是自习。

魔鬼班主任捧来打印好的一大摞资料放在讲桌上说:"机型设备背起来的确有些困难。特别感谢我们西荷同学这么有心为大家整理出来了重点,用班费打印出来方便大家学习。"

同学们不约而同地鼓起掌,为西荷点赞。没想到内向的西荷,不声不语的,竟有这番无私的雷锋行为。

资料发到每个人的手上,顾一看了看,呆住几秒,这和她披星戴月整理出来的重点没什么区别啊?!连设备使用方法的排序都几乎没差。前几天还说一头雾水呢,分明就是"学霸婊"啊!

可是,就算是孪生姐妹,想法也不可能这么统一吧?顾一笃定没有把资料分享给第三个人过,只给过秦淮一个人。西荷怎么会有这模样相仿几乎毫无差别的资料?顾一越想越觉得不对劲儿。

叮—— 一条消息从秦淮的微信里冒出。

"秦淮,你把资料给西荷看过吗?"是顾一发的。

"我没有。"秦淮附加了一个严肃微笑的表情。

"那怎么就？你不觉得奇怪吗？"

"我也不清楚西荷怎么有这资料的，我会查清楚的，请你务必相信我。"

看来秦淮真的很在意顾一的想法，准确来说，是：怎么看他。

顾一没有再回复任何文字，这已经是第二次别人用自己努力出来的成果去替她们自个炫耀了。罗佳是，西荷也一样。不管出于什么目的，顾一平时对她们不差，倒没奢求得到同样的回报，但利用别人的付出不劳而获算是怎么回事儿？

"怎么有点眼熟……"同桌栗湘翻着资料小声嘀咕着，完全忽略顾一还在身边。

恰巧，被敏感的顾一听到。"栗湘，你说什么眼熟？"顾一问。

"顾一，多亏了上次你教我的方法，我按照你的方法整理出来的，想着大家最近都挺累的，你也不希望丢下咱班任何一名同学吧？"西荷接下了栗湘刚要说出口的话，一副山泉水的样子。

顾一没有吭声，举起资料本礼貌性地笑了笑，说："怎么会！我巴不得大家都顺利毕业呢！谢谢你的资料咯！"

要说人生如戏，全靠演技。

顾一不傻，她只是不想把窗户纸捅破，毕竟低头不见抬头见的，更何况还在一个组里。关键是，没有证据，空口无凭的说是西荷抄袭自己的资料在老师同学们那卖好，恐怕除了秦淮，也没人相信。

西荷一下子成了班里的"活雷锋"，无私奉献的标签被同学们贴得死死的。魔鬼班主任也越发把班级里的大事小事交给西荷来做，想着西荷能顾全大局地把资料分享给大家，集体荣誉感肯定不会差。至于第一天西荷迟到那件事，好像成了上世纪的一个小插曲。

培训照旧，考试也不会缺席。

卷子发下来的一刻，顾一心里还是很有底气的。题目答得也算如鱼得水。

栗湘时不时望着顾一发出"噗呲噗呲"的声音。顾一只能趁监考老师不注意，让开半个身子让栗湘看，想着她能看见多少算多少。要是主动把答案给栗湘看，岂不就成合作考试作弊了？这个锅，真背不起。大家都是成年人，要为自己的行为负责。总不能为了小伙伴，搭上自己的前程吧。

眼睛近视的栗湘看不到什么，只好偷偷把衣兜里事先准备好的小抄拿出来，压在卷子下面。顾一看到没有哼声，不料西荷却在这时候咳了几声，引起了监考老师的注意。

监考老师转过身来，貌似看到了什么，走向栗湘，从卷子下面拿出了小抄。同学们手中的笔停了下来……

"栗湘,你知道作弊是什么处罚吗?"监考老师一脸严肃又坚决地问。

"老师,我……"栗湘立时言语哽咽。

同学们都把目光移到栗湘身上。顾一着实替栗湘捏把汗。

"你出来一下。其他同学继续考试,离交卷还有20分钟。"

栗湘放下笔随监考老师走出了教室,其他人依然埋头答卷。

铃声一响,交完卷子顾一便问秦淮怎么办。"什么怎么办?她有关系,估计被谈个话,写个检讨什么的,就没事了。"秦淮抿了抿嘴。

"这次好像没那么简单,你看那监考老师的话,感觉一点儿商量余地都没有!"顾一急着说。

"你别瞎操心了,等她回来不就知道了吗?"

"所以我们就这么等着?"

"不然呢?你真以为你是小叮当啊,什么忙都能帮得上。小心点,别忙没帮上,最后落的别人一嘴埋怨!"秦淮不屑地瞄了顾一一眼。

班主任走进教室的那一刻,班级里立即安静下来。

"我在你们来培训中心报到的第一天有没有说过,但凡发现作弊一次的,直接走人?"班主任眼睛扫了教室一圈儿。

大家纷纷点头。顾一感觉栗湘前景不妙。

"考试不过,可以有两次机会来弥补,但作弊是道德层面的问题。是诚信问题。民航对资质管理、诚信要求是非常严格的。考试作弊,这样的学员,对不起,航空公司是不能接受的。无论你是谁,都必须有真本事。当你在飞机上遇到事情,你有什么关系,认识谁,有用吗?"

所以这是在宣告栗湘职业生涯结束了吗?

"不管你是谁,在这里都一样,每个人都是公平对待。刚才培训中心已经通知栗湘,即刻起终止培训。希望你们引以为戒。"说完班主任便转头离去。

顾一惊讶地和秦淮对视一下,没想到秦淮的反应更是满脸写着:"卧槽!"

同学们也在小声议论着,在这样场合没有一个人挺身而出为栗湘求情。顾一几次想插嘴拜托班主任再给栗湘一次机会,但她知道,即使说了也没用。规定是不可能因为某个人而立即改变的。可她清楚栗湘的性格,真性情摆在脸上,却没什么坏心眼,就是平时话多了点儿,但真的比西荷好相处得多。

栗湘眼圈红着走进教室,这一点儿不像平时大大咧咧给大家讲八卦时不拘小节的她。

同学们再一次把目光移到栗湘身上,个个儿一脸同情地看着她。

安慰人的话顾一没有说出口,她知道,这些话没有意义。就好比你有什么伤心事,别人告诉你别难过,想开点,是解决不了问题的。上一次是递给了栗湘一瓶饮料,这次是一包纸巾。

顾一想帮帮栗湘,她不知道怎么说能让栗湘心里好受些。她仿佛又一次感受到自己在银行工作时最后几天的难堪和痛楚。

栗湘收拾好背包,向教室外走去……

顾一跑出门外说:"我送送你。"

栗湘转过身来抱着顾一痛哭,刚才还忍着难过的心情,默默地流泪,不想让别人看她笑话。当顾一追了出来,栗湘无法抑制住自己的情绪,大声地哭了出来。也难怪,不管是八卦也好,请假也好,在很多关键时刻栗湘团队意识挺强的。始终没有给大家拖后腿。从情景模拟急救就能看得出,她能把心肺复苏程序做得那么准确,肯定是下过一番功夫的。

"也只有你还能出来送我。"栗湘抽泣着说。

"这点坎坷不算什么的,经历过你会发现即将迎来的是另一片崭新的天地!"顾一这番话倒是说出来了琴子当初在她临走时说的韵味。

"可我,可我真的倒霉到井底了,我只是想……"

"既然倒霉到井底了,再怎么走都是往上走了,好运马上就来了,相信我,你不比任何一个人差!好啦,别哭了。"顾一摸了摸栗湘的头。

"顾一，我还要和你说件事情。班主任发完机型设备资料，你不是问我怎么觉得眼熟？"栗湘擦一下鼻子。

"嗯？"顾一没想到栗湘临走了会说这件事。

"有一次你不在教室，我好奇你那个粉红色的本子，就翻开看看，里面都是你整理的资料。刚好被西荷看到，她拿过去看了几眼。就让我放回去，还让我一定要保密当作什么也没发生。转头就告诉我她为大家准备好了复习资料。"

顾一恍然大悟，西荷的一系列事情在脑海中一一闪过。

"所以，你一定要小心。"栗湘抹了抹眼泪。

"好啦。放心吧，我知道了。反倒是你，以后别傻了，给你点儿甜头你就过于信任别人。常联系，照顾好自己。"

对西荷的行为，顾一依旧装作完全不知情的样子。更多的是心疼栗湘，她也明白了，并不是所有的关系都能罩住规章制度。在外面闯荡，最重要的是靠自己个人实力。

培训中心的日子仍在继续，没有因为栗湘的离开而静止。"魂斗罗"组合被秦淮改成了"三人帮"。顾一在西荷面前始终只字没提资料的事儿。但很明显的，接下来在很多小组讨论的时候，秦淮站稳了顾一这边。顾一则是不急不躁，不卑不亢。

偶尔刷到栗湘的朋友圈儿，正在准备考雅思，说是想出国留学了。

顾一正为她即将迎来的新生活感到可喜。

叮———一条微信

"顾一,培训中心一切都还好吧?秦淮有没有和你表白?哈哈哈。"

要说栗湘直白的性格一时半会儿是改不了了。第一句还好接,还都挺顺利的,总分数暂时领先西荷,是班级第一。可这第二句,第二句让我咋接?顾一挠了挠头。

"都挺顺利的!别闹啦!他一直拿我当兄弟!"顾一回复。

"大家都看得出来他对你有意思,要不谁没事儿中午吃饭回来就给你桌子上放瓶饮料,钱多没地儿花呀?"

"别胡说啦,人家都没说什么,你看把你着急的,是怕我嫁不出去?说说你,怎么想去留学了?"顾一转移了话题。

"嗯……我爸妈安排的,说是留学回来给我在家附近安排个朝九晚五的工作,从上幼儿园开始,我就顺从他们的所有想法,也无力反驳。"栗湘顺带着发了个无奈的表情。

顾一虽说生长在双企家庭,不像栗湘家做生意。但很庆幸的是,顾爸顾妈一直尊重顾一的想法。对她实施"散养",因为他们觉得有必要让顾一自个去面对这世界带给她的新奇。

"雕塑自己的过程很痛苦,但终究会收获一个更好的自己。"

经历这么多,她在很多没有外界干扰的凌晨躺在床上闭着眼就想人性的冷与暖。

"现在有一个好消息和一个坏消息,你们想先听哪一个?"

魔鬼班主任两个月相处下来,渐渐摘掉了大家第一天来培训中心报到时见到的严厉面具。时常也会拿大家开个玩笑,逗得大家哈哈大笑。

"坏的!先说坏的!先苦后甜嘛!"秦淮嚷嚷得最欢。

"坏消息就是,你们即将迎来最后一科'大撤'的考试。也是你们即将面对这份职业的最高点:一旦遇见紧急情况,飞机起火、迫降这些,你们要有专业的应变能力,帮助旅客撤离。你们的光环并不是来自于成队走过候机楼那一刻,而是在特殊情况下争分夺秒地救人。考试地点在你们来培训中心第一天参观过的模拟悬空飞机演练厅。我希望这科考试,你们在现实生活中一辈子都碰不到。"

班主任说完这段话,顾一心里五味杂陈。说得没错,如果够幸运的话,一辈子都不想遇到这种紧急情况。但凡事都讲究个万一。要把这个"万一"执行到最低伤害点,才是乘务员这份职业的最高境界。

大家听完都沉默不语。

"好消息就是:大撤考完,大家就结课了,结业典礼在二楼会展厅举行。到时候会公布总成绩第一名的同学,签自主选择基地的协议。"

话音还没落,大家纷纷鼓掌欢呼。这架势,不知道的还以为秦淮又演小品了呢。

顾一也没忍住内心的亢奋,想喝口饮料压压,却在刚刚无意识伴着鼓掌声中把可乐摇摆,拧开后以秦淮为轴中心,灭火瓶儿喷射距离给同学们一个冰爽带气儿的惊喜!此刻,秦淮的脸是甜中带黏,这面膜,哪里找!

大撤,果然是所有考试科目里最紧张的,15秒开舱门、游泳、上救生筏、迫降指挥、跳滑梯,单单这些就已经把顾一半管真气耗尽。

而从滑梯下来双脚着地的那一刻,也意味着这三个月的培训时光,在大家成长的某一框框里,画上了完整的句号。接下来,是欢欣鼓舞的结业典礼。

"依照每年乘务学员培训的惯例,最终能坐在会展厅里的每一个人,都能拿到培训合格证,顺利结业。"班主任嫣然一笑。

"耶!"会展厅响起一阵阵呜里哇啦喝彩的声音。

"现在我手里的是一份自选基地签署协议,这次培训,总成绩第一名的是……"班主任停顿了一下。

会展厅瞬间屏声静气,这话风变得也太快了点儿。

班主任环视了一下全班同学，缓缓报出了一个名字，"西荷！有请上台，发表一下获奖感言。"

大家不断道着恭喜，只有顾一楞在那里。在整个培训期间，顾一的成绩都领先西荷一点儿，虽然有时西荷超过顾一，但总体上顾一领先的时候要多点，最后的大撒她觉得也还不错。她一直以为自己能够拿到第一名，能够自选基地，这样就可以和丁迈兮一起，但没想到这突如其来的结果，顾一有些措手不及。

在顾一惊诧的时候，西荷已经走上讲台，摊开手中的讲稿，做起了讲演。顾一脑子一片空白，心里在计算着与西荷分数的差别。感慨自己没有能够拿到第一名自选基地的资格，旁边的同学捅了一下顾一。

"顾一，我要对你说声对不起"，西荷站在台上竟然说到了自己。顾一懵了。"大家之前看到的复习资料，班主任说是我给大家准备的，实际上是顾一的。大家要感谢的人是顾一"，所有的人鼓起掌来，顾一也麻木着随之鼓掌。

讲完获奖感言，西荷鞠了一躬，走到旁边桌前，坐下签约。自选基地，这是顾一的梦想。然而，梦想就在眼前，成了别人的事实。

因为北京于顾一而言，给她希望，是温暖、奔跑的象征。倒不是说深圳不具备这些特点，但顾一毕竟是北方姑娘，深圳这些沿海地带，空气稀薄得很，顾一又高，好多次都觉得供氧不足，尤其是下雨阴天的时候。恰好丁迈兮的基地也在北京，去了也不至于人生地不熟。而北京离顾一家坐高铁不到4个小时，相对深圳而言近了很多。"父母在，不远游。"人一长大，总想让父母把操心儿女的时间，多放在自己身上安心享受。顾一也一样。

顾一心里有些难受，她回想起在银行工作，觉得一定会留下，最后戛然而止。这次培训，她满心认为自己一定能拿到第一名，没想到半路又杀出个程咬金。她越来越觉得自己过分乐观并不是一件好事儿，就像那句话，"当你自认为一切尽在掌握的时候，你已经开始慢慢失去。"

班主任重新回到讲台中间，"现在宣布大家分配去向"，会场立即鸦雀无声，大家都希望能去北上广这些大城市，大飞机，飞往欧洲美国，那才是每个乘务员的梦想。谁愿意整天在三线小城市转呢？

西荷，深圳

……

顾一，北京

秦淮，武汉

……

班主任读完后，几家欢喜几家愁。有人欢呼，有人失落。

顾一则又一次愣住了。尽管没有拿到第一名,不能自由选择基地,但是最终还是去了北京,这个她朝思暮想的地方。可是,虽说是自由分配,但通常都是考虑让大家回到各自的家,这样住宿、探亲、休假都方便。以顾一的条件,根本不该分去北京。还有,秦淮,他是北京人,怎么去了武汉?

想到秦淮,顾一扫了一眼会展厅,他人呢,去哪了?学栗湘玩失踪?栗湘的离开还没给他敲警钟吗?!何况你秦淮还是个没关系的户儿,就算是天大事,结业典礼也不能搞消失吧?

"祝你生日快乐,祝你生日快乐,Happy Birthday to you!"秦淮捧着一个大蛋糕。班主任事先拉下了窗户的遮光帘,在秦淮走向讲台的时候,关掉了灯。同学们一点儿没意外,纷纷把手机上的手电筒打开,唱着生日快乐歌左右摇晃。

顾一今天已经第三次惊呆了,刹那哽咽住,不知道说什么好。眼泪含在眼圈里不停打转。今早顾爸顾妈给她通电话,让她记得吃碗面。在家里还给她煮了几个鸡蛋,虽然顾一吃不着,但顾妈说生日的早晨,一定要煮个新鲜鸡蛋,上面写上过生日人的名字,把鸡蛋从床尾滚到床头,再滚回来。这样一轮儿,老人讲说,这是滚来好运气,滚走不好的东西。

但,秦淮怎么知道她生日的?她从始至终也没透露过今天是她生日啊?!

"顾一,生日快乐,成长快乐。"秦淮挑了挑眉。

"生日快乐！顾一！Happy Birthday！"同学们异口同声。

这样的惊喜，顾一还是头一次见。班主任给顾一戴上了生日帽，顾一在同学们的簇拥下，许了个愿。

吹灭了蜡烛，她把帽子反戴，21岁九局下半，还期待着所有事物的逆转。

有人说，青春是兵荒马乱，放荡不羁。而我们也在玩物没丧志的时空中运转着。如果用一个词来形容21岁的青春，偏爱于"奔跑"这给予我们未来无限可能性的动词。我们期待着有一天能够成为别人眼中"还不错"的人，期待着成为自己眼中清醒而独立的个体。

不依附，却有所依。

不念往，却仍是少年。

顾一把切完的蛋糕分给了大家。

"诺，西荷你的！多吃点儿，你太瘦啦！"西荷拿顾一资料在班主任面前邀功这件事，顾一已渐释然。

毕竟各奔东西以后，或许一辈子也见不到了。如果一直记恨别人，就像牢笼一样，最终被困住的是自己。

西荷接住了顾一手里的蛋糕，微笑着说："顾一，对不起。当时见栗湘拿着你的资料，我一时兴起。想着自己看看，没想到给班主任看到，问我能不能给大家参考，我想你也不会介意的。但班主任没问我，就以为是我的笔记，直接告诉大家了。顾一，你没生我的气吧？"

既然西荷这么坦诚，顾一也不好说什么。总不能说自己不想让大家学习吧？"好啦，都过去了。咱们也都顺利毕业了，结果总是好的。"顾一揉了揉西荷的手，没有让她把话继续说下去。

每个人或多或少都会为自己想要的而去争取、追逐。为了证实自己也好，虚荣心也罢，过程只有自己的感受最清晰。人，有时过于以为自己聪明，其实谁都不是傻子，只不过每个人的底线不同。我不说，不代表我不知道。毕竟，人生的成长，最终靠的不是一两个小伎俩，只有脚踏实地苦干，才能稳步向前。

在亢奋中结束了结业典礼。大家纷纷道别，秦淮调侃魔鬼班主任说："老师，我们大家一直有一个疑问……"

"什么疑问？"班主任笑着斜了他一眼。

"您是不是部队里出来的？从您的面部表情来看，特别适合当我们的军训教官！"

"意思就是我很凶？"

"不，你很温柔。"

"哈哈，哈哈哈。"四下笑声一片。

这是顾一住在深圳的最后一晚了。定了第二天回家的机票，就真的要和深圳这座溢满年轻人奋斗气息的城市说再见了。

说没有不舍是假的。琴子、罗佳、秦淮、栗湘、西荷……都是在这里相遇，陪伴她走过一段路程的人。此刻，她早已忘却了种种不愉快，更多的是感激。感激琴子姐在她做错事后的不计前嫌，感激罗佳让她在这样一座陌生而庞大的城市里住起来不孤单，感激秦淮的一路关照和离开培训中心前的惊喜，感激栗湘成为她同桌，递给她的第一瓶友好又没心机的"养乐多"，感激西荷的种种小心思，推动她变得更强大、努力学习向班级第一发起的冲锋。

到底要有多少力量才可以成为自己向往的样子？这是个未知的答案。首先，要弄清我们的力量来自哪里。要说全部来自于好的事物，太片面。难道坏的事物坚定不移地跨过去，不也能促进力量的生成？其实好与坏都不重要，重要的是你有没有成功过后的一如既往和失败后拍拍身上泥土站起来的勇气。

很庆幸，顾一的21岁没有在一无所有的时候放弃自己、没有让顾爸顾妈失望、离开家前她立的帖，实现了。

叮——一条微信，是秦淮发来的。

22：01

"不知道今天毕业典礼给你带来的是惊喜还是惊吓？哈哈哈。"

22:02

"的确吓到我了,吓得我热泪盈眶。话说回来,你怎么知道我生日的?"顾一回复。

22:02

"有次一起出去吃饭,你争着抢着结账翻钱包,身份证不小心掉地上还记得不?"

22:04

"哈?我就说嘛!说!你是不是起初想嘲笑我身份证上照片丑得一发不可收拾,结果没给你嘲笑的机会。嗯哼!"顾一紧接着发了个天线宝宝嘚瑟跳舞转圈儿的表情包。

22:05

"是,没想到的是,你的生日和结业典礼刚好重合。所以就策划了一场为你庆生的典礼。"秦淮的语气看起来略微认真起来。

22:09

"很感动,谢谢你秦淮。"

22:09

"顾一,你真的很双鱼。"

22:10

"哦?"

22:22

"简直和星座密语上说的一样,多愁善感还思绪万千。后来才发现,你的难过只会表露在熟人面前。当你知道西荷偷拿你资料,忍不住在我面前大哭一场时,我焦急却又喜悦。焦急于怎么才能把你保护的人如其名一样,简单又美好;喜悦于你慢慢把我划在熟人的框框里。"

这段话是秦淮思考了10分钟,鼓起勇气一字一句敲下的。

22:24

"咱们'魂斗罗'到'三人帮',到今天就结束了。但每个人的付出不会消失。你在北京要好好的,照顾好自己,慎重交朋友。有事,随时给我打电话,24小时待机!"

秦淮紧接着发来第二段话,中间没有给顾一回复的机会。他知道对顾一这份感情并不是想要一个结果,而是表露后再无遗憾。虽然这段感情不能继续,但是如果不说出来,终感不快。他回想起小米,一个同窗四年的同学,秦淮一直暗恋着她,却总担心遭到拒绝。当大学毕业,天各一方时,无意听说小米当初并不知道秦淮的心意。如今被招做了北京基地的乘务员。一段遗憾的青春成为过去时。

22:27

"好,遵命。"

顾一没有多说什么,这几个月秦淮对自己的关照,说不感动是假的。可感动毕竟不是感情,更何况两个人即将异地,在一起的机会更是微乎其微。但秦淮的好,顾一会铭记于心。

这世上没有谁生来就欠你的,一味对你好。如果在感情的某个方面我们真的力不从心的话,请不要给对方一丁点儿念想,请不要拖拉,请认真拒绝,请尊重对方,请记住他人的好。

22:29

"晚安,毕业快乐。"秦淮把对话的结尾都掌握的不失男子气概。

22:30

"毕业快乐,一路顺风。"

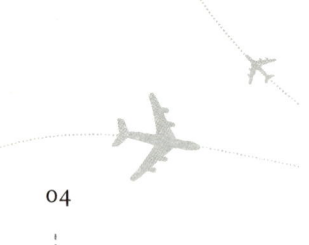

04

就这样带着梦想与北京这座谜一样的城市初次相拥

北京。

四月的北京是个万物复苏的季节,五环内的每一栋高楼大厦都折射出机会与梦想。这里和深圳相似却又不同。同样是一线城市,深圳的马路宽得可以横开几辆挖掘机,再远的距离,很少能把一个半小时浪费在"堵"这个字眼儿上。而北京的马路设置得很严谨、再着急想打个招呼插个车,基本不可能。不是人斤斤计较你插那一下,而是事实就摆在你面前,就算给你机会插前面,面对拥挤的马路你那手法也不允许。

如果说深圳是年轻人想要在此一搏的城市的话,那么北京则是大多数人拼搏过后无关结果输赢,依然想留下来的城市。周星驰在电影里曾说:"做人如果没有梦想,跟咸鱼有什么分别?"那么站在这里的每一个人,便是在创造梦想过程中,经历风吹雨打后,生命力顽强的鲸。

不知道,这座谜一样的城市,会不会欢迎顾一的到来。会以什么样的方式,接纳她。

"一一,这里!"顾一离公司门口还有50米远,就看见丁迈兮朝她挥手。在获知分到北京后,顾一第一时间就通知了丁迈兮。进入一个新的行业,丁迈兮是顾一唯一的熟人,也是唯一的寄托。

顾一上去就是一个熊抱。

"前辈好前辈好。"顾一开玩笑假客气说。

"嗯……这个小新乘进入角色还挺快的嘛,不错不错。"丁迈兮顺着翘起的鼻尖看着顾一,假装摆出一副"老前辈"不好对付的姿态。最后还是没忍住,两人哈哈大笑起来。

"好啦,不闹了,欢迎你,一一。"丁迈兮圆溜溜的眼睛里充满了热情。

"终于结束了三个月的魔鬼培训,见到你真是柳暗花明又一村啦!"顾一像见到救命稻草似的拉着丁迈兮的手。

"看来你完成的很圆满呢。不过,接下来面临的可不是你每天背的理论了,是实践咯!"丁迈兮喷了喷嘴。

丁迈兮把顾一带进办公楼,一路上招呼不断,多是曾一起飞行过的同事。

"一一,你知道现在这份工作和你原来的银行工作最大的差别是什么吗?"

"银行朝九晚五,这里没有固定休息期?"

"这只是其中一点,以后你每天面对的同事,都是不同的人。这班儿一起飞完,下个班儿可能半年甚至一年都碰不到一起。"

的确,银行的生活是每天日复一日地和相同的人共处,所以接触下来只要留心点儿对方的脾气秉性都能掌握的八九不离十。航空公司不一样,每天更换不同的同事与航班,可能还没来得及熟悉,一天的航班已近结束了。

"所以,不管怎样,刚开始飞,要和你的师傅好好相处、虚心学习、少说话、多做事。累是必然的,你要把多干的活当作是学习。我们都是这么过来的。"丁迈兮嘴不停地叨叨着。

"我懂,就像读书时做的课外作业。"顾一对丁迈兮满心感激,要是没有从丁迈兮那得来的面试消息,自己银行试用结束就只能回家了。没有丁迈兮的面试辅导,自己也不会站在这里。现在丁迈兮又开始告诉自己如何适应新的工作环境。这份情谊堪称可贵了。

"咳咳,迈兮,大恩不言谢。全在这里了!"顾一用食指点了点左胸腔。

综合管理部门给新晋的一批乘务员发放完制服后,每个人都神采飞扬地去洗手间试穿。顾一当然也按捺不住。

照了照镜子，如果说银行的一身工作服给她带来的是第一份独立的话，那眼前的这身制服含量或许会更重些，是自信，是涵养，是责任。

新乘A："听说带飞的师傅都可厉害了，经常会把新来的骂哭了！"

"真的吗？不会吧！"新乘B一副心惊胆战的样子。

"嗯！我也听说个个儿都是狠角色，要是安排个男师傅还好，女的话，不敢想象！"新乘C凑过来添油加醋地说。

顾一心里着实没了底儿，"这要是真像她们说的那样，以后的日子可有得受了。"只能默默祈祷："阿弥陀佛，给我排个男师傅吧，让我少受点骂。"

要说人在水逆的时候，意念啊什么的全被水给冲走了，你想啥，它偏不来啥，和你对着干才有意思。这不嘛，给顾一排到的，就是个女师傅。李若离，名字听起来倒是挺唯美的，像极了琼瑶小说里的女主角。

顾一找丁迈兮在内部通讯录查到了李若离的联系方式。

"若离师傅，我是顾一，第一天来公司报到，安排了您带教我，往后还劳烦您多指教。"顾一小心翼翼地给李若离发了个短信过去。

过了两个小时，顾一收到一条短信："OK，多看业务知识，上飞机我会提问。"

高冷没废话直接切入正题，如果说琴子已经做得很极致的话，那相比李若离还真是逊色了些。至少以目前收到回复的短信内容来分析，李若离果真没辜负新乘们口中的模样。

带飞的第一天，任务是观摩。不需要穿着制服参加客舱服务，穿便装就可以，基本上是去看看前辈们的工作流程，熟悉一下整个航班的运作。

第一班是早班桂林。前一天晚上熬夜看了半宿的业务知识，应急设备在客舱的分布等。凌晨四点闹钟一响，顾一惊醒。还在怀疑自己身在何方，迷迷糊糊中半梦半醒间，第二个闹钟响起，顾一才慢慢回想起今天是第一天上飞机。四点，自打出生就没起过这么早。自己光想到乘务员的光鲜亮丽，却忘了要起早。科比告诉记者："你知道洛杉矶凌晨四点钟是什么样子吗？"这话在民航人眼里却不算什么，别说四点，几点的都见过。

由于是第一次飞航班，顾一事先向丁迈兮请教了要注意的细节，要早到，绝不能迟到。带飞期间的表现会影响很久。这时候就要靠意志力了，顾一极不情愿地从床上起来，闭着眼睛，在墙壁和家具之间神游着走到了洗手间，刷完牙才发现挤在牙刷上面的是洗面奶。

尴尬？不可能。类似于这种事儿，顾一在学校没少干。什么平安夜去超市给班级同学一人买一个苹果，结果钱没带够。后面排队等着结账的人又很多，顾一为避免尴尬灵机一动，问老板："老板啊，你这苹果是甜的还是酸的？"

"甜的，甜的，姑娘，嘎嘣脆！"老板机智得很。

"什么？甜的啊，那我不要了。我爱吃酸的。"

最后留下一脸懵逼的老板。

所以当发现刷的是洗面奶时，她心里想的真不是会不会被毒死之类的，而是安慰自己今天刷的是金牙，毕竟一早刷牙的成本，挤出来至少能洗三次脸。

顾一早早带好证件到了公司准备室，等师傅来开准备会。

乘务员在执行每一次航班飞行前，由乘务长带领大家开半个小时的准备会，给组员分配任务，熟悉当日的航班以及介绍各类安全规定。最后和机长一起协同准备。

李若离走进准备室，看到一只高度超过一米七穿着破洞牛仔裤的火烈鸟向自己走来喊着师傅好。"这孩子招呼打的也有点太过于热情了吧？"李若离想，对于性格外向的徒弟，要先冷淡一下，这是李若离多年的经验。

于是，李若离板着脸朝顾一点了点头，让她坐在自己旁边。李若离按照准备的流程，和组员们一起熟悉今天的航线，分配了任务，对航班中可能发生的一些紧急情况进行准备和预习。顾一像小学生一样，在旁边拿个本子逐一记录。

和组员们共同完成准备工作后,李若离带着乘务组来到飞行员准备的桌子前,完成协同准备。顾一缩在后边,但两条大长腿让她无异于鹤立鸡群。机长环视乘务组,一下就看到了众人中的另类,表示了疑问。

"若离,你这是又带新乘务员了?"

"是啊,我的新徒弟,顾一,今天第一天上机观摩。"李若离向机长介绍了顾一。

机长是这个航班的"一把手",肩上的四道杠可比顾一上小学时候胳膊上的二道杠儿帅气多了。

"顾一,这是本次航班的陈机长。"李若离介绍说。

"机长好!"顾一式微笑。

"好好好,向你师傅好好学,她的业务可是客舱部'四大金刚'之一!"

"这倒是,和机长的颜值有一拼。"两人一唱一和地夸着对方。顾一在旁咬着水性笔帽儿。

机长继续对乘务组提出要求。顾一在一旁心嘀咕,这机长看起来明显比她在影视剧里看到的"机长"发福很多嘛。

机组间协同完成后,全体机组一起坐车去机场。顾一小心翼翼地跟在后面,生怕有一点闪失,会被师傅斥责。可惜还是没逃过。

"你是来走时装秀的吗?"李若离问。

顾一当前是问号脸。没明白李若离的意思。

"观摩虽说不用穿制服,但也要正装。你倒好,穿个破洞牛仔裤上来?"

第一次带飞,师傅都没来得及叫几句呢。就被李若离怼得干瞪眼,不知道说什么好,顾一有点儿吃不消。理性的小人又跑出来提醒她:"咳,这才哪到哪?只是皮毛而已。习惯就好了。"

"师傅,对不起,不会有下次了。"顾一奶声奶气地回答。

上了飞机李若离带着顾一从后舱到驾驶舱观摩一遍,分别讲解着每个设备的存放位置和应用。顾一拿着本子和笔跟在后面不停地做记录。

"以后,客舱就是你的办公区域。你要应对的不是电脑机器,而是实实在在的大活人。形形色色的人复杂得很,机器坏了可以缓缓修好了再操作,但旅客脸上挂的不满意我们一定要第一时间去解决。缓不得。"

师傅果然是师傅,说出的话干脆利落。

航班前准备工作完成后,看着前辈们迎客、安全演示。顾一穿的是便装,自然而然地坐在了最后一排空出的旅客座位。

飞机在跑道上加速拉起,清晨的阳光是柔柔的淡红色,万籁俱寂。在云端之下,在大地之上。

顾一从包里拿出拍照神器,悄然地把这一瞬间抓到了相册里。于她而言，这不仅仅是一次随机观摩，而是向往生活的新开端。这点点滴滴，都要记录下来，填补那生活中的仪式感。

一平飞，乘务员们就开始忙碌起来，要为旅客提供餐食饮料。

顾一勤快地走进后舱去帮忙。刚好看到一位前辈在洗手间里洗手，很费劲地按着水龙头。飞机上洗手间的水龙头不像商场里一样，拧一下就会一直出水。这里要一直按住才行。

"顾一，看什么呢？还不去帮前辈按一下水龙头？"李若离说。

回到后舱，李若离看着顾一说："记住，学会做事之前，首先要学会做人。要眼里有活，勤快些。"

顾一诚恳地点了点头，师傅告诫的话，总是想让她往后的路，走得平坦些。有了银行那几个月的工作经历，顾一对这份工作特别上心。她知道带飞师傅说什么都是为了自己好。

平飞后休息间隙，李若离拿出一盒草莓，顾一现学现卖，还没等师傅起身，就拿去洗了一遍递给师傅。

李若离笑着说："学的倒还挺快的嘛。一起吃吧。"

"得师傅真传，向师傅看齐，嘿嘿。"

一段航班落地，顾一发现李若离并没有第一眼见到那么不好相处，这从吃草莓就能看出来，顾一忙着冲咖啡的时候，她还把叶子摘掉喂了顾一一颗。有乘务员趁着李若离不在让顾一一箱箱搬水，李若离知道也会不高兴。毕竟顾一第一天是来观摩而不是专业搬水。讲实在的，帮你是人情，不帮是本分。

也是，再厉害的乘务长带教自己徒弟的时候，打心眼里还是护犊子的。就好比：我自己徒弟犯了错误，我来教导她，我怎么说都行，别人欺负，那肯定就不行。业务知识在公司里是不是"四大金刚"顾一还不晓得，但非常坚定以及肯定的是：李若离正是上述护犊子这类人之一。

"顾一，从明天起你可就是穿着制服走在客舱里了，是一名专业的乘务员了。你有什么想法吗？"李若离问。

"多少有点紧张，还是会担心做错被旅客投诉。"顾一迟疑了一下说，能让她发出胆怯的声音，还真不多见。

"都有这个阶段，但我希望你遇到问题，不要逃避，能够带着解决方案去找乘务长，而不是把问题扔给乘务长。在航班上，大家就是一个团队，只要不把问题和投诉带下飞机，就是好样的。"李若离耐心地教导顾一，生怕遗漏了什么。自己当初从一个什么都不懂的小女生成长到今天，都是一个个前辈教的，今天她要把自己所会的都教给自己的徒弟，这个行业就是靠着这个，一步步成长起来的。

顾一心里感叹，自己的运气真是太好了，在每一段起点都能遇见给她讲很多道理拽着她往好方向走的师傅。

"师傅，谢谢你教了我这么多。"

"客气的话和我就不必说了，转换为能量吧，好好准备，期待你明天穿上制服在航班上给我带来惊喜。"李若离的每句话都无疑是给顾一吃强力定心丸。

一天的观摩结束，回到宿舍躺在床上望着天花板。

叮——是丁迈兮的微信。

"第一天观摩感觉怎么样？明天就正式带飞了吧？"

"还好，就是觉得要是飞半年乘务员个个儿都会成为人精了……"

"这个工作其实还是蛮锻炼人的，要会察言观色，还要有随机应变的能力。也能学会与人沟通，挺有挑战性的。"

一个工作要么赋予给你足够的物质需求，要么给你带来自身价值的升华，才称得上有意义。这份工作在顾一这样的年纪，刚好两种都满足。

晚上顾一早早熨好制服挂了起来，期待着第二天的上机。

人在很紧张或是很期待某种事发生的时候，一宿很难睡得踏实。在梦里还时不时上演上演那些即将发生的事情。看着闹钟想着怎么才过了十分钟、半个小时，两小时就堪比半个世纪。

而真正穿着制服站在客舱里迎客的那一瞬间，顾一是从容不迫、踌躇满志的。她没有辜负自己在培训中心数个熬夜学习考出来的成绩，没有辜负在步入这焦躁不安的社会前顾爸顾妈割心划肺的挥手道别，没有辜负自己与这世界大胆的握手洽谈。

梦想总是被想象力描述得晶莹剔透，可现实也不甘落后，还是会冒出来捣乱一下。

"服务员，帮我把箱子抬上去！"一位虎背熊腰看起来年近四十的中年男子站在机舱门口。

"先生，您可以协助我一起吗？我一个人也搬不动这么大的箱子。"

"这不是你们工作职责范围内的吗？我看你们平时挺能抬东西的，怎么到我这儿就抬不动了？"中年男子不依不饶地说。

有那么一些人，理直气壮地厚着脸皮和你讲他认为对他有利的职责范围的事情，抱歉我们的主要职责不是给您放行李，而是紧急时刻协助您撤离。还有，您这么大的箱子，我就是藏獒也放不上去啊！顾一心里很不爽，但还是无力反抗默默地拎起了行李箱准备放上去。

"我来吧！"一位年轻的小伙子上前几步，从顾一手里抢走了行李箱放在了行李架上。

小伙子和中年男子给顾一带来的感受简直是冰火两重天。终归善良的人还是比较多啊。

在没有接触这一行业前，顾一以为那些乘务员在迎客期间只需享受旅客迈入客舱的仰慕，岂不知让人头疼的除过放行李，还有疏通过道。

总会有那么几个旅客横身挡在过道处，不是低头找座位，就是摆他那半斤八两的行李，丝毫不考虑排在他们后面的那些旅客。

"先生，麻烦您侧个身，谢谢。"顾一下意识引导后面的旅客通过。

"小姑娘，你是在催我吗？你没看见我在找空的行李架吗？"一男子横眉竖眼地看着顾一。

"先生您误会了，我是怕后面经过的旅客行李箱压到您的脚。"顾一反应的还算机智，不然又要被张三李四王二麻子等旅客呵斥一顿。

出口评估完毕向乘务长汇报后，一段紧张的迎客结束，顾一才得空回后舱喝了口水。

在面试前的数个梦里，顾一都梦到自己穿着一身空乘制服，站在客舱过道中间的位置，听着乘务长广播分别介绍着一套组乘务员的名字，当介绍到她的名字时，顾一深情为旅客鞠了一个躬。

而真正站在客舱里弯下腰这一刻，与其说是给旅客鞠了一躬，倒不如说是为自己坚持梦想的过程鞠了个躬。感谢自己没有在银行通知试用结束后因难过而放弃。这世界不仅美好，有时候，还挺照顾她的。

在航班过站休息的时候,顾一拿出手机请师傅帮忙,拍下了自己做乘务员处女航的照片,看着照片里的自己,身着合身的制服,盘好的发髻,站在舱门口。顾一有点不敢相信,自己就这样一步步成了一名乘务员。想到以后还会飞往欧洲美国,让一个还没出过国的小姑娘,顿时浮想联翩。这时李若离拍了一下顾一,"想啥呢?"

顾一有点害羞,"没想啥。"

"提醒你一点,在飞机上不要乱拍照,拍了呢,不要乱发。不光是朋友圈,发到群里、发给别人也要慎重。一张照片、一个视频,如果发出去,失去了存在的语境,很容易被误读的。"

"好的。"顾一似懂非懂,但是她知道师傅的提醒肯定是对的。不懂没事,不听才是问题。等到懂了,那可能已经出了问题。

烤箱里散发出的鸡肉香味儿溢满了整个服务舱。顾一肚子咕噜噜地为旅客把餐食摆在餐车上,李若离在旁边也没闲着,忙着帮顾一摆饮料。一般在用餐时间点儿,乘务员要在平飞之后第一时间把饮料、餐食送到旅客手中。通常飞机上会配备两种餐食供旅客选择。今天,配备的是鸡肉饭和意大利面。

按照正常服务程序,要先为旅客发放饮料,再是餐食,最后再添补一次旅客杯子里的饮料。

"您好，女士，今天为您准备的饮料是橙汁、可乐、雪碧、矿泉水、茶和咖啡，您看您需要哪一种？"顾一和师傅李若离把餐车拉到第一排问靠窗户座位的黄颜色头发的女士。

"可乐，谢谢。"女士礼貌地回答。

"好的。"顾一正要拿起可乐瓶儿。

"请问您需要加冰吗？"李若离在旁补了一句，顾一看了看师傅把瓶子又放了下来。

"加三块儿冰吧，谢谢您。"

顾一才发觉自己没有更深切地询问旅客的需求，服务果然是永无止境，没有最好，只有更好。

没走两排，一位坐在中间位置的男士按呼唤铃要一杯咖啡。

从师傅那学习到"可乐事件"的正确询问方式，"请问您是需要黑咖还是三合一的呢？"顾一问。

"黑咖加奶，不要糖，谢谢。"男士回应道。

顾一能隐约用余光看到迎面师傅泛起欣慰的笑容。

"请您拿好，小心烫。"由于餐车与这位男士稍有距离，顾一隔了坐在这位男士旁靠过道座位的小孩子头部递送到男士手中。

发的第一遍饮料还算顺利，没有磕磕碰碰，划伤烫伤旅客之类的。回到服务舱顾一还和师傅沾沾自喜地要表扬。

"师傅，怎么样，你徒儿刚才表现的可还行？"顾一倒了一杯橙汁递给正准备拿起纸杯的李若离，很得意地等着师傅的夸奖。

"嗯……目前看起来还不错。"李若离摆出一副老成样子点点头。

"那必须的啊！也不看看是谁带的！"

顾一能说会道这点算是遗传了顾爸的基因。当年顾爸顾妈相遇，对顾爸来说是一个上辈子修庙拜佛不知积多少德的结果，对顾妈，则让人叹息不知上辈子是杀了多少牲口？

顾妈的初恋是顾爸，而顾爸当时用现代词语来讲叫：老司机。

那时候的恋爱并不像现在这样自由奔放，大多是经人介绍，差不多合适就结婚生子了。据说当时顾爸追顾妈的时候，还有一位帅而条件更好的警察叔叔也追着顾妈。就在顾妈犹豫谁才是将来和她共度余生的人的时候，顾爸这啥都没有就剩底气的精神，着实让人佩服。

他跑了很远来到顾一姥姥家的门口，抹着男儿不轻弹的眼泪对未来丈母娘说：

"大娘，不管以后我和你家XX能不能成，你都是我妈，就是我亲妈，往后逢年过节我都来看你。"

现在想想，在戏精这个领域，顾一好像也找不到他的对手。

于是理所应当的，顾妈听从顾一姥姥的话，嫁给了顾爸。不过话说回来，顾爸是条汉子，从顾一有记忆到今，他从来没让顾妈受过苦，他让顾一看到爱情转变为亲情中生发的谦让、改变、责任。

他们在偶尔小吵小闹的大半辈子中，相爱着。

顾一很欣喜遗传了顾爸这点基因，让她遇事失落不过五分钟又能满腔热血地奋斗在这繁华的时代。

李若离听完刚刚顾一的"双重夸奖"，说心里一点不起波澜是假的，但还是指出了顾一在刚刚发饮料期间的不足。而这种指正，放在了先"肯定"之后，她觉得这样的教导方式，会更适合顾一这种开放式人格。

"不过……你觉得在刚刚递给中间位置先生咖啡的时候，有没有什么做的不妥，欠考虑的？"李若离问。

不妥？旅客具体的咖啡需求也询问了。有什么不妥的呢？顾一纳闷，表示不解。

"递送这些热饮的时候，怎么能隔着过道小孩子的头部呢？你想想，如果这个小孩突然起身，你手里这杯咖啡岂不是送到了小孩子的头上？试想一下，如果一杯很烫的咖啡洒在小孩子的头上，会产生什么样的后果？他的父母会不会轻易放过你，事情按照这样演变下去的话，可就不是投诉那么简单了。"李若离一五一十地分析开来。

面对师傅持之有故言之有理的分析，顾一也不由认真反思起自己的粗心大意。这次虽说逃过一劫，但不保证每一次都能把运气带在身上。

对于乘务员来说，为旅客发放米饭无疑是服务程序相对复杂的环节。

尤其是当两种餐食加起来是整个航班旅客的人数，却不能保证旅客的口味平均。一般这种情况都是前后舱分别一起出餐车为旅客发放餐食。

打扫完旅客刚刚用过的洗手间，顾一又把围裙系上准备这一"投诉率"较高的餐食环节。

按照规范的服务标准，发放了几排旅客，都很平静。不巧的是，即将要发放的一位旅客睡意正浓，顾一在问候这位旅客旁边女士的时候，故意把声音稍微放大，但那位睡意正浓的旅客没有接她这茬。

顾一想起自己去深圳银行工作的航班上，睡眼惺忪地醒来，在她眼前的是一张便利贴，上面写着："您好女士，刚刚发餐饮看您休息就没有打扰，醒来如果有需要请您及时按呼唤铃联系我们哦！"备注上画了一个调皮的表情包。

怎么做让旅客感觉舒服就怎么做。这社会真是处处皆学校，多留意一些别人给予你的小温暖，指不上某一天，就能同样赠人玫瑰,手留余香。

相信这位旅客醒来一定和顾一当时的感受一样,也相信他能把这份小温暖继续传递给下一位陌生人。

可惜,好景不长,很快意大利面就被前面的旅客抢先选完。餐车推到紧急出口位置的时候,只剩下了鸡肉饭。

"我要意大利面,我吃鸡肉过敏。"出口座位靠窗户的女士瞪着眼睛看着顾一说。

听说过海鲜坚果过敏的,鸡肉过敏,顾一还是头一次听说。甭管她是真的过敏还是假的过敏,那副吃不到意大利面看起来能掉十斤肉的样子,还真惹不起。一直以为这种"难题"只会出现在培训中心的情景模拟里,不曾想模拟却变成了现实。

"女士,意大利面没有了,实在抱歉。只剩下了鸡肉饭。"顾一小声解释说。

"这是你们的问题,我说了我鸡肉过敏,你是听不明白我的话吗?"女士把声音调大几十分贝,生怕旁人感受不到她没有吃到意大利面的委屈。

李若离冲顾一摆了摆手,示意她不要苍白的解释太多。毕竟出现这样的事情,跑不了乘务员考虑不周的责任。

"女士,实在抱歉,没有第一时间把餐食送到您的身边供您选择,这是我们的过失。如果您不介意的话,我可以为您提供一份配给我们的机组餐食，滑溜鱼丁饭。口感也很好，您觉得呢？"李若离及时解围这份尴尬。

女士点了点头，没再吭声。

其实她是真的一定要吃到那份意大利面吗？未必。很多时候，旅客更在意的是自身的价值与有没有受到关注和重视。

顾一已经熟练了师傅应对旅客的操作模式，总之就是：眼到，手到，心到。把问题扼杀在客舱中，用任何解决办法，哪怕是少吃一顿饭，不要觉得委屈，人总要为自己的过失买单。

经历这件事儿后，顾一决定以后每次航班发餐食之前，都把不同口味的饭分别在后舱留几份，不可能每位旅客都鸡肉过敏，总会有旅客理解这样发放的原因。但不能疏忽的是，我们永远预料不到对鸡肉过敏旅客的概率，这是个未知。

几天的带飞和第一天没什么差别，唯一可喜的是顾一在师傅李若离的带领指导下，逐渐适应了这样的工作节奏。李若离倒是觉得顾一身上的某个特点是她与生俱来的天赋。比如说看眼色行事，她的一个眼神，顾一总能察觉到并按照师傅的意思去做。这让李若离省心了很多，但性格的沉淀恐怕顾一还需要些时间。

带飞的最后一班，在忙碌又充实中接近尾声，下降的30分钟里，顾一把头转向了机窗那一侧。不知道什么时候起，她似乎被北京这座无比包容的城市所感化。在这里的每一个人,都把寄托存放在某一个角落,待到来年春暖花开时,给自己一个还算满意的答复。

"师傅,这段时间谢谢你的照顾,教会我这么多。"顾一转过头和李若离说。

"顾一,你很懂事,但记住师傅对你说过的话,以后航班上你单飞了,万事要小心。切不可疏忽大意。你过于随意放松,事情就会来找你。有同事们讲八卦,不要参与,笑笑即可。你的第一年飞行在公司里的名声很重要,这将会影响你未来十年在公司的人设。"带飞的最后一段下降,李若离没有再问顾一业务知识,而是把一些忠告传给顾一。

"不要太急于进步,脚踏实地做事。人在做,天在看。同事、领导心中有数。不要怕吃亏,做多了,做好了,经验就有了。工作时不能总埋头干活,偶尔要停下来看看前方的路。什么意思呢?就是要善于总结经验。会学习的人,都会总结。等你工作一段时间,只有经验、知识才是真正属于你的财富。"

电视里总说教会徒弟,饿死师傅。顾一还担心师傅不会把她肚子里的"经验"全部吐出来,果然电视剧是演给常人看的。现实则恰恰相反。顾一更加确定的是,航空公司这个圈子算是众多职场环境里的一股清流了。毕竟这个行业,当徒弟学会了,说不定要和师傅在一个航班,遇到困难时,多一个帮手,就多一份成功的把握,而不是像在办公室那样大家相互竞争。

李若离最后的叮嘱,和琴子与她告别时说得简直没两样,让顾一更加明白要走好当下的路。

带飞结束后,顾一把丁迈兮约出来吃了顿饭。怎么说,也要小小庆祝一下这零投诉的带飞期。

"带飞的感觉如何呀,一一?"丁迈兮问。

"整体来说还算顺利,你是不知道,有的旅客有多奇葩。还有要投诉飞机发动机声音太大,打扰他休息的。怎么样,这大哥绝对有资格参加'奇葩说'了吧?"顾一把嫌弃脸展现的103分。显然多出那3分是:一分包容,一分理解,一分无奈。

"哈哈哈,你这算什么,我这还有更奇葩的呢。想不想听?"

"哦?说来听听。"

"一个看起来和我爸年纪差不多大的男人,上来仗着自己是金卡,就问我要电话号码,说如果我不给他的话,他就投诉我。"丁迈兮冷笑了一下。

"不会吧?这么变态。那你后来给了吗?"顾一皱着眉头问。

"给了啊,我把我爸的电话号码给他了,跟他说有事让他同我爸联系。"丁迈兮得意地笑出了声儿。

"哈哈哈,这都可以?这事儿你做的简直太酷了!"顾一笑得眼泪儿都差点出来。

"这种触碰我们原则的人,他不尊重咱们,咱们也没必要对他百依百顺。我们的服务是建立在素养之上的,善良但要有底线。"丁迈兮说起这些话来,底气很足。

投诉的案例有上百种,但因为空乘不给联系方式打算投诉的,真是活久见。不过话说回来,丁迈兮的最后一句话,道出了顾一的心声。

两个人这顿晚餐,按照"吐槽大会"的模式来进行。说到气愤处,丁迈兮还会拿起刀叉敲盘子。当然说到温暖的事情,两个人也会对望点头。就比如丁迈兮说前不久飞了一段昆明,有旅客见她忙着发餐没顾上吃饭,偷偷递给她几块鲜花饼儿。满客舱的温情让丁迈兮感动好久,鲜花饼都没舍得吃,拿回家做了纪念。

无论你从事何种职业,总会有人,用行动来温暖你。

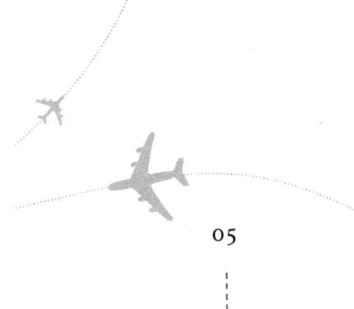

05

这世上有无数个航班,偏偏你坐了我这趟,

那么,很高兴认识你

放单后首飞的第一班就是成都过夜,这对飞航班不久的顾一来说,是个福利,等于一次免费旅游。

和往常一样整理好仪容仪表坐在准备室,等待乘务长为大家召开30分钟的航前准备会。顾一被排到了最小的号位,既要评估紧急出口,又要负责外场(客舱巡视,为旅客加水)。

不同的是,自己单独和后面两位陌生的前辈一起执行航班任务,没有了师傅的照应,确实是会辛苦些。不过也正常,像丁迈兮说的,刚刚上来,哪有享清福的美差。顾一牢牢记着师傅的话,把多做事当作一种学习,更早地积累自己的经验。

"你今天是单飞第一班?"前辈A看了看顾一。

"是的,要是有什么做的不好的,还请两位姐姐多包涵。"

"哈哈，你师傅谁呀？"

"李若离"，顾一担心是不是自己哪里做得不好才会被问师傅是谁。

"哦，那难怪嘴这么甜。若离可是我们公司出了名儿的能说会道。就没有在航班上她搞不定的旅客和机长。情商高得很。"前辈B倒了两杯可乐给前辈A和顾一。

搞定机长？这是什么意思？感觉怪怪的。顾一没敢接这茬，不想这话题继续下去，以免自己尴尬。作为新人的第一条守则，不要背后议论别人的是非，尤其是自己的领导和熟悉的人。

顾一从冰桶里用冰夹捡出两块冰示意两位前辈要不要加，两人说了声谢谢，顾一分别扔进了杯子里。

"哎？顾一，你听说了吗，你们一批一起上来带飞的一个姑娘，前几天在航班上算是闹出笑话来了。把她师傅坑得够呛。"前辈B无奈地摇了摇头。

"没听说过呢。"

"我也没听过啊，快讲讲怎么了！？"前辈A兴奋地拽着前辈B的袖头。

"哎哟，那学员她师傅让她平飞之后去客舱拿着报纸走一遍，看看有没有旅客需要。结果走完一遍回来，呵，好家伙，人家姑娘手里攥了一把零钱硬币回来。她师傅当时就惊呆了。

问她哪来的这么多硬币。结果大姐回复她师傅说：'我看报纸上写的零售价一元，就问旅客要了钱……'"

"哈哈哈哈哈哈哈，不是吧，这简直是本年度最佳了！哈哈哈。"前辈A捂着阑尾的位置笑蹲在地。

顾一也差点儿一口可乐没喷出来，她天生和可乐不搭。每次要喝可乐的时候，总会有不一样的故事发生。

"你们俩还真别笑，猜最后怎么着了？"

"最后她师傅，拿着一把零钱带着她去和买报纸的旅客道歉，把钱还给旅客，她徒弟是真的不知道飞机上的报纸是免费的？"前辈B翻了个朝向天花板的白眼。

顾一还回荡在脑补的情节里，倒不是嘲笑，只是觉得，有时候生存在这座巨大的城市里，太过于耿直，并不是一件好事儿。自己是新人，不知道其他前辈背后怎么议论自己呢。

"顾一，你听说最近客舱部的八卦了吗？"

新人守则第二条：不要有好奇心，不该说的不说，不该问的不问，不该听的不听。有些新人以为和资历老的打交道以后工作就会好做些，结果早早落入陷阱。不要随意评价别人，不要背后议论别人的是非，以为自己知道了什么秘密，最后吃亏都不知道怎么吃的。在银行的遭遇足以让顾一长记性了。

"叮"，一声呼唤铃响起，拯救了顾一。

"我去看一下"。

借着呼唤铃回避，既不失礼貌，又缓解了尴尬局面。

"我头上方的这个阅读灯是不是坏了啊？我想看报纸，可灯根本不亮！"一位年近五十的阿姨烦躁不安地看着顾一。从面相看，和电视剧里难缠的婆婆有点像。唯一没看清楚的是她的眼睛，被黑色墨镜遮住了。

顾一看了眼阅读灯，一点儿没有损坏不亮的迹象。

"阿姨，要不您把墨镜摘下来试试？"

"行了就这样吧，也没有很亮嘛！"女人摘下眼镜低头用眼镜布擦了擦，说这句话的时候，明显不像按呼唤铃时那样架势十足。

好吧。人们大多时候选择对自己的错误视而不见，这关乎尊严。也罢，也罢。她开心就好。

飞了两个小时后，顾一的航班首秀宣告圆满结束。飞机轻盈地落在了跑道上，外面温度正好，成都是个好地方。

从赵雷的一首《成都》，就能听出这里的巴适和安逸了。成都的生活节奏不像北京那样快，串串则正宗到让人坐下就不愿离开。宽窄巷子、锦里好似北京的南锣鼓巷和王府井，并排摆布着天南海北的小吃。每天挤满了不同国家不同种族的人，要说，食物真的可以称为人类通用的语言了。

在成都过夜的两天，顾一的心随着这座城市也渐渐放慢节奏。站在酒店阳台，呼吸着这份轻柔的空气。下午茶时刻楼下熙熙攘攘的是一群中年人打麻将的清一色胡了再胡的吆喝声儿，这种生活简直是上帝为人们构造的世外桃源。而北京则是上帝为最强大脑构造的天地。两者之间，世外桃源固然是好，可顾一依旧坚定地选择了北京这座给予人们未来无限可能的城市。

两天转眼即逝，还和往常一样在旅客登机前半个小时整套组提前到飞机上检查各自负责区域的应急设备。

准点起飞。再会，成都。

"您好，孔先生。我是本次航班的乘务员顾一，实在抱歉没有第一时间向您问候。刚刚我看您上了飞机就休息了，所以没有打扰您。这是为您准备的毛毯、靠枕、拖鞋、报纸、矿泉水。如果您有任何需要，请随时按呼唤铃联系我们。"

此刻，飞机已经进入平飞状态，顾一蹲下来打招呼的是金卡旅客，孔浩。

"好的，谢谢你。辛苦。"孔浩微笑示意着点了点头，拿起矿泉水准备喝一口。

如果说每个女孩子心目中都有一个向往的男朋友的标准，当顾一蹲下来那一刻，至少心里是小鹿乱撞的。眼前的这位金卡旅客，一身休闲装，干净利落的背头。看起来聪慧没收敛的脑门儿，半俄罗斯鼻梁，最引人注目的还是那双溢满柔情的桃花眼。拿起矿泉水的手简直像极了漫画里人物的原版复制粘贴过来的。而这些和花痴无关，世间的美帅与才华，试问谁不会为之心颤一下呢？

帅是帅，但终究是过客。每天见到的旅客实在太多了，怎么可能个个都记得住。但少女心的悸动还是要有，总要不断给自己的生活找找乐趣，加些麻油辣椒面儿。

打扫完洗手间，顾一拿着茶水壶去巡舱。每一个刚飞不久的乘务员，对这份工作是秉持着饱满的热情的，同时也略带着小心翼翼。人在紧张的状态下，越是担心失误，失误却偏偏喜欢来找你。

有个孩子调皮地在客舱里跑来跑去，恰好撞到了在客舱中手拿着茶壶的顾一。顾一下意识地把茶壶从身前挪到右手边，生怕泼到孩子身上，却没注意到坐在她右边的女士，结果茶水刚好洒在女士包包上，袋子明显有水印。顾一吓得赶忙一边拿纸巾擦水一边不住道歉。

"女士对不起，对不起……"

"对不起有用的话，要警察干吗？"这位长得像葫芦娃动画片里蛇精的女士大喊。

这一喊，惊醒了旁边正睡着的金卡孔先生。

"女士，实在抱歉，我给您擦干净。"顾一声音有些哽咽。

"你那是茶水！渗进我包袋子里，怎么可能擦干净？你知不知道我这包包多少钱?LV限量款!两万多!"这时候就是没有李靖的宝塔,不然这位女士分分钟要把顾一收进塔里清蒸的样子。

"是我的过失,给您带来不好的乘机体验。如果方便的话,您把包包留给我,落地后我找专业清洗包包的地方,洗完后寄给您。或者,您拿去洗,把发票开出来,我给您报销。您看行吗?"这是顾一当前想到的最好的解决办法了。

"请问,新的包包拿去洗,再怎么洗干净它还是新的吗?"

面对女人的咄咄逼人,顾一实在不知道说什么好。只有不停抽泣着道歉。但这位女士显然对眼泪不感冒。

"那你觉得这位乘务员要怎么解决您心里才会舒服些?"说出这句话的,正是坐在这位女士身边的金卡孔浩先生。

"要是真有个解决态度,就不是一直在这给我哭哭啼啼的了。"女士的话明显是想让顾一赔她同款包包。如果不这样,她不会善罢甘休。

两万对于刚飞不久的顾一来说,意味着要吃四个月的土,喝四个月的风。

"可以给我看一眼你的包吗?"孔浩伸过手,手表却不小心撞到了座椅扶手。

"孔先生,您的……"

"没关系,无碍的。"孔浩向顾一摆了摆手,拿过女士手中的包，仔细观察了一圈儿。

"你确定这是限量款？还两万多？"

"我男朋友送我的！你什么意思，是在怀疑我编瞎话？"女士更是不依不饶。

"我没有怀疑你编瞎话，只是你看这包链上的五金，专柜真品的通常不会是很亮的金黄色，而是青铜色。从配皮针脚及封漆等细节来看，LV的车缝线是工整对称的，而且是上过油蜡的麻棉线。真包的纹比较深，小水泡的颗粒之间都很分明。你这个……"孔浩耸了耸肩表示不可思议。

见孔浩娓娓道来说的这么专业，顾一不禁目瞪口呆。不过，从孔先生戴的表就看得出，奢侈品对于他而言，并不稀奇。

"你是说这包是假的？怎么可能！？"女士眉头一紧。

"假不假的不好说，但你凭空说是真的，要让乘务员赔你个新的，也不合适吧？凡事都讲究个证据。"

伴着飞机发动机的嗡嗡声，场面陷入僵持。

女士仔细看了看包，犹豫了下说："我没有说一定要她赔我个新的，但我的东西被她弄脏了，我只想要个解决办法。"

"女士，由于我的失误出现这种情况，实在抱歉。今天是我放单飞的第二班，我手里现在只有500元。我知道这500元弥补不了对您心爱包包的损失，但我只有这么多，还请您收下，这样我心里也会好受些。"顾一低着头难为情地看着女士，眼泪还在眼角挂着。

要说委曲求全或是低到尘埃,未必。很多时候我们需要退一步,倒不求海阔天空,只是不想给自己招太多麻烦。这500块钱,算是买个解决方案,也是给自己买个教训。大不了少吃顿火锅,比被投诉扣钱要强些,那样的话损失可能还不止500。

"下次注意点就是了,今天你这是撒在我包包上,要是洒在我脸上,可就不是钱能解决的了。"女士接过钱抿个嘴嘀咕着。

对付这种杠精的最好办法就是不要追根到底地讲道理,不是所有人,都适用于"道理"二字。但总归问题算是解决了。

之后在孔浩起身来后面上洗手间等待的时候,顾一倒了杯橙汁表示感谢。

"谢谢您,孔先生,今天要是没有您替我说话,恐怕……"

"没关系,你们都不容易,而且看得出来,你也是刚飞不久。新人嘛,总是要有机会历练的。而且,你很聪明。"孔浩接过杯子。

"您是不知道,我刚才被逼得快喘不过气来了。"

"但你很快便了解到了她的需求,并为此付诸行动。只是,怕是你今天航班赚的钱,要功亏一篑咯。但能用几百元买来经验教训,还是划算的。"

"孔先生,如果您方便的话,可不可以帮我写个证言证词?因为我很怕那位女士落地后又不认我赔偿给她的几百元钱,接着投诉。您知道我现在刚飞没多久,一个投诉,很可能造成我停飞。"顾一不好意思地挠了挠头。

"好的。联系方式在下面,如果她有投诉,让你们公司负责管理投诉的人给我打电话就好了。祝你好运,小朋友。"孔浩在一张纸上写了基本经过,交给顾一,然后举起杯子把最后一口橙汁喝下去,回到座位。飞机马上进入下降阶段。

证言证词,是为了保全自己。可隐约中,顾一觉得事情到此为止,而又不仅到此为止。

过了一周,是每月一次的客舱部全体乘务员大会,会议的内容不仅是传达一个月来的部门工作情况,还会总结近期的服务投诉以及安全状况。

大屏幕上挂着一个月内的五个投诉案例。顾一戴着隐形眼镜眯着眼睛仔细从上到下看了两遍,幸好,没有旅客因为包包而投诉。她才把心放后脑勺。逃不过的,却是领导在会议上提问她的"餐食里吃到头发"投诉案例,如何更好地解决。从上学到工作,顾一永远躲不过被提问。她一度想改名字,是不是因为"顾一"叫起来简单才百发百中?

而被提问的开头,往往很真实。

"旅客在牛肉饭里吃到了一根头发,非常恼火,直接摔刀叉按呼唤铃质问乘务员,还要乘务员为其写证明。如果是你,这时候该怎么办?"领导眼睛扫了一圈儿下面坐着的乘务员。大家纷纷低下头,顾一看了看身边的同事后也下意识地把头低了下去。

"没有人主动回答吗?那我可随机找人了。"

……

"好,顾一。就你吧。你来分析一下。"

顾一思考数秒:"碰见这种情况,客观来讲,是航食出现了问题。但这种情况,就算是在五星级酒店也很难杜绝。我觉得我们先不必着急于解释餐食出现问题和我们没关系之类的话,而要迅速了解清楚旅客的需求。"这一串回答,倒是引起了领导和大多同事的关注。

"你接着说。"领导显然对顾一的回答很感兴趣。

"他想要的解决方式或许只是小到你给他换份餐食,也可能大到下飞机让你带他去医院检查这根头发会不会给他身体造成影响。不过既然都让乘务员写证明了,跑不了是后者。毕竟,有些旅客是豆腐渣做的。"最后一句惹得大家哄堂大笑。

"顾一的分析大家都听到了吧?你们觉得怎么样?"

大家诚恳地点了点头,好似很赞同。

借着案例对全体乘务员进行辅导,才是会议的重点。

"遇到这种情况时,我们要做好心理准备。什么样的心理准备呢?第一,理解旅客,要换位思考。乘务员可能这样的问题已经遇到过很多次,见怪不怪了,但旅客很可能是第一次遇到。所以,只有理解旅客的心情,才能很好地解决问题。

第二,要承担责任。你们可能觉得这个餐食是别的部门的问题,但对于旅客来说,都是我们航空公司的责任。所以,这时乘务员就要扮演企业代言人角色,站在公司的角度去解决问题,而不能说,这事我不清楚,你问问配餐公司。

你们知道'CLEAR'投诉处理办法吗?李若离,你给大家讲一讲。"

李若离是客舱部负责标准的,这时承担了宣贯培训的职责。

"缓和客人激动的CLEAR方案,主要是

C——Control 掌控你的情绪。沉着冷静,自己不能乱了分寸;

L——Listen 倾听旅客的诉说。了解投诉的原因和关键所在;

E——Establish 建立与客人共鸣的句式,站在客人角度换位思考;

A——Apologize 道歉。不管错在谁?先要对事件的发生进行道歉;

R——Resolve 提出应急和预见性的计划。给出选择性的解决方案而并非让客人提出要求。"

"但案例里面的乘务员，只有无止境地给旅客道歉，并没有解决旅客的需求。这种情况下，首先倾听旅客的抱怨，让他先宣泄完。之后表示同情和理解。然后呢，就是如何解决，给旅客换一份餐食，再赠送一份礼品，让旅客觉得他的意见得到了重视。同时，我们可以这样说：'先生，出现这种事情我们除了和您说抱歉，下机以后还会和配餐部门联系，一定把错误反映给他们，让他们对责任人进行处理。您看这样可以吗？'

我们要让旅客感觉到，我们站在他们的角度考虑问题，而不是推脱。"

领导就是领导，别管怎么样，推推眼镜张口就来还能让大家听得一愣一愣的。在你之上的每一个人，必有过你之处。

"至于让我们写证明，如这几天出现肚子不舒服，要航空公司负责等。其实证明，可以写，但我们千万不要写：X先生在航班的餐食中吃到一根头发。"

顾一有些不太理解，如果不这样写，还有其他方式？况且，旅客确实就吃到一根头发啊！

"简单来说就是我们不要为其证明任何事情。那怎么写这个证明呢？可以写：X先生说，他在餐食中吃到一根头发。"

大家缓过三秒，恍然大悟。

"你们不要小瞧这一个'说'字，或许这个字正是关键时刻保护我们的围栏。就算延伸到法律层面,也是X先生说的。我们只是帮他做一个证明而已。这不是推卸责任,而是自保。"

这段案例分析,至少目前来看,是顾一听到的最成功一课了。她不禁和同事们一样为领导竖起大拇指。

学无止境不再是谚语,而是促发人不断前进的动力。

晚上回到家,顾一编辑了好多字准备发短信给孔浩,最后只打了一句:没有投诉,谢谢你。

短信发过去那一刻,她的内心和平静相差甚远,为什么会这样?她也不太清楚。总之,既亢奋又欣喜。

一个小时,两个小时,都没有等到孔浩的回复……

算了吧,也是,毕竟过去一周了,谁还会记得这些小事儿,况且,电话留的是不是本人的都不好说。

但失落感又不知从什么时候起突然冒出来探热闹。真是莫名其妙,顾一抖了抖肩晃晃脑袋。

叮——一条微信。

是李若离的,顾一还幻想着是孔浩用她的手机号搜出来的添加微信好友的请求。

下午开会看到了顾一,对顾一的回答还算满意。但是会议结束后人来人往,也没能和顾一说上句话,发来微信关心一下。

"最近工作怎么样？"

"挺好，刚开始飞，还在熟悉，前几天差点被投诉。"

"飞的时候谨慎点，如果有问题尽早告诉我，把问题及时解决了。"李若离提醒着顾一。

放下手机，顾一躺在床上对着天花板发呆。百无聊赖，起身出门到超市买了些水果牛奶。

收到孔浩短信的那一刻，顾一正上了电梯准备拿钥匙开家门。

"抱歉我刚处理完工作上的事，晚回复了你。没有投诉就好，照这样看你是要欠我个人情咯？"

顾一正准备立即回复"哈哈哈！没问题。"停顿两秒又删除，那些情感鸡汤类的书籍说过，两人在初步接触阶段时，女孩子还是要矜持些较好，秒回只会让对方觉得你没有市场。

于是决定等等再回复。进了家门，连开灯、脱鞋、换衣服、洗漱这一系列程序都抑制不住亢奋的心理活动，看了看时间，共用了15分零46秒。嗯，这下回复应该算在矜持以内了吧。

伴着喜悦隔着屏幕斟酌完发出去的是："Emmm，也不知道这么大的人情，火锅儿能不能笑纳？"

"这顿火锅我要是不去吃的话，岂不是损失惨重？那我就等你休息听候召唤了。"

顾一对着手机屏幕傻笑，当手机没拿稳砸到脸上的时候，才感受到疼。

当你极力想要一件事物到来的时候,往往得到的是事与愿违的结果。那些美好的事物总会在你不经意间开出花来。而一朵花最令人着迷的阶段,是含苞待放,爱情,也便如此。

关灯,睡觉。

北京的这一夜,空气让人格外的舒适。连梦都带着香甜味儿。有了对蓝天的憧憬,迎接她的会是万里晴空?

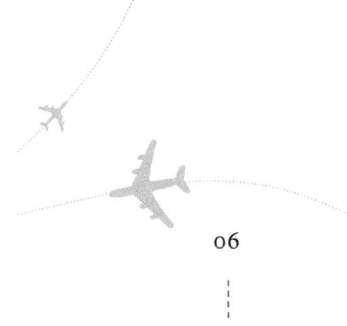

06

生活从不会辜负努力奔跑的你

自从跨进航空这一行业,时间过得好像要比以往早九晚五快了很多。一个月一晃就过去,一周更是飞速即达。

航班计划出来后,顾一和孔浩对了下周空档期约了晚饭,闲暇时间都在写飞行日志,工作期间则是用小本本记录下每天发生的不同有趣的事儿。她总怕记忆被时间掠走。

7月18日

旅客A:"我要投诉!"

我:"先生,怎么了?"

旅客A:"你们这飞机怎么摇摇晃晃的,新手开的吧?"

我:"先生,是因为受到气流影响……"

旅客A:"能不能让你们司机把飞机开得慢一点,我晕机,不行给你们加200块钱!"

7月19日

50分钟的航班,流控了3个小时。

旅客B在座位上举起手……

我:"您好,请问有什么可以帮您的吗?呼唤铃在您头顶上方。"

旅客B:"没事儿,我从小爱学习,举手举习惯了,请问厕所在哪里?"

我:"在您的右后方。"

旅客B身旁同行的C对着他说:"听见没,人家说了,洗手间在后面,你还举什么手?等着空姐把你上还是咋滴?巨婴啊?"

7月20日

在飞往厦门的航班上,见证了一场在三万英尺高空上的求婚。

男孩手捧玫瑰,用广播器诉说和女孩七年爱情长跑的时候,不时哽咽。大家齐刷刷地用掌声共同祝福这对有情人。女孩被感动得有些不知所措,原来七年之痒也会越过平淡,与惊喜握手。

男孩给机组工作人员和每一位旅客都发了糖，整个航班都沉浸在愉悦中。客舱里到处都飘着甜蜜与祝福。这趟看似平常的航班，果然没有被浪漫辜负。

7月23日

今天遇到一件比较奇葩的事。平飞后，一位油光满面的中年男旅客朝后洗手间走去，我下意识为他推开盥洗室的门。

"飞机上既然不让吸烟，那这门旁干吗装一个烟灰缸？"

"先生，这款机型是从国外进口的，国外有些航空公司是允许旅客在飞机上吸烟的。咱们国内是禁止的。"我按照自己的想法回答说。

"先生，现在国外也都禁烟了，但是怕旅客一时忍不住抽了烟，然后又把烟头塞到垃圾桶里或别的地方会引起火灾。所以保留烟灰缸，是为了不留隐患。飞机上不能抽烟。"在一旁的乘务长赶忙补充解释说。

过了大约10分钟，盥洗室里传来烟雾探测器的尖叫。只见那位中年男子慌乱地拉开门，准备"逃"回座位上。"先生，您别紧张，请先告知我，烟头您扔在了哪里？"为了避免飞机起火，我选择先安抚他的情绪。"在，在马桶里，我顺手冲下去了。"男子慌乱地说。

最后？当然是走正常程序。知法还犯法，只能交由派出所发落了。

7月24日

正在向坐在紧急出口的旅客讲解应急门的使用，没想到旅客好奇地将右手伸向了窗旁的红色把手。

"别碰！如果您随意把这个出口打开，现金10万，不能刷卡的。"我着急道。

哈，好悬！如果今天这门真被打开，我的饭碗就砸了。

7月26日

今天的金卡名字让饥饿的人看了不禁直想流口水……叫：王中王。不知他有没有认个"金锣王"做兄弟，嘻嘻嘻。

7月29日

神都想不到，今天居然被一个3岁的小男孩亲了脸颊！！这是光明正大地在撩我吗！？ 实不相瞒，我心动了。

两个周期飞完，解开丝巾走进公司大楼，刚好碰到丁迈兮在和人说话。要是平常，顾一看到丁迈兮，远远就会打招呼跑过去，热情拥抱。两个关系好的朋友在公司里碰见，感觉真的和普通同事不一样，一般同事点个头微微笑就过去了。而顾一和丁迈兮一定是要把昨晚微信聊的事情见面再重申一遍，打字怎么说都没有面对面看着嘴形说有感觉。没办法，"中国式闺蜜"首先秉持着话永远聊不完的原则。今天，丁迈兮旁边有人，顾一还是控制了一下。走到丁迈兮旁边，点点头说了声儿嗨。

"顾一，我闺蜜。这是服质部温总。"

"温总好！"顾一吐了吐舌头。

"好好，那你们先聊，我回办公室还有事。"温总摆了摆手朝办公室走去。

"温总再见。"顾一第一次遇到领导，以前见到客舱部的分部经理都远远躲着。看着温总的背影，目送三秒。

丁迈兮神秘地眨了眨眼，"温总是三好干部。"

"三好？"

"颜值好，能力好，文笔好。"能感受到丁迈兮一脸崇拜，眼睛遮不住地在闪光。

好吧，看样子还是男神级别的人物了？这顾一倒是没太关心。但自己若将来有一天能够被人如此称呼，叫着"顾总"，那该多好。又想到有人说机关的人要溜须拍马，顾一有些不屑。这么做，顾一是绝对不肯的，她相信自己的能力。与其说是自信，更是一种年少气盛。

顾一下定决心，回过神来，丁迈兮还在发呆，"瞧你的花痴样儿，还能不能有点儿出息啦！"顾一弹了丁迈兮一个脑门儿。两个人对视笑了起来。

每到休息，就意味着可以跟随生物钟自然醒来，而不是闹钟叫早。

和孔浩约好了晚饭，这一天下来，要不是在对着视频学尤克里里中度过，显然有些难熬。

时间一旦以期待为单位，便是度日如年。幸好的是，可以用爱好兴趣来弥补。

一个淡妆，一条马尾辫，和一条简约而不简单的白色连衣裙，不错，是夏天的标配了。

"不好意思，我迟到了。"

提早半个小时出门的顾一，依然没躲过晚5点北京路上的拥堵高峰。

"没关系，我也刚来不久，先喝点水。"孔浩把杯子轻推向顾一。

"最怕堵车了，结果，哈哈。"顾一抿了口杯子里的水，耸了耸肩略微尴尬地笑了笑。

"没办法，这也是让我头疼的，谁让这里是北京呢。怎么样，在这边待的还习惯吗？"

"除过有些干燥外，已经慢慢适应了。还好我是北方人，干燥对我来说比潮湿更好接受。"

在深圳的几个月湿热确实成了顾一的一大障碍。沿海城市除了绿化让人心神大好之外,也逃不掉潮湿,所谓有利有弊。让顾一印象最深刻的是南方的小强(蟑螂)是会飞的7厘米怪侠,不像北方长得那么委婉。

"我也是北方的,我是山东人,你呢?"孔浩一脸老乡见老乡的表情。

"沈阳银(人)。哈哈哈。"在非工作状态下,顾一时不时蹦出东北话十级。

"哦,前年我出差去过沈阳一次,那里的鸡架很好吃,配着老雪花啤酒,毛豆花生,哈哈不能再说了,口水快流出来了。"孔浩边比划边说,表情很丰富,这倒让顾一觉得一点儿陌生感没有。

"比飞机餐还好吃?哈哈。"

"飞机餐我倒是觉得每个航空公司都所差无几,不过在高空增压系统状态下进入嘴里的食物味觉感受普遍都一样。"

到底是金卡,这是积累了多少里程才体验出来的真理,不过这倒是让顾一好奇起了他的职业。

"孔先生看起来观察力很强,不会是做少年侦探的吧?"顾一开起玩笑一向很夸张,'少年'这个词用得着实让孔浩的脸上增添了一抹夕阳红。

"哈哈哈,看来你柯南是没少逃课去看,不是了,我是律师。"孔浩手指滑了滑杯子把手。

"难怪,看来日后我说话要格外小心了,免得被你这种记忆力极强嘴皮又不缺乏洪荒之力的人物碾压,哈。"

这姑娘说话有点意思,孔浩心里琢磨。

"不过话说回来,我们职业还是有相似之处的,就像你说的嘴皮子很溜,我觉得你一点不逊色啊。"孔浩盛了一碗汤递给顾一。

"我们啊,是被磨炼的没办法,死人都能说活了才是真本事,可惜我这项技能一直待开发。"顾一接过汤习惯性说了声谢谢,能看出孔浩很会照顾人,顾一心想,不知道经历过多少姑娘才会动作如此娴熟。

"别谦虚,过度的谦虚可就是骄傲喽?"孔浩没忍住笑起来。

这世上有一万种笑法,眼前这位绅士又阳光的先生笑起来让顾一倍觉亲切,这好像不是两人飞机上相遇后的第一顿饭,而是两个熟悉的老友在汤和烤鸡中谈笑风生。

吃完起身准备去结账,不料孔浩已经把单买过了。

"谢谢你的晚饭。"顾一脸侧向左边看了看手把着方向盘的孔浩。

"客气什么,对了,下周有个英国设计师Paul Smith的时尚展，要不要一起去看？"

顾一听到后荷尔蒙焕发在空气中都是淡粉色的。然而装也要装的矜持些。过早暴露自己的心思并不是一件好事儿。一段关系的生成，或许只有在第一次见面时是怦然心动的，接下来则是两人情商与智商的博弈。

"好啊，到时候看情况，提前联系你。"顾一的回复看起来很平淡，心却在蹦蹦床上跳跃。

把顾一送进小区后，孔浩开着车前灯，一直照着顾一走进楼道里。看到楼上的屋子灯亮，他才放心离开。

回忆起从飞机上顾一和他打招呼到替顾一解围再到一起吃饭聊天，他对这姑娘标签更多的是"纯粹简单"。或许是接触到过多负面、灰色的信息，离婚案件、财产争夺、身边迎来送往的不是利益官司就是背信弃义的案子。所以他很难相信这世上有简单纯粹的人，而内心是渴望遇见这样的姑娘的。简单的小生活是一种平衡状态。顾一，很特别。

回到家偷偷拉开窗帘纱布，站在犄角里，生怕窗帘拉得大些被孔浩发现。而拉窗帘的那一刻也决定了顾一的小心思，是欣喜抑或是失落。直到看到孔浩在她偷拉窗帘后的两秒开车离去，决定了她对这段关系的萌动。

固定的飞行周期，飞行的时候化着精致的妆容，在航班上迎接形形色色的旅客。难得的休息，或者开会，或者是忙着个人的事情。以周为单位的飞行周期,以月为单位的发薪周期。当日子如此平凡地度过,时间过得飞快。

"徒儿,晚上什么安排?"

"哪有什么安排,我现在航班飞下来就是闲人一个。都想你好几天了。师傅忙,不好约,啧啧啧。"

顾一假装挖苦几句。想,倒是真的。讨厌可以隐藏,但喜欢不能不表达。这可是她涉世这么久总结出来的。

"嚯,还挑上理了?胡同里有一家烤鱼特别好吃,要不要一起?"

"那就恭敬不如从命喽,哈哈哈。"

顾一从银行进入航空公司,与过去的生活方式做了切割。起初进入银行,她以为与同事打成一片,一起聊天,吃饭唱歌应酬,可以拉近彼此关系,更快融入集体,但最终的结果事与愿违。顾一意识到,只有提高个人价值才是最有效的手段。她不希望像父母辈一样,生活圈和工作圈分不开。上班是同事,下班是邻居。上班和同事聊的是工作,下班还是这些人,聊的还是办公室的那些事。所以,进入航空公司后,顾一有意识地拒绝了同事间的饭局邀约。不要怕得罪人,我不是不参加你的饭局,我是所有的饭局都不参加,久了,大家也就接受了。只不过有人觉得顾一孤僻。这也是成长的代价。无效社交,低质量的社交,不如高质量的独处。要能忍受寂寞,与其和没有多少交情的同事吃饭，不如在家看看书，听听音乐，做点儿有意义的事情。尤其是一些基本没什么接触的同事召集的应酬，一些中年人的饭局，顾一都敬而远之。你如果想从成年人身上得到什么好处，怕是得要先付出。

然而，顾一并不是所有的饭局都不参加，李若离，亦师亦友，她的饭局怎能错过。朋友不用多，一两个足矣，可以交心。朋友太多，都是泛泛之交，没必要把自己活成一个大众情人。

"这段时间飞得感觉如何？看你脸倒是胖了一圈儿呢，看来公司的机组餐把你养得很负责嘛。"李若离在顾一面前对着空气画出椭圆形咯咯地笑起来。

"师傅，你说这话是真心的吗？快告诉我不是，如果是的话，我现在就要去撞豆腐，你别拦我！！！"顾一戏精附体，边说边准备起身往外走，一条胳膊还凑到李若离身边。若离倒是也配合她演戏，一把拉住胳膊说："豆腐太软，撞起来有啥意思，等吃完这顿饭，走，我家有砖头。"

呵，是亲师傅，没错了。这场戏，顾一以失败告终。

"好啦，说些正经的，最近我有听说过和你飞过的一些乘务长对你的评价，嗯，还不错，前几天分部经理也提到你在不正常航班的时候，做得不错。在领导面前的第一印象很重要哦。"本来是很轻松的一顿饭，还是没逃脱了若离师傅的说教。不过顾一也习惯了这种模式,反而觉得是推心置腹。

"哈哈哈哈哈,我现在可一点儿没骄傲呢!"顾一嘴角都快咧到耳后跟了,还要掩耳盗铃一下。

"瞧瞧,我一猜你就摇尾巴,这根弦你可得绷好了,有待继续提高。最怕的是你这么快就满足于现状了。"若离拿手点了点顾一的鼻子。

"我这尾巴可不是为我自己摇的,是师傅带得好。难道不是?"这个反问句让李若离不知如何接是好。

"又来飘我,我可不上你当。"

……

两个人用互捧的聊天方式开始了这顿豆豉清江烤鱼。

"一一,我看你平时发朋友圈儿写的文章,文笔挺好的,有没有想过竞聘公司服质部?这对你以后也会有很大的帮助,包括你的成长。"

"服质部?"顾一刚进入公司没多久,在她心中,客舱部就是全世界。

"监督和改善服务质量的部门,主要是应对服务投诉,制定服务标准流程的,乘务员们最怕的了。"李若离在客舱部负责乘务员训练工作,与服质部交往较多,就把自己知道的讲给顾一听。服质部要在公司内部招聘一名服务标准专员,以她对顾一的了解,觉得可以胜任。既然自己的徒弟满足条件,何不推荐一下。谁做都是做，徒弟做，以后交接工作会更方便些。

听到乘务员都怕的部门，顾一动了心。可她天生矛盾体，说她性格开朗，初中大多时候却是处于独处状态。她喜欢把感情寄托于信纸上寄给温暖的人。写信的时候仿佛见到信里的人和自己握手拥抱。正因为这样的习惯，顾一的作文曾被选进参考书《中学生满分作文》里。对于其他同学课间十分钟最开心莫过于疯狂跑下楼占个乒乓球台，楼下小卖铺买根烤肠吃，也可能是去隔壁班级偷瞄几眼心上人，而顾一从初中开始就喜欢读小说，课间十分钟她都是在和各种小说中的人物约会。读到深情处又哭又笑是常有的事儿。在一个阴雨天吃完土豆片炒辣椒的盒饭后，趁着午休，顾一低头开始尝试用稚嫩的笔写作了。

每去一个地方顾一都会在背包里放一个日记本，一支钢笔，用来记录当时的心情。倒不是手机备忘录打不进字，只是顾一似乎对纸笔更情有独钟。她总觉得这是对外界生活最起码的尊重。

朋友圈则是半年一小篇，整年一大篇的文章记录生活和得失，没错，青春总要记录一些80岁想起来依然能够笑起来的故事。

"我？写的那些东西纯属娱乐自己，竞聘？没想过，做个乘务员，到处跑跑挺好的，服质部，怕不适合吧。"顾一摆了摆手。

"为什么不去试试？现在做乘务员挺好，有没有想过跳出舒适区？冬天躺在被窝里舒服，但是你不能一直躺在被窝里，还是要爬起来。谁先起来，谁就先吃上早饭。你准备一直做乘务员吗？倒不是说这样不好，但是公司有一千多个乘务员，你迷失在茫茫人海中，你的竞争力是什么？任何一个乘务员都能替代你。你有没有想过让别人无法替代啊。你要相信自己，一一，一切皆有可能！"李若离立即否定了顾一的想法。

若离说躺在被窝的时候，顾一差点笑出来，但是看着师傅严肃地跟自己在讲道理，就把笑憋了回去。话糙理不糙，顾一有些犹豫了。

"你出去怎么介绍你自己，乘务员是你的标签，但不要让这个标签成为你的唯一。能力越强，标签越多，高度越高，视野越开阔。"李若离继续在说服顾一。

是啊，自己最初只想做个乘务员，觉得很骄傲。但是进了公司后，每天看到身边这么多的乘务员，还真有些迷失。师傅的话点醒了顾一，顾一暗下决心，将来一定要做出一番事业来。"嗯"，然而转念一想，"可我怕不适合啊。"

"我们分析一下，"李若离在点餐的单子背面，画出了一个十字，在四个角上写着优势、劣势、机遇、挑战。

"你的优势，写作能力较好，爱学习，不怕吃苦。"

"是",顾一点点头,说的都是优点,巴不得多说几条,可自己也想不出来还有什么能算优点的。

"劣势呢?你的工作时间短,工作经验不足。也从没在机关工作过,缺少基本的行政工作经验。"

"嗯",顾一轻轻地回应了一声。她犹豫了一下,还是没有说出曾在银行工作的经历,这倒不是她觉得丢脸,而是她想把那段痛苦的经历作为秘密永远埋藏在心底。顾一暗想:在哪跌倒就在哪里爬起来,以前没有适应办公室的工作,这次我就再次尝试。

"我们再看看机遇,进了服质部,你接触的就不再是机组几个人,可以接触到更多的层面,不仅有助于人际交往,更能开拓视野。舞台越大,展现的机会就越多。"

顾一对人际交往并不在意,说实话还有一点害怕。但是她对开拓视野比较期待。做了大半年的乘务员,发现工作生活太单调,虽然每天的机组成员在变,旅客在变,飞行的航班在变,但是工作缺乏激情,过于平淡。

"至于挑战,这个你要考虑好,如果真的进了服质部,未来你不但要做好乘务员工作,休息的时间还要去办公室工作,简单的飞行工作变复杂了。"

"有得必有失。我们不能只看到未来好的一面,也要把不好的也想到。"

顾一看着纸上被十字隔开的四个区域，陷入了沉思。她不知道这是SWOT（态势分析法），但是她能看到问题被分析得清楚透彻，对师傅的逻辑分析能力不由佩服。要提高自己，要挑战自己，趁着年轻多学点，多做点。想着想着，顾一握紧拳头挥舞了一下，既像是向师傅表明态度，更多是为自己鼓劲，增强自己的信心。

"那回头我报名试试？"

"这就对了，以后保不准还要请你多多关照呢。"李若离看到顾一答应后，就开起了玩笑。

"师傅，你别吓我。我还要好好学习呢。"这玩笑，师傅能开，自己可不能乱说。关系再熟，说话也要有分寸。

不管怎样，顾一都打心眼里感谢若离师傅。有时候往往是这样，在你没有底气很足的情况下，那个相信你会走得更远因而为你打气的人，在某个阶段来说，真的很重要。

晚饭过后，在车里和若离师傅道了别。走在小区的路灯下，挨家挨户白暖相间的厨房灯下连映出来的影子都显得温馨无比。北京好像只有在这种状态下，才会看起来放慢了节奏。顾一脚下的板鞋与航班中的高跟鞋带给她的除了生理感受不同外，每走一步发出的都是沉稳而踏实的声音。白日里，她已经习惯了生活不安定的模式，只有在夜晚才敢幻想至尊宝的奇现，一个人的北京不会太孤单。

再过一周就是服质部的面试。顾一准备好了竞聘的PPT，想去尝试一下。

然而，还没来得及和丁迈兮分享这个消息，却被丁迈兮先行分享。

"一一，下周服质部竞聘，你文章写得好，我的竞聘材料，你方便的话帮我改改呗？"电话里传来的是丁迈兮边嗑瓜子边说话的声音。

"啊？好啊。没问题。不过……"

"你就别谦虚了，我相信我家一一，嘿嘿。"

丁迈兮没等顾一说完，就把高帽儿给顾一戴上了。她以为顾一口中的"不过"是想谦虚一下，并不知顾一想说的是：不过，我也打算竞聘服质部。

然而，顾一没有说出口。她不知道怎么和丁迈兮说。服质部只有一个名额，这意味着顾一要和最好的朋友丁迈兮成为竞争对手，顾一很担心如果参加的话会影响她们之间的感情。在自己最无助的时候，是丁迈兮给了她希望，现在自己要和丁迈兮一起挤这座独木桥吗？

顾一心里很乱，如果不把实情告诉丁迈兮，到竞聘的那一天，怕是更加尴尬，迈兮可能会误解。竞争这种事情顾一不是第一次遇到，无论是银行工作时的罗佳，还是乘务培训的西荷，但不同的是，大家的关系只是同事或同学，竞争结束后各奔前程，不在一起。丁迈兮则不同，顾一能够来这里，多亏迈兮，她不仅在自己最无助的时候给了自己一个希望，而且还辅导顾一如何面试，在公司里也没少照顾自己。

顾一思前想后，心里很不是滋味，左右为难。她既想守住和丁迈兮这份"山泉水"般的友谊，又想靠自己的能力竞聘上服质部，增加锻炼的机会，开阔眼界。最后，她决定向师傅求助，或许她能给出决策性建议。

顾一把实况大概描述给了李若离，李若离耐心听完。

"嗯，也就是说，你现在矛盾于两者之间该如何选择？我觉得这两者并不冲突。你无须做任何选择。你们是公平竞争，只要把话说清楚，我相信她不会介意的。况且，竞聘的人也不止你们俩。她的对手也不是就你一个。你退出，她也未必就能竞聘上，何必为这些不存在的事情烦恼呢？"

"世界上很多烦恼，都是我们假想出来的。做好自己的事情。"

"好啦好啦，知道了。"

听师傅这么一说，顾一倒是开解了很多。做好自己的事情，公平竞争，这个原则把握好。顾一打开丁迈兮的PPT，认真地进行修改，甚至比自己的还用心。顾一将修改后的PPT和原稿，一同微信发给了丁迈兮，还写上修改了哪些内容。最后，顾一告诉迈兮，自己也报名竞聘。她实在不知道当面怎么和迈兮说，选择了逃避。

丁迈兮看到顾一也竞聘服质部的消息后，回了一个"嗯"。说心里没有一丁点儿不舒服那是不可能的，但她也得接受一个岗位多人竞争的事实，多顾一一个不多，少她一个不少。但顾一的文笔丁迈兮还是掂量过的，要说心里别扭，也正因如此。

然而看到顾一修改过的PPT，迈兮也就释然了。顾一改得非常认真，修改的思路都说明了。个别字还在备注里说明了读音，免得读错引起尴尬。顾一还在备注里写了大量的讲稿，这些内容是不在PPT里显示的。丁迈兮看完修改后的内容，觉得自己原来的简直就是白底黑字的讲稿，说服力太差。

顾一的竞聘材料，则是在孔浩的建议中完成的。

在遇见孔浩之后，很多时候顾一不再觉得是一个人孤军奋战。渐渐习惯了把每天航班上发生的事情讲给孔浩听。孔浩则是把不同的案子说给顾一，时不时地卖出几句"老人言"大道理劝说顾一，他觉得顾一单纯，希望她少碰壁。微信里的表情包可以证明，两人的聊天依旧本着融洽相处为原则。

"知识储备很重要，多读书。"

"做好职业规划，不要随波逐流，没有方向。"

"保持自己在工作中的不可替代性。"

有趣的灵魂，大抵如此。你抛出来的点我能顺势接住，像皮球一样再给你抛过去。像是海盗船，不会失衡。而这种愉悦感，真的会上瘾。

服质部的初选名单挂在了网上，除了客舱部的顾一和丁迈兮两人外，还有其他几个部门的5个人。

公司的内部竞聘不会像招空乘那样复杂。只有个人的自我介绍和现场回答面试组的提问两个环节。写写东西，顾一还算擅长，但如何应对面试，却是有点担心。在大学的时候，她就不敢去竞聘学生会干部。在众人面前介绍自己，这可是她的弱项。

面对困难，顾一实在是没处可以寻求帮助。问父母吧，他们帮不上忙，还要让他们担心。顾一不想让他们操心，一直都是报喜不报忧，让父母放心她一个人在外面漂荡。现在有孔浩在身边，两人的关系还在一个陌生又熟悉的阶段。问孔浩是否合适呢？顾一的小心思开始活动了，按理说只见过一两面，怎么好麻烦？但如果去问孔浩，他又不拒绝，这就说明两人的关系可以进一步发展了。再说在竞聘的事情上，已经征求而且通过这种方式告诉孔浩，自己并不是一个普通的乘务员，还是有些实力的，比直接说出来要好一些的。

顾一向孔浩求助，孔浩的回应如顾一所希望的那样，没有片刻的犹豫。这也就是说两人的交往可以继续，也不必费心找借口和孔浩聊天了。

孔浩告诉顾一，竞聘时的自我展示是关键。做好一个PPT可以事半功倍。不要说太多，挑有用的内容，要在最短的时间展现出自己的特长。个人展示5分钟，一定要事先多做练习，确保可以在规定的时间内说完，结束的早或晚都不好。PPT内容不宜多，最多10页。字要少，不是照着读，是用PPT来辅助自己的表达。控制语速，讲太快了，没人听得清，那岂不是白说。至于内容方面，不要介绍太多自己的基本情况，姓名年龄学历工作经验，都可以在简历上找到，没必要过多重复。重要的是介绍自己的工作能力，自己的长处优势，让面试官知道自己可以胜任这份工作。

关于竞聘时可能会遇到的问题，孔浩也向人力的同事打听了一下，了解到固定的一些问题。通常都是你如何看待这个职位？你对待遇有什么期望以及你的优缺点是什么？针对这些问题，孔浩和顾一准备好了答案。

孔浩的一番帮助，更坚定了顾一参加竞聘的决心。

竞聘前的几天里，顾一一直没有松懈，认真准备着。按照写好的回答提纲，反复练习。连坐机组车开到停机坪的10分钟里，她都是带着耳机听之前录好的内容，生怕回答不流利。

"顾一，听说前段时间服质部内部招聘，初选客舱部你和丁迈兮进去啦，恭喜呀！"前辈D平飞后忙完了手头的工作坐下来和顾一闲聊说。

"谢啦，姐，还有竞聘面试呢！现在，还不好说。"顾一摇了摇头。

"你的实力没问题的，不过……我和你说了你别往外说。"前辈D凑到了顾一耳边。

"嗯？"

"昨天我去万达看见丁迈兮和温总也在那里吃饭，两人有说有笑的，温总是服质部老大，他可是你们这次竞聘最终拍板的人呢。"

"嗯。我觉得就是朋友而已，吃个饭很正常。"

顾一听到这个消息心里是咯噔了一下，但下意识还是帮丁迈兮辟了谣。又回想上一次在大厅里也是看到她和温总聊得火热，却从没听丁迈兮说她和温总什么关系。不过不管什么关系，眼前能一起吃饭，想不让顾一多想都难。她渐渐回想和丁迈兮在一起开心的一幕幕，难道会淹没在"走后门"中？仔细想想，不，这里是北京。她坚信会有正义存在。

竞聘当天，顾一带着孔浩帮忙做好的PPT进入会议室。

"一一，准备得怎么样啦？"丁迈兮递给顾一一瓶矿泉水。

"还……还好吧，将就能看。"不知为何，顾一看到丁迈兮竟有些尴尬。

"怎么了你，哪里不舒服吗？"丁迈兮摸了摸她的额头，又摸了摸自己的。

"没有啦,你呢,看起来红光满面,一股谈恋爱的气息扑面而来,莫不是最近谈恋爱了?"

"哪有人要我,你这小脑瓜一天天想什么呢!"丁迈兮故意用体侧撞了一下顾一。

顾一觉得,她虽说以开玩笑的形式说出来,但丁迈兮的回答让她觉得,这段友谊似乎正在渐行渐远……

"请大家先行退场,待会儿我叫到名字的人进来面试。场外请保持安静。"

五个考官中最右边的一位考官对大家说,温总坐在最中间的位置上。

"顾一。"

丁迈兮出来后,顾一走了进去。

顾一原以为这辈子都不会再像航空公司初次面试那样紧张了,然而,呼吸再度短促,历史真是惊人的相似,不含糊。

当顾一穿着3厘米的高跟鞋站在幻灯片下,三色光划过她的脸颊,这场竞聘正式开始。

当她做完简短又丰富的自我介绍,温总抬起头笑了笑。渐渐地褪去了初来航空公司时的稚嫩与胆怯,眼前的是自信碾压过紧张的顾一。

孔浩深知顾一这段时间为了筹备这场竞聘付出的精力和

时间,在顾一竞聘结束走出公司那一刻,他在车里已经静等许久。

"怎么样?超常发挥吧?"孔浩调侃说。

顾一没有把丁迈兮和温总走得近的事告诉孔浩,她不想提前为预知的失败找借口。

"亏了你,考官在我演讲完还夸这个PPT做得很精致。结果还不晓得。不过看来瞒是瞒不住了,以后得多劳烦孔老师指导这方面制作啦,哈哈。"经历了这次竞聘,顾一深知自己需要学习的还很多。

"嗯,没问题,能为小主效劳,备感荣幸。"

"你少来!"顾一桃羞杏让地推了推孔浩的右臂。

孔浩倒是慷慨地一把抓住顾一的手,俩人对视了五秒。车里空调吹出来的风都弥漫着浓郁的暧昧气息。

"不管结果怎么样,你还有我,别担心。"

这句话对顾一来说,无疑是强有力的定心丸。仔细想想这段时间,孔浩确实在某种程度上陪伴顾一很多。在这场博弈中,双方皆为赢的一方,彼此赢得了对方的青睐。

一个航班落地,恰好遇到温总。温总向顾一道着恭喜。

恭喜?何来恭喜?

心想丁迈兮和温总的关系,该恭喜的人是迈兮才对。

"你是丁迈兮的好朋友吧?她和我提起过你。说你的文笔很好，刚好这一次竞聘，让我们多留意你一下。"

顾一呆滞住。

"那您和迈兮是？"

"哈哈哈，她是我表妹。这次竞聘啊，还特别提醒我不允许特别关照，她还挺担心因而影响你俩关系的。不过在写作能力方面，她确实还有待修炼。"

顾一听了心里满是羞愧，误会了迈兮，不知道该怎么去解释才好。

"服质部这边具体的事情，我会让小刘邮件给你。以后，你要做好休息期来部门上行政班的准备了，可能会忙些，耽误你们年轻人谈恋爱时间。"温总开玩笑地哈哈出声儿。

"哪里，是我命好才是。接下来还请温总多教导提点。我会努力的！"顾一回应着。

竞聘到服质部，意味着职业生涯更上一个台阶。

随之而来的便是"办公室生存之道"。早在银行时，顾一摸爬滚打倒是总结了一些经验。同样的错误绝不会犯第二次。她很明确的几点是：不要为了拉近关系而把秘密透露给另外一个人。不要当出头鸟，这类人往往在电视剧里活不到半集。不要凭自己判断随便行动，在做行动之前，要保留强有力的证据。

打开手机，是迈兮的消息。

"我的——真棒，恭喜啦！"

顾一没有打字回复，而是把电话拨了过去……

"迈兮，我想和你坦白一件事情。是我不好。"顾一吞吞吐吐地说。

"怎么了？"

"之前是我误会你了，我听说你和温总关系很好，所以以为你进服质部不会费力气，只是走个形式而已。没想到……"

"啊呦，我说前段时间怎么感觉你怪怪的，你真的想多了，那是我表哥。你心思重，没有和你说的原因就是怕你多想。"

"可是你……"

"我本也是抱着试一试的心态去竞聘的，选取也是公平公正的。况且，谁进服质部不是进，还不如让我的闺蜜进去！"迈兮说。

不管怎样，顾一能坦白，总是没拿自己当外人，而且换位思考，在这之前她没有和顾一解释太多，顾一有想法是自然的，毕竟人非圣贤。最主要的是"肥水不流外人田"。

坦白完，听完迈兮的反应，心里石头算是着地了。幸好，好的事物涌来时没有冲淡沉淀许久的友情。

为了庆祝顾一顺利进入服质部，孔浩晚上推了不重要的酒局，无意中记下顾一喜欢吃芝士焗土豆，有一家西餐厅里的超级好吃。不知从什么时候起，这世间所有的美味，他都想带顾一尝尝。哪怕开车要两个小时才到，哪怕预订位置要提前很久。一顿高质量的晚餐仍是必不可少，这是恋爱追求中的仪式感。

夜晚的红酒杯，倒映着落地窗外的湖边景致，显得格外深情又浪漫。餐前是一段独家的乐队小提琴演奏，桌子靠近落地窗的位置摆放了一束roseonly。据说，这个品牌设定了别致的规则——一生只爱一人。男士要拿身份证才能订到，指定唯一的收礼人，终身不能修改。来见证，你是他此生的唯一。

顾一不是没有谈过恋爱，也不是第一次收到鲜花。但面对这么帅气多才又细心的男生，又有几个女生能够不动容呢？

她不确定和孔浩在一起会不会给未来画上圆满的句号，更不确定这段关系到底能不能战胜平日里的喜怒哀乐，这一切都只是个未知。可至少在目前来看，孔浩是会发光的小叮当。

"孔叔叔，在你没有成为一名律师之前，有让你更期待的职业吗？"

"当然。"

"哦？说来听听。"

"我小时候看电影《夺宝奇兵》，想成为一名考古学家，去四处探险寻找宝藏，后来呢发现考古学家根本不像印第安纳·琼斯那样，也不像劳拉那样，所以理想与现实的差距真的很大。"孔浩耸了耸肩。

"那后来怎么想做律师了?"

"我爸爸很早就去世了,一直都是我妈拉扯我长大,我小时候,她一天要打好几份工,就为了我的零花钱能够和正常家庭的同学们一样,不然怕我心里会产生落差。后来在我读中学的时候她改嫁给了当地的一名包工头,过得并不幸福。基本每天都在吵架中度过,他甚至还会动手打我妈。我恨当时的自己无能,没有力量去保护我妈。所以就想如果我是律师的话,我妈就不用过那种委曲求全的日子。"

"对不起,我不应该……"

"还好啦,只是现在想起来那时候过得还蛮艰苦的,也算熬过来了,我觉得只要你真心想完成一件事,宇宙都会帮助你。人的意念,不可估量。"世间最难得,莫过于孔浩那双经历过灰色时空洗礼的双眸,依旧清澈、明亮。

"有时候失眠了我就会想,挺感谢投诉我的那位女乘客,不然,就不会有证明,更不会认识你。"

"所以要相信任何一件坏的事物总会隐藏好的方面,哈哈哈。"

"好的方面是遇见你?哈哈哈,这么算来,我还赚到了?"顾一傲娇地问。

"正确!"

能够把顾一说得一愣一愣的，看来只有孔浩了。

律师，果然名不虚传。

顾一，恰好棋逢对手。

07

谢谢你以朋友的名义诠释了无私为大私

服质部下设三个处室，顾一在服务标准处，经理张琳是两个月前刚从地面保障部调过来的，对顾一的态度不冷不热，只让顾一先熟悉一下现有的服务标准。但作为新人，刚来的时候，日子不会清闲，要学习的东西很多。不光是听从经理的安排，办公室里的前辈，也可以对你指手画脚。比如刘可，早顾一两年进入服质部，见有新人来，顺理成章地让顾一干这干那，跑腿当助手。

对这些顾一倒是不在乎，她总记得爸妈跟她说的话，年轻人，不要偷懒，多干点活不吃亏。跑跑各部门，能认识不少人，熟门熟路，比什么都不知道要强得多。自己是个新人，公司有哪些部门都不知道，原来做乘务员，出了客舱两眼一抹黑。现在虽然到了机关，就当自己是个新人小白好了。

但是顾一这次吸取了在银行的教训，活可以多干，黑锅不能背。而且，工作如果是我做的，就写上我自己的名字，不想再为他人做嫁衣裳了。顾一把电脑里的办公软件账户都改成了自己的名字，服质部顾一，这样自己写的文件、通告，作者栏里都可以看到顾一的名字。不用再担心给别人白干了。

需要写的报告，刘可通常是转交给顾一。顾一本着学习的态度，找找过往的同类型报告，参考一下。不同文件有不同的要求，这可是老员工的秘密武器，刘可只是让顾一代劳，可没打算把文件的格式要求告诉顾一。这可苦了顾一，几次被批。不过，顾一很快就总结出了不同报告的格式要求，善于总结成长得快。顾一掌握了要领，果然不再碰钉子，慢慢的报告也不再被退回了。

有时候，工作上的一些意见建议，或者是拿不准的工作方法，刘可也撺掇着顾一去向温总报告。刘可一副过来人的那一套："顾一，这提议你去和温总商量吧，一来呢，你知道的我对这方面了解得还不是很透彻，又拙于表达。二来呢，你是新来的，有想法总是好的。只有这样做领导才记得住你。不然服质部这么多人，谁知道你每天都做了什么？还是提出一些实质性问题比较好。"

这种会说又不做的套路顾一见得多了。也正常，毕竟顾一刚进服质部没多久，新人嘛，本着吃亏是福的宗旨行事。只是被别人当枪使的笑话，绝不会再发生了。

去提，可以。但也要衡量枪里面装的子弹质量过不过关、瞄准的是好人坏人？顾一一般都会再三考虑：第一，以部门员工利益为出发点。第二，以部门利益为出发点。第三，站在部门领导的角度考虑问题。

有时会和孔浩商量，帮忙拿些意见。

整体下来没有太大问题，就去敲温总的办公室门。

如果温总最后没有采纳，顾一也会仔细比较温总的决定和自己的想法有什么差别，看看自己的问题出在哪里。

有时工作，或者午休的时候，办公室的同事喜欢聚在一起打游戏、聊天，顾一则躲在一边学习。如果来打游戏，那不如就做个普通乘务员了，不飞的时候在家岂不是更舒服？自己来这里学习是为了提高自身价值。作为一名刚进入办公室的新人，李若离告诉顾一，有三方面的技能最重要。英语、办公软件的使用、写作。你能想到很多，写不出来怎么行？谁又知道你想的是什么？无论是Excel、Word还是Powerpoint，你又不是领导，肯定要自己做。如果做的PPT像一坨屎，白底黑字，把word里的内容贴在PPT里，会有人看吗？

顾一当然也会一些基本PPT制作，但现在觉得远远不够，于是报了培训班去学习PPT的制作，这样在办公室里，虽然是个新人,但在能力上并不输于别人,并且得到了温总的赞赏。

学习就是这样,今天学的或许不能立马用上,但是一些技能,总在你不经意的时候,派上用场,养兵千日用兵一时,说的就是这码事。

此外,顾一收集过往的会议纪要,仔细学习。案例分析国内外的同行事件,做汇集整理。她还记得琴子在她离开银行时说的话,这里的一切关系,如果离开了,都不属于自己,都不能带走。只有知识,是属于自己的。

航班也没有落下,恋爱仍处新鲜期。

北京的气温逐渐变热,飞四休二也处于不断进行中,每次披星戴月落地后,都会迎来孔浩360度无死角的拥抱。那句话怎么说:"海底月是天上月,眼前人是心上人。"

信任体系逐渐建立起来,冲破了顾一内心设定的防线。孔浩也成为顾一在这座安全感薄弱的城市里第一位愿意敞开心扉的异性,是恋人,也是战友。

说一日三餐都在一起些许夸张,但只要彼此腾出一点时间都不会浪费,他们把工作之外获得的闲暇时光用来一起看展览、听相声、看话剧、去图书馆查资料,偶尔孔浩还会给顾一普及法律知识和逻辑分析方法。

顾一喜欢吃火锅,孔浩带她几乎吃遍半个京城的火锅店。配菜还是老样子,不涮羊肉。土豆毛肚一定要有。

顾一对孔浩说过最多的并不是花好月圆的情话,而是别饶风致的调侃。

"孔叔叔,你知道我为什么喜欢和你一起吃饭?"

孔浩嘴角上扬摇了摇头,"难道是因为我帅?你不会贪图我美色吧?"

"哈哈哈哈,啊哈,因为你吃饭很上食。"(东北一般乡下养的家猪吃食,通常形容上食。)

"对不起这位小姐,打扰了。"孔浩把刚涮好准备放进嘴里的上脑肥牛又退回了碟中。

"不打扰不打扰,反正我们也是拼桌。"看着孔浩一脸委屈,顾一更是笑出了声儿。

"哦,我不认识这位先生。他头一次吃火锅,比较稀罕所以没掌握好节奏,你们见谅。"顾一冲旁边给他们下虾滑的服务员一本正经地说。

搞得人家服务员口水差点喷出来,给他俩的配菜上点液体佐料。

难得碰到的周六日一起休息,好像还没来得及享受,就濒临尾声。于孔浩而言是黑色难熬的星期一,案件的各种程序需要去整理。于顾一则是又一次心律不齐。

每周一服质部照常要开部门例会,通常是一周的工作布置,上级精神的传达。除了有航班任务的人员外,所有人都要参加。服务品质处经理把上个月的服务投诉情况做了总结。服务标准处经理传达了近期服务标准即将修订，总公司将在上海对各分子公司的相关服务管理人员进行培训宣贯，并举办航班流控、延误服务研讨会的通知，公司服务总监白总给服质部一个名额。然后请示温总派谁参加。

温总正在考虑，坐在边上的刘可主动报名，"温总培训就我去吧！"

刘可主要负责的是地面服务流程，这次的培训宣贯与她毫不相关，但刘可想的是借着培训的机会，去上海转转，逛逛街。在公司还要上班，工作那么多。出去培训学习，不仅可以玩玩，还不用工作，多好的事啊。她也知道这次培训，正常情况轮不到她去，所以主动先说，至少温总可以考虑一下。

顾一也想去培训，去上海培训，见见世面，和各个公司的大咖们切磋学习，了解不同公司的规章制度、服务标准，交流不同的飞行感受。可服质部只有一个名额，部门里这么多人，哪轮得到一个刚进来才两个月的新人呢？但是，你不说，就根本不可能。说了，还有一线希望，至少表明态度，告诉领导你在争取，而不要自己就先放弃了。顾一私信了温总，没有收到答复，心里有些失望。

然而"英雄"所想，大略都是相同的。服质部几个人，不论是否符合条件的，都跑去向温总提出想去参加培训。温总当然知道这些人的想法，他对这种在机关混久了，已经老油条的做法很不满意，正要改进，那就借这个机会来改变一下培训作风。

温总发了邮件给7个提出要参加培训的人，这次的宣贯培训非常重要，鉴于名额只有一个，因此提出三条要求：

1. 对所有人员进行考试，成绩最好的去参加；
2. 培训时认真学习，不得缺课，如有考试，必须通过；
3. 培训回来后将培训的内容分享，向部门内所有人进行宣贯。

温总提出要考核后，有两个人率先表示不去了。是啊，本来是为清静，结果还没清静下来，先来了考试。你说认真准备吧，这在上班之余还多了一件事。你说不准备吧，成绩太差，多难看啊。在领导心中加深了不好的印象。

考核的内容是什么？温总没有宣布。顾一也不想通过丁迈兮去打听。自从进入服质部后，虽然和丁迈兮还是常来往，但是关于服质部的工作，顾一很少和丁迈兮说，说多了，是炫耀还是抱怨，顾一觉得都不合适。成年人的世界，就是我不说，你不问，这是默契。你问了，我就说，这是坦诚。丁迈兮倒是偶尔问问，以表示自己毫无芥蒂。

顾一想，这次交流的内容，是新标准的宣贯和航班延误服务研讨。那么考试的内容应该也是这个吧。于是把手册中地面等待时服务的内容认真学习了一遍，还把最近两年来流控时发生的服务投诉问题做了一番分析。

"你知道考什么吗？"刘可完全没有竞争避嫌的感觉，一条微信给顾一发过去。

这怎么说？如果顾一知道而不说，最后很难堪。而且都是同事，抬头不见低头见。如果不知道说知道，这也不行。有些人就喜欢利用别人的善良。好在顾一真的不知道，就实话实说了。生活里就是这样，与其想的太多，不如实话实说。

"我也不知道呢。"

"我听说是考标准操作程序，服务用语这些。"刘可也不知道考什么，就是随便问问。顾一刚来，遇到自己这样的老前辈，还不是知道什么说什么。既然顾一也不知道，就随口说个考试内容，就算不能让她跑错方向，最起码也能干扰一下。

顾一没想到刘可主动告诉自己"考核的内容"，她反而感觉很不踏实，回了一个"哦？"又打了"谢谢"两个字，当自己不想继续话题时，少说为妙。

本来顾一按照自己的猜测正在准备，刘可的透题，还真让顾一有些踌躇。看着自己准备的材料，不知道还要不要继续。果断选择了场外求助。

顾一把自己的疑惑说给孔浩听。

"你们是朋友吗？"

"不是。"

"你们是竞争对手吗？"

"是。"

"他/她想不想去培训？"

"想。"

"你会把你知道的考题分享给不是朋友的竞争对手吗？"

"不会。"

"那就不要受干扰，好好准备。"

几句话就让顾一在纷扰中明确了方向。静下心来，继续准备。其实很多时候我们把问题想得太复杂了，几句简单的提问就能理清关系。

果不其然，最终的考核是让大家写一篇对公司目前延误服务政策的分析，以及存在的问题和改进方向。本来写报告就是顾一的长项，加上顾一准备了几天的分析，分析报告一蹴而就。温总看着分析报告，非常欣赏，人选问题直接敲定，大家都没话说。

其实温总还有点私心，服质部的人员近两年来，没什么新老更换，暮气日重。这次内招，就是想增加新鲜血液，来搅动一下。顾一自然就是选中的"鲶鱼"了。

客舱部安排的是分管标准的李若离和一个部门副总去参加

培训，李若离得知顾一也去，很是高兴。"不错啊，一一，真不愧是我带出来的徒弟！"

能让李若离傲娇夸赞的那是少数，掰手指头都能数得过来。

"哈哈哈，要不是这次培训师傅也去，我一个人去岂不是得无聊死。"

"还真是师徒一条心呢！不过也别太得意忘形，记得带好证件手册笔本，可不是去度假的。"好吧，这么久以来，顾一已经习惯了李若离"妈妈式"的唠叨，莫名的幸福感油然而生。

早班飞机准点抵达上海。平常在飞机上，都是自己在工作，为别人服务。今天，难得享受一次同事们的服务。从机场坐车出来，顾一仔细端详这座被称为魔都的城市，布满了时尚风元素。小资情调许是以这里为中心，以苏杭为半径，画圆。

外滩的每一处建筑，都是现代高调而繁华的标志。

培训设在一家五星级酒店，经典的风格，高贵奢华的大堂，细腻精致的设施。若不是因为工作原因，谁没事跑这里寻找刺激。

在报到处领取了培训的日程表和材料。来之前，温总就告诉顾一，把参加培训的人员名单带回去，名单上的人员，有单位职务电话，便于日后联络。

培训是第二天上午开始，顾一早早就来到会议室，第一排的座位上摆放着名牌，都是相当一级的领导。什么时候自己能坐在那里，摆着自己的名牌呢？顾一不禁胡思乱想，不过想归想，当下是先找个位置坐下来。分散坐下来的是各个分子公司的大小领导，当然也有顾一这样的白丁。和李若离刚吃完桂花糯米藕，又紧接着被修身套裙包裹，要时刻保持深呼吸状态才不会被别人发觉那离开了家就放浪不羁爱自由的小肚子。

坐下后，和前后左右参会人员打招呼，交换名片。交流培训，不仅是学习的机会，而且是一次社会活动，可以认识到不同公司的人。大咖云集，能来的都不是普通乘务员，包括自己，都是经过了考试，脱颖而出的精英。想到这里，顾一有些得意。

李若离伸过头来跟顾一悄悄说，"别那么热衷换名片，这些大咖，不是交换个名片加个微信就算认识。"

"那要怎么样算认识？"顾一有点诧异。

"人和人之间要相互认可，如果你没点能力，恐怕没什么用。你要想认识他们，要自己也有本事。"

"人脉、能力是1，认识的人是后面的0。如果没有能力，认识再多的人也没用。不信，你去麻烦他们一下，人家没空理你。如果有一天站在上面讲课的是你，大家会主动认识你。那时候，你再去麻烦别人，人家会很高兴帮忙，会说：你看，顾一来找我了，多有面子。"

顾一听到这些，有点失望。刚刚兴致勃勃交换来的名片，也都黯然失色了。"成年人的世界太复杂。"

"一一，你可以继续保持一颗童心，不要被污染了。心可以不老，但是知识和能力要增长啊。"

"一定的。"

培训开始了。顾一觉得培训的老师讲的真好。老师问，"你们对服务和安全的关系怎么看？"点了坐在前面的一位男生起来回答。等等！前面这个人怎么看起来有点眼熟？

"我们公司重视乘务员职业形象与业务管理，狠抓基本功培养。只有掌握业务知识，航班才可以完成得更安全、更有效率。因此我们公司要求乘务员务必提前一天了解自己所要执行航班应急设备的使用方法和所在位置，以便在特殊情况下能够第一时间获取、采取措施。公司相比于服务更重视安全，如果安全都保证不了的话，哪来的服务可谈？"

"是秦淮，他怎么也在这里！？"顾一立刻拿出培训人员名单。她想着培训的人都不认识，根本没看。在名单中寻找，果然看到一个熟悉的名字，秦淮，武汉分公司客舱部质量专员。真的是他，毕业快一年了，第一次见到，竟然是在这里。

趁着培训间茶歇的时候，去找秦淮。

"秦淮！"

秦淮听到有人叫自己的名字，好像是顾一的声音。他潜意识觉得自己一定是听错了，世上哪有这么巧的事儿，小说里的剧情怎么会发生在现实生活中？但还是没忍住回头看了看，也可能这个名字，始终是他培训时的一场遗憾。

"秦淮，好久不见啊！哎，你咋想不开了剪这板寸我都没认出来！"顾一情不自禁地飙出东北话十级以表达见到秦淮的心潮澎湃。

没办法，战友终归是战友，"魂斗罗组合"不是白叫的。

"哈哈哈哈，没点儿颜值，一般人还真不敢剪这发型。"说着秦淮用手摸了摸后脑勺。

"你怎么也来参加培训了？"顾一问完就后悔了。自己能来，秦淮当然也能来啊。这么问就会显得自己好像比秦淮强一样。即使是好朋友，开玩笑可以，但是让对方尴尬就不合适了。

好在秦淮压根没往心里去。"我分到公司后，有段时间生病飞不了，就安排到客舱部帮忙。最后呢，他们就让我留在质量分部。这次培训，就派我来了。"

"什么病，怎么没听你说过。"顾一很吃惊，虽然不时和秦淮有着微信联系，但是秦淮生病却从不知道。

"都好了，不要紧的。你看我现在这么强壮，哪还有问题？"秦淮不想让顾一为这事烦恼，说完做出健美的动作，展示着那虚幻的、并不存在的肌肉。

李若离在旁被秦淮与生俱来的自信逗得捂嘴笑了起来。

顾一才想起来，李若离在旁边，赶忙介绍。

"这是我刚进航空公司带我的亲亲亲师傅，若离姐。"重要的字句要强调三遍。

"咱姐长得真美，这气质堪比超模。"秦淮自来熟，早在培训的第一天顾一就领略了。

"谁跟你咱姐，这是我姐！"

"哈哈，好啦，你还没有介绍眼前这位大帅哥是？"说完李若离和秦淮对视笑了笑。

"我初始培训时的铁哥们儿，秦淮。"

"名字倒有风韵味呢，人如其名。"

"顾一，不是我说，咱姐好眼光，姐，晚上我要请你吃饭，别拒绝我。至于你呢，就在旁边看着我和姐吃就好，前几天你不还发朋友圈儿立帖，什么你要减肥，再啃猪蹄你就是狗。这话都敢说，我真信了。"

秦淮以为他话都说到这份儿上了，揣测顾一的回应有两种可能。

1."秦淮，你是想死还是不想活了？"

2."说到做到，不争馒头争口气，我顾一什么个性你又不是不知道，秦淮我告诉你，你就是八抬大轿请我吃一口，我都得考虑考虑。"

万万没想到的是，顾一的回答利落干脆简直让人感动至极："汪"声脱口而出，搞得秦淮和李若离两人哭笑不得。

好吧，这波嘴仗，顾一胜得很有自尊。

话说回来，这么久过去，秦淮的幽默风趣还是随时揣在兜里，让人想记不住都难。

既然不顾面子"汪"字都说出口了，饭是一定要一起吃的。还不能少吃，不然多亏。

晚上，秦淮挑了个火锅店，点好菜，问李若离，"姐，快跟我讲讲你带飞顾一的时候，她什么德行，哈哈哈哈？"秦淮眼睛滴溜儿转地看着李若离，像是能从李若离嘴里发现新大陆似的。顾一顺势踢了秦淮一脚。

"她啊，嘴皮子功夫倒是没输给过旅客。"

"秦淮，你这是质疑我咯？间接性就是质疑我师傅咯？"顾一话接得很及时。

"不是，我说顾一，你别歪，我可没有那意思，咱姐一看就是能力呱呱的，你少来挖坑，挑拨我和若离姐刚贴近的姐弟情谊。"

"Lulalula……"顾一闭着眼睛卷着舌头摇头晃脑。

在秦淮面前，顾一永远像个长不大的孩子。

"姐，我听说你们公司航线都很好，没有红眼航班，国际航班多,过夜都是大城市。不像我们,航线短,过夜多,平时检查也多,每天都要抽查航前准备会,提问题,答不上来就扣绩效分,扣满了直接降级,搞不好还得拿个学员的工资,啧啧,惨不忍睹。"秦淮说着摇了摇头。

可刚才他还回答得冠冕堂皇,和此刻说出来的扣绩效分降级什么的,简直天渊之别。

"你刚才是怎么说的?"顾一挖苦着问,看着李若离一脸:我不认识这只两面派的禽兽。

"哎呀,没办法。在这里,我说出来就代表了我们公司。不能乱说啊。咱们是自己人,所以可以说心里话了。"

话说回来,听到这话,顾一觉得秦淮真的成熟稳重了很多。想想自己有时还没想清楚就口无遮拦,吃了不少亏。说话要分人分场合,秦淮,做到了。

"其实每个公司都有自己的管理方式了,不过你好像对我们那里很了解哦,是有想法调过来?"

"还真别说,姐懂我。"秦淮咽了口酸梅汤。

"啥?你要来我们这儿?"顾一一口王老吉差点没喷出来。

"怎么!不欢迎啊?你不欢迎也无所谓,反正我去了还有咱姐罩我呢……"

"没错,来了还有姐呢,不怕。"李若离很快和秦淮搭成了一伙儿。顾一在怀疑这是自己亲师傅嘛,不会是租来的吧?

——叮

"我先出去接个电话,你俩先聊,别打架。"李若离拿起手机示意离开一下。

"秦淮,你刚刚说的话是认真的吗?你不会真要来吧?"顾一瞪大眼睛。

"当然了,不然我说这些干吗?刚好我这边飞的小时也够申请调动的了,毕竟北京才是我的家呀,方便我回家喝面疙瘩汤。"

秦淮没有和顾一说是因为对她的牵挂,培训时陪伴着顾一似乎成了他日常生活的一种模式,而这种模式就像双面胶一样,无论怎么撕,仍有半块在心上。

当然,他更没有把培训完感性与理性平衡后做出的决定告诉顾一。

他觉得,如果真的喜欢一个人,不一定非要占有,也可以用对方觉得安稳舒服的方式,来拥有她。

"不过话说回来,你要是真调过来的话,作为兄弟我肯定给你接风!"顾一抬起右手大拇指,一副东北大哥范儿。

"别说我了,你呢,在那边飞的怎么样?看起来若离姐对你还蛮好的。有没有把单身问题解决喽?"

"这不前段时间竞聘的服质部,现在才有机会和你在这里坐下来吃饭嘛。不过自从进了服质部，个人空闲时间少之又少。但很充实，能学到一些东西。"

至于单身问题有没有解决，顾一没有说，毕竟和孔浩才在一起没多久，不想让太多人知道。

"呦，我们顾一混得不错啊！看来北京旺你啊！"秦淮举起酸梅汤碰了一下顾一面前的王老吉。

晚上回到酒店，李若离还和顾一感叹："秦淮还真蛮有趣的，每天要是有这样的朋友在身边绕来绕去，估计能长命百岁吧。"

"是，气你的时候也能让你想把他的小命就地解决。"顾一神回复道。

培训让顾一觉得已经好久没有感受过这种正常的作息时间了，培训中的状态很明显要比飞个大夜航回来第二天接着飞的状态好很多。

"现在航班延误比较频繁，旅客对延误时的服务意见很大。今天下午我们来讨论一下航班延误时，如何做好机上旅客的服务工作？"教员看了看大家。"大家说说看，你们是怎么做的？"

"首先不要让旅客处于闷热的状态，本身飞机舱门关闭以后比较密闭，要视情况调节客舱温度！"某分公司A乘务员。

"还是要多加强客舱的巡视，纵使在延误的情况下也要做到细致耐心温馨的服务。比如帮旅客空的杯子加加水，旅客在延误几个小时还要坐在狭隘的座位上，腿又伸不直，其实他们也很难受的。"另一个乘务员B接着提出建议。

"还有吗？你们设想能发生的状况，如果个别旅客就是没有耐心等下去呢？或者有很急的事情，再或者有很重要的合同要签？"教员补充道。

说到重要合同，秦淮不禁和大家分享起他刚飞时遇到的一位大哥："我告诉你小伙子，我今天晚上有几千万的合同要签！如果飞机到不了，这几千万的损失你负责的了吗！？"

"先生抱歉，由于天气的原因，我们确实负责不了。您也知道现在正值雷雨季，碰见这样的情况我们也感到很遗憾。"

"你们天天遗憾！没有正点的时候！你们公司最烂了，我坐了20次，有18次都不准点。"

一听这是我们忠实旅客啊，延误这么多次，还是坚持选择我们公司。"先生以后如果您有这么重要的公事要处理，不妨听听我的建议，最好能提前一天坐飞机，哪怕早到一天，但心里至少踏实了不是？"

"哈哈，后来他就没说什么了。"秦淮说完大家纷纷笑着点头，这小子还真敢说。

话说回来，这样的旅客零零星星总是有的，但不多见。顾一紧接着和大家分享一个正能量教材。

"我觉得现在大部分旅客已经渐渐能够理解我们了,确实因为天气原因不能冒险起飞的话,他们也清楚都是为了大家的安全考虑。一次延误4个小时,我们一直在忙,送完餐饮又安抚大家的情绪。忙完一位奶奶走到后舱还把家乡的特产麻花、蟠桃拿给我们吃。说我们忙了一天没吃饭,孩子们真不容易。"

人间自有真情在。

"大家说得都挺好,航班延误时,旅客最着急。他们选择飞机就是因为航空运输快捷舒适。现在航班延误,不快也不舒服,旅客心里肯定不高兴。然后,我们的服务又没跟上,旅客就会不满。"说到这里,教员展开了PPT,上面写着"旅客对航班延误服务不满主要表现在以下几个方面:(1)航班延误未及时通知;(2)未准确说明航班延误原因;(3)……"

教员从提高服务意识、端正服务态度、采取正确的服务方法、改进配套服务设施和保障能力等几个方面,介绍了在航班延误时应当如何改进服务水平。

整个课程,教员妙语如珠,一会是生动的小案例,一会课件里跳出可爱的动画,引得大家哈哈大笑,丝毫没有平时上课想打哈欠的感觉。

顾一听着教员分享的经验,总结的理论,心里不由竖起大拇指。大家都是同行,为什么人家就能不光做得好,还总结了这么多理论出来，关键是还能如此生动风趣地讲出来呢？真是不一样啊，这才是大咖级人物。想想公司几个所谓的前辈，无非是工作早点，资历老点，要啥没啥，还指手画脚。看来并不是资格老，水平就高。要不，人家怎么没请你来介绍经验呢。

　　白驹过隙，和大家朝夕相处的培训接近尾声，顾一很认真地听着培训。组织者建立了微信群，让参加培训的人加入，便于分享课件和日后的交流。顾一加入后，主动把群里的昵称改成公司名称+实名。培训几天，不改个昵称，还真没人知道你是谁。况且不方便日后交流。组织者把每个教员的课件都分享在微信群里。

　　但如果只看个PPT就会了，这个培训也就没什么价值了，毕竟教员讲的很多内容都不在PPT上，课件只能算个提纲，具体展开的内容，都是靠教员发挥演绎。这才是精华，也是需要记录的。顾一觉得来这里既然是为了充实自己，就把学校读书的劲头拿了出来。笔记记了满满30页。

　　培训的时候，中午在酒店吃工作餐。有一天吃完后，顾一被空调吹的有些冷，就跑回房间去拿外套。顾一边走边低头看手机，一不小心迎面撞上一人。

　　"对不起，"顾一赶快道歉，抬起头一看，竟然是培训时的魔鬼班主任！！！

　　"顾一？"

"啊啊啊，班主任！真的是你！这几天怎么没在培训上看见您呐？您也是来培训吗？"顾一大吃一惊。

"我是来参加一个会议，刚好和你们撞到一起了。你怎么样？能被选来参加这个培训，看来在公司表现的还不错哦。"

"这还得多谢班主任给打的基础好！嘿嘿，对了，咱班的秦淮也来参加了呢！"

"哦？你们俩还真是缘分不浅，哈哈哈，话说这小子对你真心不错，你还想拖人家到什么时候？"还没聊几句，班主任就替秦淮说上话了。

"啊？我们就是好朋友？"顾一露出惊愕的表情，赶紧向班主任澄清误会。

"你不会不知道吧？当初培训完你被随机分到了武汉分公司，秦淮来找我，反复请求我向学校申请，可不可以破例把你俩分配的分公司交换一下，说北京是你日思夜想要去的城市。还特别拜托我不要说出去，我还以为这小子给你憋什么惊喜在后面呢！"

顾一听到后目瞪口呆，手机更是直接掉在了地上。至于屏有没有碎，她已经关注不到那么多了。"原来如此！"这四个大字在眼前以幻灯片形式晃动，掉在地上的手机里显示的是一条孔浩的未读消息。

顾一捡起手机和班主任告别后，回房拿衣服。一路上脑子里浑浑噩噩。她从来没有想过，秦淮对她的喜欢能够达到无私的境界，即使在猜透她心思的情况下，依然选择让顾一未来的工作顺心些。

如果不能够一直陪伴身边的话，交换一座她喜欢的城市，是秦淮对这份感情画上的最满意的句号了。

离开前再看到秦淮，顾一想说感谢的话，却不知道怎么开口。她下定决心要深交眼前这个给她生活带来过满怀期待的大男孩。顾一看着眼前的秦淮，脑中浮现出一句话："无私为大私。"

那就先就此别过。矫情的话，留给下次应时应景啤酒就着花生米侃侃而说。

北京见。

在此之前，望你安好。

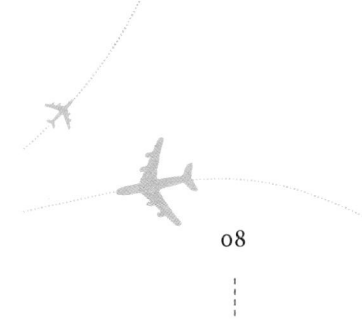

08

"闺蜜"是在我失利时拉我一把,得利时为我拍手叫好

培训结束后回归服质部上行政班,很明显的没有受到刘可的待见。

嫉妒心,可以把一个人的脸色呈现得很难看。

也罢,毕竟不是人民币,做不到让每个人都喜欢。况且,就算你是人民币,还有人视金钱如粪土不是?

办公室的生存法则顾一已经渐渐了解,总之就是:不要和小人过不去,结下深仇大恨,看到屎绕开走就好了,多走几步权当锻炼身体,非要踩上一脚,把鞋底粘一坨屎,不值得。时间本就应该浪费在美好的事物上,而不是和糟心的人辩论一二。

你不要指望得到所有人的认可,这是不可能的,但求问心无愧就行。

培训回来,顾一把培训的课件都发给了温总,没有独享。之前去参加培训的人,都把培训的内容当作自己的专有资料,顾一是第一个主动分享的,还主动向温总提出在部门例会上向大家分享培训的心得。这对顾一来说是个挑战,想分享给别人一杯水,首先自己要有一桶水。光是照着读课件远远不够,需要认真研读,仔细思考,要有自己的想法。

然而,好心未必得到大家赞赏。

"显得她了。"

"她去培训,我们听二手的。"

这些议论,顾一不是没听到,她很苦恼,但是不再向师傅倾诉,逐渐学会自我调整。顾一不想带给身边人过多负能量,改变不了环境,改变自己的心境吧。

温总对顾一的建议很满意,请示了服务总监,与客舱部沟通后,决定将培训的内容向全体乘务检查员宣贯。这是一次大规模的培训,不再是小范围的介绍。培训的组织由温总指定顾一负责,一起参加培训的几人轮流来上课。

顾一感觉压力颇大。她的任务不仅仅是向大家介绍心得,而是这个培训的组织实施。以前从未单独组织过培训,完全不知道怎么做。

"温总,我没做过培训,这个任务您安排别人吧,我怕搞砸了。"

"没事,大胆做。有什么问题来找我。"温总倒是没当回事,安慰顾一。

顾一只好硬着头皮接下来。温总的完全授权,让顾一无所适从。服质部里没人肯帮忙。现在的人,看你露脸可以,要是出力帮忙,那可有点难。但无论是师傅还是丁迈兮,都无能为力。幸好有一个全能场外指导,孔浩。

孔浩最近律所的案子有点多,也很忙。但是接到顾一的求助电话,还是忙里偷闲,协助顾一起草了培训通知,包括培训的目的和达到的效果,培训的计划安排,培训地点,培训的要求等等。

顾一又跑去客舱部,和计划部门协调参加培训人员的航班安排。

"空不开,现在航班太多,都没人飞,哪有时间搞培训?"提出的要求直接被回绝了。计划部门是给乘务员排班的,手中权力很大,谁飞哪里,好班还是坏班,飞多飞少,都是他们来安排。一般的客舱领导都要对他们陪笑,怎么会理睬一个工作才一年的新人。

顾一尴尬地站在那里,没人理会。

顾一气愤地转身离开,直接去找温总求助。领导的一个重要职责就是与其他部门进行协调。

温总不在办公室,说是外出开会,可能过两天才回来。顾一走回自己的座位,现在怎么办?和同事说,他们只会看笑话。打电话给温总?这么一件小事都办不好,以后遇到更大困难怎么办?不能每次都找领导出面啊。

思索片刻,顾一发了份邮件给客舱部计划调度分部的经理,抄送给了温总,还有客舱部的林总和服务总监。陈述了培训的原因以及重要性,感谢客舱部的支持,麻烦客舱部将参加培训人员的航班空开,便于参加培训。如果有什么问题,请尽快提出,便于沟通解决。最后感谢客舱部一直以来的大力支持。

邮件写的不卑不亢,有了领导要求的大帽子,又感谢客舱部的支持,他们能说什么?但这等于硬逼着计划调度配合,让对方吃个哑巴亏,后面找麻烦的时候多着呢。何况自己还要被计划调度安排航班,给你穿个小鞋还不随随便便。

胡萝卜加大棒的方法永远不过时。大棒用过了,现在要拿出胡萝卜来。好在有师傅在客舱部,顾一麻烦李若离帮忙中午约计划调度的人一起出来吃个饭。

看到邮件,计划分部的人觉得吃了哑巴亏,虽然不情愿,却又说不出来什么。过了一会儿,李若离过来替顾一约几个排班人员吃饭。他们觉得顾一还算明白事,再加上有标准分部的经理出面邀请,落个顺水人情。

饭桌上，计划分部经理跟顾一诉苦："顾一啊，你不知道现在是旺季，航班多，人员紧张，都是工作，没办法。但是呢，我也知道你们这个培训很重要，尽全力支持啊。"

"对，确实是挺不容易的，实在太感谢了。"既然事情办妥了，发点牢骚就发呗。顾一听着。

李若离在旁边看到顾一在那里应付着计划分部的人，觉得顾一真是成长了许多。

航班空开了，还要预订会议室，这倒不是难事。顾一记得自己在银行工作时的遭遇，"吃一堑长一智"，同样的错误，不会再犯第二次。先和后勤部门沟通好会议室，基于培训的人数，会议室是否够大，有无投影设备都纳入考虑。最后，在系统上完成预订。

培训是重中之重，不能把教员们的课件拿来直接用。要转变成自己的课件。顾一这次学到了一样，就是好的课件，没有那么多字，更多的是图表，尤其不要读幻灯片。更多要用案例，多角度来重复关键信息，强化记忆。

培训那几天，顾一除了一堂课是她来讲外，还要负责培训的保障，忙前忙后，水都顾不上喝。当培训忙完之后，顾一几乎瘫坐在座位上。终于挺过来了。有时候困难看着很可怕，但你要坚持过来，也就那样。

辛苦了一场，总是要化疲劳为食粮，品尝美食是恋人相处最好的方式。

"晚上下班后我去接你,有家泰国菜很不错。"是孔浩的微信。

"这是要带我换口味咯?"

"这世上一万口新鲜,每一口我都想带你尝尝。"

谁说律师只会把法律条文倒背如流?撩人的话从没示弱过。

顾一看到信息,扑哧一笑,按下手机锁屏键。继续完成培训的总结报告,按照此刻心情来评断工作效率的话,应该会赶在下班前完成。

望了一眼窗外,明亮剔透的不只是顾一的状态,还有眼前北京这少见的蓝。今儿老天没有挖煤,给自己放了个假,成全了全北京人类。

会有那么一瞬间,我们对这个世界充满了好奇、期待与爱。正因为它给予我们的一切是未知,才会使我们不断去探索、尝试。

而好与坏终究是并存,中国文化博大精深,讲究一个平衡。顾一从不敢把自己定义为一个"好人",好人的范围太广阔,大多时候却是心有余而力不足。尤其站在医院门口,眼看一个8岁孩子知道自己活不了多久,又知道家里交不起化疗费,眨着眼睛望着红着眼眶的父母说的那句:"爸妈,我不疼，还能坚持。"

她摸了摸自己的口袋，改变不了任何。更别提挽回眼前男孩儿的生命。

最怕把自己定义的很高尚，却力不从心。

她只想做一个不坏的人。这样，就能没有压力和包袱地行走人间。

"但行好事，莫问前程。"

上天算是善待顾一，给她一个完整确幸的家庭，刚进银行指引她的琴子姐，善解人意的丁迈兮，无微不至的秦淮，飞行经验毫无保留传授给她的李若离，还有……勾起她内心小鹿乱撞的孔浩。

能得到喜欢的人的热情回应，还是由对方先表露出来，这种感觉，真好。

爱和被爱都是一种幸运，顾一同时收获两份幸运，这种赚到的感觉可比中了彩票更令人兴奋。

"这几天忙着培训，看着好像胖了一点啊。"孔浩试着想捏一下。

"真的吗！？啊？"顾一双手捧了一下脸颊，一副夸张的表情。

在好演员的道路上越走越远，非顾一莫属了。这几天忙着培训的事，晚上工作得很晚，饿了就叫个外卖，不胖自己胖谁？不过昨天晚上刚称完体重，也就胖了四斤而已，而已……

"还好啦，胖点儿挺好的。你看那牛肉和牛肉干，大家肯定都中意牛肉。"

"所以你现在是在拿我和牛比吗，孔叔叔？"顾一眼睛瞪得仿佛快掉到车的自动挡上。

"你看你，一言不合就瞪眼。我忘不了你那深邃的眼眸……"边说居然想起歌词唱了出来。

顾一没忍住被孔浩五音不全的调调笑出腹肌。

"孔浩，讲道理说，你震惊到我了。"

"哈哈哈哈，怎么样，我就说没有人能逃过我对音乐的执着与了悟。"

"是，听你唱歌身边得常带速效救心丸，我心脏不好。"顾一轻抚了一下自己的胸口。

"嗯，这点我不否认。我家猫一听到我唱歌都直打滚儿。"

"听你语气，还挺骄傲？"顾一嫌弃地撇了撇嘴。

"骄傲谈不上，但绝对不能少得了傲娇，狮子座嘛，你懂。"

"我不想懂，求放过，哈哈哈哈哈啊哈。"

顾一一边放松地喝着冬阴功汤，一边给孔浩讲着这次培训的过程。

"不错不错，"孔浩一边听着一边夸奖着，"不过……"

"不过什么？"顾一眼睛一瞪，"你别先夸，然后再来个但是，这套路我知道。"

"没有，你做的是挺好，其实还可以更好一点的。"

"那你说说看。"

"你看啊，培训不是完成任务，是要讲究培训质量的。"

"你说我这次培训质量不高了？"顾一提起声调儿。

"你反应别这么大。我跟你说说怎么提高培训质量。首先是要确定培训需求。你们这次是给客舱的检查员做培训，他们需要的内容和你们这次的培训交流不一定一样。所以，你不必把这次培训交流的内容都拿来讲。他们如果觉得培训的内容没什么用，或者是自己知道的，就不认真听了。

第二是设计和策划这次培训。包括确定培训目标和要达到的效果，编制培训的预算。

第三是组织和实施培训。包括你做的培训地点的预订、教员安排、培训前的教员培训、培训计划、培训人员的确定、培训的过程监控。你们这次的培训是安排不同的教员来讲，相同的课件，不同的教员讲，肯定不一样，但是核心内容应该是相同的。这就需要所有的教员先统一，安排对所有的教员先进行培训，统一教学内容，讲的方式可以不同，但是培训的内容必须相同，要不怎么控制培训的质量？还有，你们要求检查员来参加培训，这些人我了解，都是大佬，如果缺席怎么办？"

"这个我们有考勤的，来的人都会签到的。"顾一略微得意，心想我不至于像你说的什么都不懂。

"签了到就走了呢？一天上午签到，下午没来呢？培训的时候睡觉、玩手机呢？你对培训的过程没有质量监控，培训的效果可想而知了。"

"他们都比我级别高，我哪敢管啊？"顾一觉得很无奈。"不过，几个教员讲的时候，气氛不错，我看没什么人打盹。"

孔浩听完笑了笑，继续讲着，"第四是评价培训效果。培训肯定是要达到某种目的的，你不能培训完了就结束了。你们这次培训有考核吗？"

顾一摇了摇头。

"那参加培训的人都学到了什么？你们这次的培训效果怎么样？"

"效果挺好的，大家说挺有用的。"

孔浩看顾一的回答不在点上，知道她没明白，就继续说，"培训过程要监控，培训效果要评估。评估的方式有四种，培训学员的满意度是第一层次，还有对培训学员考试，是评估学员掌握程度。另外两个是考察培训学员知识运用程度和计算培训创造的经济效益。"

"这样啊，我只做了第一个层次。"顾一对这次的培训效果有点失望了。

孔浩不忍心看到顾一失落的表情，赶紧安慰。"你第一次组织培训，做成这个样子已经非常了不起了。这些评估方式，不一定都用得上。"

"用不上你还说。"顾一撇撇嘴，这已经够累的了，还要做成你说的那样啊。

"多学点总是没坏处。所以啊，你们的培训管理，还可以再提高。"

"哼"，顾一假装表示不服气。这是女孩子的娇羞，如果在别人面前，会很谦虚的。在孔浩面前，还不能好好撒个娇了？

"你的PPT是4∶3还是16∶9？"

"啥？"顾一这回是真没听懂。

"不同的投影仪放映比例不同，如果你做的格式不对，投影效果会打折扣的。你们这是内部培训还无所谓，在正式场合，这影响很大。你没听说有位IT高管，就是因为PPT做的草率，丢了年薪百万的工作。"

这个事，顾一可不知道。她除了工作上的事以外，净关心娱乐圈的八卦了。

就你能，顾一表面上不服气，心里却是敬佩，这里面学问还真不少。

"上课的PPT有没有发给大家？"

"没有。"顾一留了个心眼,这是自己心血啊,上课认真听讲,记笔记。虽说最后是所有参加培训的教员共同汇总,但没谁有她这么仔细。绝大多数内容都是顾一记录的。

"你如果觉得大家拿了你的课件,就和你一样的水平,或者是说你会的内容,都写在课件上了,那就说明你也没什么本事。发给大家,也是强迫自己提高,不能就这点能耐。"

"那是把PPT发给大家?"

"不用,转成PDF就可以了。PPT上面有标志,有备注,不必都给出去。"

顾一在培训的时候,对那些授课的教员非常敬佩,希望自己有一天也能站在行业的讲台上,为所有人介绍自己的知识。

想起一句话:"革命尚未成功,同志仍须努力。"

北京的夜晚,无数条街道。每一条街道上面,挤满了不同种类的代步工具。工具虽说渺小,一路却装满了谈笑风生互怼互助的气息,齁得要命。

孔浩,我的生活因为遇见你而锦上添花。

我的航班因为遇见可爱的旅客也变得津津有味。

平飞发现一位醉酒旅客,顾一主动走过去关切地问:"先生,看您有点不舒服,需要喝点什么吗?"

"服(胡)辣汤!"还没等顾一介绍完饮料品种,这位广东壮汉吃力地睁开眼睛手呈枪的形状比画着。

飞机滑行到跑道口等待时间较长，又返回停机坪加油。在返回滑行的过程中，一位大爷按了呼唤铃，顾一急着走过去以为发生了什么情况。

大爷揉了揉眼睛，问："这么快就落地了？我这一觉睡的也够长的。"

"呃……大爷，要不然您再睡一觉吧，我们现在还没起飞。"

能感受到大爷鼻孔一粗，无奈地又闭上眼睛。

安全检查的时候，还没等顾一叫起躺在座位上的旅客系好安全带，他身边的同伴用手怼了怼说："快点儿起来，你买的是坐票，不是躺票。人家空姐一会该说你了。"

这话让顾一足足笑了两段儿航班，也没忘记落地微信分享给孔浩、丁迈兮和李若离。

服质部每周例会前都会听到不同的八卦和新鲜事，公司大大小小的事瞒不过服质部的几个监察员。

"哎？顾一，你听说了吗？天天和刘可腻歪一起的韩乐乐怀孕了！这下，服质部的'可乐'组合，可要解散一段时间喽！"

"啊？这个时候怀孕，那职位……她可是聘任服务监察员没多久。"顾一放下了水杯，脸侧过去小声说。

服务监察员，不仅需要执行航班，还要定期上机监察，怀孕的话，无法履职。这个职位又不能空着，也就意味着乐乐这几年不能再担任服务监察员了。

"说的就是，这时候怀孕太亏了！说是咱们这周就得选出一个人来接替她的岗位。不过她的岗位工作量还是挺大的，不光定期检查服务质量，还要负责投诉的处理，写调查报告……"

服质部一个萝卜一个坑，人并不富余。当一个岗位空缺，就得尽快补上，要不真忙不过来。

温总走进来听见大家叽叽喳喳，想必也是了解到大家知道了情况。没有铺垫太多，问大家有什么建议。是在服质部内部顶替还是公司内招？

"温总，我觉得咱们关起门是一家人，从其他部门选聘的话，不太好。一是适应时间会比较长，二是刚过来，工作不熟悉，需要学习一段时间，等于帮不上忙，我们还得去教。"没等大家发言，刘可先说出了自己的想法。

也是，平时办公室里形影不离的，怎么着也得在韩乐乐回来之前帮她在内部保全位置。

"哦？那咱们内部你觉得谁比较合适？"温总看着刘可。

刘可摇摇头，"我只是觉得乐乐的工作，我多少了解一些。我就辛苦点，加点班，把她的工作兼上。"刘可停顿了一下继续说，"我忙不过来，还有顾一可以帮忙啊。"

大家正纳闷呢，吃两份力，拿一份钱，可不像刘可这种精打细算、绝不吃亏的主儿能干出来的事儿。当刘可说出最后一句话，都明白了，敢情是让顾一当苦力，她得好处。

平时，刘可占小便宜，偷奸耍滑，大家都清楚。每天在一间屋子里共事，低头不见抬头见，谁是什么样的人，怎么可能不知道。只是没必要把看透的都说在明面上，所谓"看透不说透，继续做朋友"。但总会有一些人觉得别人都笨，就自己聪明。其实，是大家有道德底线，不至于为一点小的好处，放弃尊严而已。但当你太过分，侵害到别人利益的时候，那就对不起了。

"刘姐，我可帮不了。乐乐的航班检查，我做不来。再说我现在手头工作很多，我自己的都忙不过来，实在没时间再帮你了。"

刘可听到这话惊呆了，顾一不再是可以呼来唤去的小跟班了。

顾一刚来服质部的时候，刘可让她做这做那，一方面是为了学习，再者说，刚来新的部门，你是前辈，你愿意教，我愿意学。但是过了一段时间，顾一发现做来做去就那些事，再做就是重复的工作，除了手熟，增加不了什么经验。原以为前辈刘可工作了三四年，经验丰富，现在看来就是一年的经验干了三四年，并不是有三四年的经验。我愿意帮你，但你当我是傻子，这就不能再干了。

顾一跟师傅李若离诉过苦。李若离问顾一："是刘可招你进来的吗？她是你的领导吗？负责你的绩效吗？能决定你晋升吗？"答案当然都是否定的，结论也就显而易见了。所以当刘可说顾一帮忙的时候，顾一委婉而坚定地拒绝了。

人要在合适的时候说"NO"。

刘可感到很没面子，顾一就当没看见。我当你是朋友，你当我傻瓜啊。朋友是相互的，你既然没把我当朋友，那大家就各走各的路好了。

有些前辈，就像小溪里的一块石头，自己不思进取，还阻挡溪流的前行。这个时候，你完全不必被他们阻挡，绕过就可以了。他们不能决定你的命运，也不要让他们影响了你。

顾一觉得温总肯定有自己的想法，乐乐这个岗位，必须是现役乘务员，工作经验丰富，对资质没有更多要求。她心里希望丁迈兮可以过来，温总那里应该没有问题，不过这话不能在这里公开说。所以，顾一觉得提议不如附议，于是说，"温总，这个人选，您一定会全面考虑的，我们可说不好。"

"我还没想好，这事先放放，等乐乐正式提出的时候再说吧。"温总闻到了火药味，想人还没走，就公开讨论人选问题，不利于稳定。

散会后，温总把顾一叫到办公室，问顾一有什么人选?

刚刚顾一已经表明了态度,这会,在只有两人的环境下,温总再次问顾一,顾一明白,这是让她说出来比较合适。"丁迈兮怎么样,客舱部我熟悉的不多,丁迈兮工作了几年,虽然不是乘务长,但是程序、标准都熟悉,工作认真,没有出过问题,没被投诉过,我觉得她比较合适。"

"丁迈兮啊,她倒是挺合适的。可她没什么突出的地方,怎么能让大家认可她的能力呢?"温总似乎是在自言自语。

顾一是非常希望丁迈兮能进服质部,这样,两人友情之间的芥蒂就可以解决了。顾一能来航空公司做乘务员,一直对丁迈兮怀有感激之情,结果尚未报恩,先抢了丁迈兮的职位,心里非常过意不去,一直在找机会回报丁迈兮,弥补这个缺憾。现在机会来了,温总也没问题,可是怎么能够证明丁迈兮的能力。顾一明白,这是温总不想让别人质疑丁迈兮,需要堵上大家的嘴。

顾一思索片刻,想到最近网上公布了一个各公司旅客乘坐体验的数据报告。服质部和客舱部计划解读研究,能够分析出结论和制定改进措施,但是一直没做。"温总,那个分析报告,可以让丁迈兮做一下,我也可以帮忙。这份分析报告可以证明迈兮对程序的熟悉和数据分析、写作能力。这应该够了。"

"行,你跟她说,写得好,就调她过来。写得不好,那就不行。我们这里需要的是能力,不是关系。你顾一推荐的也不行。"

"明白。"顾一笑着出去了。顾一是服质部的新人,她推荐的管什么用啊,还不是温总认可。温总这些话就是说给顾一听的,免得传出去变成任人唯亲。

温总一天没有下达韩乐乐的岗位由谁来交接,办公室一天就消停不得。

而顾一把消息告诉丁迈兮后,丁迈兮一面是很高兴,一面是对自己的分析能力有些担忧。"迈兮同学,这可是我报恩的时候,我能做的,定会尽全力。"顾一拍着胸脯,也确实尽全力。顾一知道,只有这样,才能完全恢复她和丁迈兮之间的感情。

"一份好的数据分析报告,要有一个好的框架。框架没搭好就开始写,会显得结构凌乱。其次,每个分析都要有结论,不能分析半天,最后没有结论,这可不行。数据分析报告,不是数据堆积,必须要有分析,有结论。第三,结论要由数据推导出来,要有数据支持。否则,缺乏可信度。第四,要图表化,数据不能用文字表述。第五,要有解决方案和建议方案。做领导的最不喜欢下属提出问题,不提出解决方法。问题在那里,谁都知道,怎么解决才是关键。光说问题,没有办法解决,问题还要继续存在,那你说了有什么用,这不成发牢骚了吗?"顾一把她这一年来对数据分析报告的经验都告诉了丁迈兮。

丁迈兮听得云里雾里的。

"没事,我们一起做。"顾一对这份报告,用心程度超过了任何一项工作。丁迈兮自然看在眼里,感激这个当初自己帮过一把的姑娘。

温总低头走进办公室,无意中抬头看了一眼张琳,"最近有什么报告吗?"

"哦,温总,这里有一份客舱部乘务员上交的去年我公司旅客乘机体验的数据分析报告。我还没看呢。"张琳很纳闷刚收到的报告,自己还没看,温总怎么就知道了。

"好,拿给我看看。"

大家纷纷抬起头,这个报告本应是韩乐乐做的,拖了很久。还没动手,这就怀孕了,每天都说不舒服,一直没开工。

过了一会,温总拿着报告走到服务标准处的办公室,"这个报告写得不错,顾一,你查一下这个报告的作者电话,她明天如果没有航班的话,让她早九点来我办公室一趟。顺便这份报告帮我电子版留存。"温总把纸质版交到了顾一的手里。

"好的,温总。"顾一答应着。

温总怎么可能不知道丁迈兮电话呢,当然是做给大家看了。

"这个月公司服务例会上我们的主题就是汇报这个。顾一你准备一下会议材料。"

顾一点头答应。

温总刚一离开,刘可按捺不住性子凑过顾一耳边说:"温总交给你的报告是客舱部人写的?你说温总是什么意思?"

"不晓得诶,领导的安排,我哪敢问啊。"顾一这种回答,是正确而毫无价值,你又说不出什么。顾一自从上次拒绝帮忙后,就没再把刘可当成前辈对待。刘可虽然不高兴,也拿顾一没办法。

看顾一不理自己,刘可只好讪讪离开,回到座位上发呆。

办公室里的人各忙自己的事情,没人接这个茬,但大家心里清楚,韩乐乐的岗位基本上是要被这个报告的作者顶替了。刘可很着急,像个热锅上的蚂蚁,可又从顾一这里问不到什么。

顾一开始按照程序查丁迈兮的电话,并开始通知丁迈兮来服质部谈话。

丁迈兮来到服质部经过温总的严格面试,并与公司领导沟通,确认是合适人选,经人力资源部同意,由客舱部调入服质部,担任客舱服务监察员。次月1日正式就职。

刘可知道后,气得心肝肺快炸掉。打电话给韩乐乐,"为了你这个岗位,我费了多少劲,都怪顾一捣乱。现在看来,你后面再回服质部可能有点麻烦。"

"没事，后面我干不干，还不一定。老公让我安心在家带娃。"韩乐乐结婚几年，一直怀不上，急得要命。这次怀孕，开心的不得了，哪还顾得上岗位的事。至于刘可的表功，根本不在意。工作都不想做了，还管岗位吗？

刘可悻悻地挂了电话，气不打一处来，都是顾一心眼多。人总是觉得别人不好，从来不检查自己。总觉得一切都是应该的。有一点不如意，就怨天怨地。

公司服务例会照常每月召开一次，所有与服务相关的部门都要参加，汇报各部门服务工作的情况。服质部以前有专人负责服务例会的汇报材料准备，后来由于人员流动比较频繁，每个新接手的人都不熟悉工作，材料做得乱七八糟，没有章法。温总决定改革一下，锻炼每个人，所有人轮流做。本月刚好轮到顾一。

顾一看了下过去的汇报材料，都是介绍一下本月的投诉情况、检查情况，数据很少，发现的问题很分散。决定改变一下材料内容和格式。

于是以乘坐体验这份分析报告为依托，包含了对各部门的服务考核指标完成情况，投诉的问题分析归类，服务改进措施的验证关闭，服务检查发现的问题等。

做好后，发给温总审阅。温总回了一个"可以"，但是心里暗暗竖起了大拇指。顾一，不仅聪明、能干，还肯动脑，愿意尝试，是可造之才。

服务例会，轮值人员还要负责会议的组织、保障。之前的服务例会保障，都是老人带新人，口口相传，如何保障，说多少，做多少。有说漏的，有忘记的，经常因为保障不当在会上被服务总监批。这次轮到顾一准备服务例会，她觉得不能总凭经验做事，所以特意制作了会议保障流程清单。

1. 确定会议主题、会议内容，包括准备会议材料。会议有很多种，比如汇报式的、头脑风暴的讨论会议、传达式的会议。服务例会，属于汇报式的会议，服质部是主汇报部门，要准备汇报材料，这个材料一个人负责，但最终既然是代表部门的，必须经过部门总经理的评审。

2. 确定参会人员。不同的会议主题和内容，参会人员肯定不同。所以，会议的组织部门，要确定会议的出席人员、列席人员、主持人、记录人。只有确定了参会人员，才能发出会议通知。

3. 会议室时间的确定。会议要征求必须出席会议最高级别领导的时间安排，像服务例会的时间，就由服务总监确定，一般提早十天定下来，发出会议通知，便于其他参会人员调整工作安排出席会议。

4. 确定会议地点。根据会议的时间和参会人员数量，及早预订会议室，以免无法按期召开。根据出席会议人员的规格,确定合适的会议室。

5. 发布会议通知。通知参会人员会议的时间、地点、会议内容、会议的要求,比如如何请假、着装、会场纪律等,有外地人员参加的会议还要说明食宿问题如何解决。

6. 会前准备。会场布置,座位摆放、座次安排,席卡,要不要准备茶点、桌签或签到表、二维码签到。会议设备的准备,包括录音、录像设备。有些会议还要把会议材料发给每个出席会议的人员,包括参会人员联系表等。

7. 召开会议,安排会议主持人维持纪律,会议要有人记录,录音设备,会议现场做好拍照,以及会场服务。

8. 会议结束,会场的收拾,回收相关资料,恢复会议室原貌。对会议记录进行整理,形成会议纪要和任务列表。会议不提要求,等于白开。布置的任务要有责任人或者责任部门,完成时间和关闭的条件,并安排人员进行跟踪。

完成一项,勾选一项,确保没有遗漏。服务例会开会的时候,顾一坐在后排,被温总看见。"你怎么空着手就来了?领导布置的任务,你靠脑袋记?"

"有录音的。"

"领导上面讲,你空着手,这像什么样子,一点都不严肃。回去拿个本子过来。以后,所有的会议,都必须带着笔记本,用来记录。知道吗?"

温总觉得对顾一要严格要求，这是好苗子，如果放任生长，万一长歪了，就太可惜了。

"好的"，顾一趁着会议还没开始，跑回办公室拿来笔记本。温总的严厉，顾一并不担心。因为严格要求的同时，给你学习锻炼的机会，这是帮助你成长。就怕只批评，却不教你如何做。只处罚，不给机会，这样的领导，是对你有看法，而不是在培养你。

丁迈兮进了服质部，最高兴的人是顾一，她恨不得买两箱喷雪罐儿来庆祝。晚上姐妹俩约好了吃重庆火锅，丁迈兮也是爽快人，往杯子里倒了三分之一的江小白，举起杯子对顾一说："一一，这次多亏了你帮忙，才能完成这份分析报告，我才有机会进服质部顶替韩乐乐的位置。"

"嗨，说谢谢可就外道了，温总和我巴不得你来为服质部增添光和热呢！"顾一说完喝了一口江小白，咂了咂嘴。

"以后还请顾前辈多关照咯，哈哈哈。"

"后辈前途无量后辈前途无量，哈哈哈哈哈。"顾一把她第一天来公司报道丁迈兮给她故意摆出的一副下颚上扬的"前辈"光环原封不动地还给了面前的丁迈兮同学。

"哦？这表情？看来是风水轮流转喽？"丁迈兮笑得江小白还没在嘴里含热乎，就喷了一半儿出来。"你好！服务员，纸巾！"

"我说我的迈兮同学，你是不是存心的？笑归笑，这喷出来算怎么回事呢？"顾一挽了挽胳膊袖。

"哈哈哈哈哈哈，对不起，我……我自罚一杯行不？"

顾一也是实在，丁迈兮话音刚落，酒都倒好了。

"不是我说，你们东北姑娘都这么能喝？"丁迈兮五官紧聚一下，迅速舒张开。

"能不能喝是其次，气势上不能输！我家老顾说了，酒要么不喝，要么喝的就是人情味儿。"

"哦？顾爸爸听起来也很能喝的样子，才会培养出你这个小酒鬼吧？"

"奈何他有一颗爱酒的心，却有一个戒酒的身啊！前几年查出来血压高，我妈就让他把酒断了。老顾就一点好，很听话，我妈说啥是啥，这点我都服。"顾一越说越来劲儿。又呷了一口江小白。

"哈哈哈哈，真的吗？不是说东北男人都大男子主义吗？！"

顾一摇了摇食指摆出"No"的手势："不不不，这么断定可就片面了，东北男人有风度也有温度。你是没见过把媳妇儿宠上天，说一不二的时候。哈哈哈，这一点老顾深有感触。这么多年在他眼里，媳妇对是对，错也是对。"

"真羡慕顾妈妈，这样过一辈子也挺好的。被爱人所爱所护所关怀是爱情中最好的模式了吧。"

"嗯,有时候我甚至会觉得,老顾那一身正气、隽言妙语是专门为我妈量身制造的。这世界就这么大,他们就适合成为家人。"

两人碰了一下杯,话题却没有终结,此刻在几百公里以外的屋子里,顾爸正打着喷嚏呢,一个接着一个,很合拍又很有节奏。

"阿嚏!这谁啊这么晚了想我。"顾爸在电视机面前回头冲嘴里正嚼着西梅干的顾妈说。

"阿、阿嚏!!又一个,不对,这是有人在骂我。一想二骂三叨咕[①]。"

顾妈没有吭声,显然西梅干比顾爸待她亲得多。

"阿嚏!阿……阿……阿嚏!"顾爸看了一眼天花板上的吊灯,又打出一个喷嚏,捏了捏鼻子。

"老婆,有人叨咕我。"顾爸可怜巴巴地看着顾妈刚吐在纸盒里的西梅壳儿说。

"谁啊大晚上叨咕你,你还和我在这炫耀?"顾妈眼睛瞪得溜圆。

"肯定是顾一这个兔崽子,指不定在外面怎么形容他爸又帅情商又高,她妈妈命真好之类的。"顾爸说着说着自己都害

[①] 叨咕:东北方言,念叨。

羞了。

惹的顾妈哈哈大笑："真能往自己脸上贴金，咱女儿要听了这话得笑话死你。"

"别说，还真有点想女儿了。也不知道春节能不能回来。"顾爸把电视声音调到最小。

"老顾，说实在的我挺后悔女儿做这个行业的。平时没有假期，起早贪黑，做一线的，真不容易。还不如在家这边考个公务员，虽说拿着死工资，但至少心里踏实。"

"我们不能把自己的想法寄托或强加在孩子身上，这是她选择的人生，她的未来，我们负责监督和引导，但没理由去干涉。"顾爸耐心地把顾妈脸侧的一缕头发挂到耳后。

"回头等你休息，我们去看看孩子吧。"

"嘁。老婆大人尽管吩咐，我听从命令就是了。"

东北男人，暖的像个火炉，仗义的像匹野马，至于有没有草原？别人不清楚，顾妈是陪伴着顾爸白手起家的。

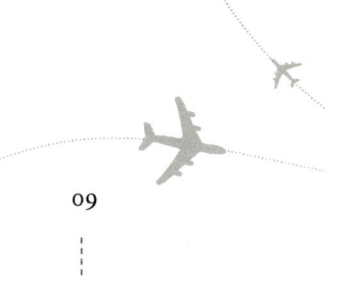

09

嫉妒,可以摧毁一个正值成长的年轻人

"给大家介绍一下,这是我们服质部新来的客舱监察员丁迈兮,接下来由她来顶替韩乐乐的职务。"温总向服质部的成员介绍新来的丁迈兮,丁迈兮跟在后面不失礼貌地点头问好。她不想让别人觉得自己是靠关系来的,想用自己的能力最终征服大家。

"以后还要多多请教!""做得不好的,请包涵。"虽然是客套,但礼节还是要的。没有了礼节,就变得失礼。礼节多了,显得虚伪,所以适可而止。毕竟喜欢你的和不喜欢你的,不会因为你的礼貌而改变。比如刘可,对丁迈兮的到来,就感到非常不爽。她知道,丁迈兮和顾一关系很好,又打听到丁迈兮和温总有层亲戚关系。虽然不开心,但也无可奈何。

一圈下来，丁迈兮感到唯一真正欢迎她"凭空而降"的，大概只有顾一了。不过，丁迈兮对此并不太在意。

别人怎么想、怎么看关我什么事儿？每个航班，甚至每天，迎来送往的过客这般多，难道都要为难自己让别人开心不成？抱歉，暂且没有修成菩萨之前，还是多珍惜那些历经时间洗礼留下的人吧。

进入服质部后的第一项任务，是经理要丁迈兮整理分析这半年来服务检查发现的问题。

丁迈兮起初以为很简单，做起来才发现，问题零散，很难归类。有些问题写得不明确，无法追溯。比如，韩乐乐写的，今日检查发现有的乘务员笑容不够。对问题的描述不够具体，没有说明是什么时间、哪个航班，笑容怎么不够？也没有具体的标准。

检查应该是对照标准检查操作执行，没有标准，就没法判定问题。问题描述得不够具体，就无法整改。

丁迈兮找到经理，反映了这个问题。建议把检查存在的问题分析一下，便于服质部内部的整改。在要求别人的同时，自身先要没问题。

经理同意了。丁迈兮开始找资料学习如何做好监督检查，发现这是门学问，内容很丰富，不像最初以为的那么简单。

丁迈兮刚进服质部，要学习的东西很多，工作有个熟悉的过程，这中间忙得七荤八素。顾一这边也不断接受新的挑战，两人虽然在一个部门，平时连说句话的时间都没有，只有下班后，微信上相互慰问一下。

温总在部门例会上提出，制定部门绩效考核指标，对全员进行绩效考核。之前的考核，都是领导凭印象打分，分数高低，没有标准。这次要建立标准，严格按照标准打分。大家听了交头接耳，小声嘀咕，觉得温总不给下面的人好日子过了。其实温总也是无奈，每年年底都要述职，总不能就说做了一大堆日常工作，开了几十个会，检查了多少次，批阅了多少文件，出差多少天。这些没用，上级领导只关心成绩，没有功劳还有苦劳这话是行不通的。没有功劳就是过错，苦劳，又有谁关心呢？

服质部，是负责服务质量的。如果服务投诉率高了，所有的工作都白做。如果成绩还可以，高层就关心你的工作能力、工作量了。所以有了功劳还要有苦劳。工作能力要通过工作创新来体现。比如每年都要有新的工作亮点，年底述职要体现给高层看，证明自己在探索创新。这已经到了下半年，再不做些新的工作出来，年底不好交差。制定绩效考核方案，也是人力部门多次要求的。温总把这个任务交给了服务标准处，张琳则安排顾一完成初步方案，再进行讨论。

绩效考核，顾一只知道在银行的时候，每个月琴子姐给部门人员打分，报给人力。突然想到琴子，眼圈一红，工作之后遇到的第一个导师，结果自己却误伤了她，心里一丝愧疚。之后灰溜溜离开，步入人生的第一个低谷。好在自己进入航空公司后，遇到的都是好人，所以才能闯出一片天地。可绩效指标怎么设计？顾一完全没有方向，之前在客舱部有个乘务员百分考核方案，包括服务、仪容仪表、工作态度这些方面。但是，给部门制定考核方案，太让人头疼了。

有困难，问孔浩，这似乎成了一句谚语。想到这，一股暖流在心中流淌，这是恋爱时的幸福感。

"一一，这个绩效，我也不明白，要不你去问问别人？"场外指导的孔律师，虽然法律业务精通，绩效并不在行，这也在意料之中。

顾一感到一丝寒流飘过，她是希望孔浩帮忙找专业人士指导，而不是这样的拒绝。自己一个人在北京，举目无亲。公司里认识的人，也都是乘务专业，不懂绩效。难道是孔浩没懂自己的意思，还是表达的过于含蓄。顾一心想，就把话说清楚，别猜来猜去了。

"你帮我找个懂的呗。你工作这么多年，肯定认识人力的啊。"

话说到这份上，就没法再推辞了。"嗯，好吧，我明天问问HR的人，再约时间。"

原定的周末约会，孔律师叫上了人力资源部的同事一起吃饭，顺便给顾一介绍绩效指标的设计方法。

"Vicky，我们所的人力资源部绩效薪酬高级专员。顾一，我的朋友，在航空公司做空姐，要做一个绩效方案，你给她一点建议。"

对于孔浩没有以男朋友的身份向Vicky介绍自己，顾一心里有点失落，但是没表现出来。毕竟今天的主题是学习绩效。

"我不了解你们的工作内容，只能给你一些原则上的指导，具体内容还得你自己去做。"

"这已经很感谢了。"顾一是真心实意的感谢Vicky。

"绩效主要是管理者用来评价员工的方法。否则，每个员工好坏，没有评价手段，光凭嘴说，很难服众。通过绩效方案进行打分，就可以看出谁好谁差。"

顾一点头，认真地听着。孔浩在边上点着菜，一点都没浪费时间。

"制定绩效考核方案，要针对员工的工作内容，工作职责。绩效方案就像一个指挥棒，他们看着绩效里有什么就做什么，所以你的考核内容必须是工作职责要求的，不要考核那些没用的内容，丢了该做的。就像我以前的公司，考核采购人员采购的质量，结果他们采购时只买最好的，质量是好，可成本上去了。最后被老板一顿批，紧急修改了考核方案。"

顾一在本上记下了，"考核内容必须是工作的主要职责。"

"绩效目标的设定要符合SMART原则。"

"SMART原则是什么？"顾一心里想，是那款奔驰的小车吗？什么意思？

"SMART是五个单词第一个字母的缩写，就是明确具体、可测量、可达到、相关的、有时限性的这五个方面。"

"哪五个单词？"顾一拿起笔准备在本上记下来。

"这五个单词不太好记，我也没记住。"Vicky显得有些尴尬。

顾一也觉得很窘，自责不该乱问，连忙跳过这个话题，"没事，反正说了我也记不住，嘿嘿，咱继续吧。"

"第一个是明确具体，是要明确工作的指标是什么？比如说改善服务意识，到底是什么？

"可测量的，是要让绩效指标量化。你不能说降低服务投诉，应该说服务投诉率下降10%，这样就可以测量。

"可实现的，是说你的绩效指标不能太高也不能太低。你说每年迟到次数不超过100次，这要求太低了。你也不能要求工作报告中没有一个错别字，因为这做不到。做不到的绩效，大家就会干脆放弃。太容易达到的绩效，则没有存在价值。要让大家稍微努力一下才能达到，这样最有价值。可以逐年适量提高。

"再说相关性,是说绩效指标要和他的工作相关联。员工的主要职责是什么,如果指标与主要职责无关,就捡了芝麻丢了西瓜。就像你对销售人员应该考核销售额,结果你的指标里考核的是什么学习能力,工作表现,就跑偏了。

"最后是有时限,就是要有时间要求,要注重指标的时限。比如说完成任务,你要说明什么时间完成。应该一个月完成的任务,不能让拖两个月。"

"好的",顾一点头记录着,认真起来还真不是假装的。

Vicky介绍完绩效方案后,菜也上齐了。孔浩招呼大家一起动筷吃饭,顾一对方案有了一个基本的了解,心中的一块石头落了地。对不是很明白的地方,又继续请教,Vicky也耐心解答。

饭局结束,孔浩送顾一回家。顾一对孔浩的表现很是不开心,沉默不语。

孔浩打破僵局,主动找话,提醒顾一:"你是做部门的绩效方案,你要完成领导任务,但最后方案要是太难,大家不会怪领导,肯定把矛头指向你。所以,这件事情,你要在领导和同事之间找个平衡点。多征求同事们的意见,让他们知道这是听取了他们意见后制定的,这样实施的时候,好沟通。要不以后,在部门里举步维艰。"

这让顾一再次陷入了沉思。

"就知道你会担心,所以吃饭的时候我没和你说,怕你吃不下。"成熟的男人就是心细,顾一虽然还是继续担心,但是对孔浩的体贴是发自内心的感激,少女的崇拜感油然而生,湮没了刚才的不满情绪。

之后的几天,顾一拉着同事们挨个征求意见,虽然大家对绩效考核有抵触情绪,但也知道这是必然趋势。所以征求意见的时候,一定要讲出自己的看法。如果不表态,最后,实施起来,就算有意见也没用了。

顾一把大家的意见整理起来,有价值,可接受的,都记录下来,绩效的这部分内容,就可以说是根据同事们的意见制定的。不能接受的,逐一解释。

最终绩效考核方案完成了,温总很满意,顾一却感受到了一些敌意。没办法,工作做得好,同事不满。工作做得差,领导不满。总不能为了让同事们满意,就不做吧。是和同事同流合污,还是认真做好分内工作。这是道送分题,然而答错的人太多。

岂不知在阳光过后,一场暴风雨正悄悄来临。

周一的部门例会,顾一来晚了,悄悄坐在角落里,看着温总严肃的面孔,顾一隐隐感觉到不妙。果然,接到一起旅客投诉,这倒没什么,毕竟服质部就是处理投诉的部门。但是,万万没想到被投诉的竟然就是自己。

"顾一,这是怎么回事?"

顾一愣住,脑海中一片混乱,慢慢回想起事情经过。

那是上周一的北京飞桂林的航班,起飞后发餐食,一位中年女性旅客吃了以后说肚子有点不舒服,看了一下餐盒上的日期,竟然过期了一周。顾一立即向旅客致歉,旅客当时并没有提出更多的要求,本以为这件事就这样结束了,没想到事后旅客写了一封投诉信,投诉乘务员顾一工作严重失职,提供过期餐食,导致自己腹泻,送医院就医,最终让自己在桂林的旅游行程全部泡汤,表示要向民航局、媒体投诉。

航空公司对旅客投诉是非常在意的。因为优质的服务不仅是公司宣传时的品牌形象,旅客投诉率更是影响企业的扩大发展、航线申请、飞机引进等。所以,每一起旅客投诉都会严肃对待。服质部就是监督服务质量,降低或者消灭投诉,然而在服质部工作的顾一竟然产生了一起投诉,让温总非常恼火,这也让温总在公司服务会上被客舱部质疑。

温总对顾一提出了严厉批评,主要是因为顾一没能在第一时间解决问题,导致旅客事后投诉。对于这个问题,顾一觉得非常委屈,因为旅客没有任何投诉表现。可错了就是错了,解释没有任何意义,还会让领导觉得你没有认识到自己的问题,在狡辩。

"温总，对不起，都是我工作没做好。我愿意接受公司的处罚。"是否处理？如何处理？都不是当事人决定的。既然如此，不如主动点，表现出一个认错的态度。

温总还在气头上，没有理会顾一，环视了一下，"你们什么意见？"

"温总，我觉得第一是尽快消除影响，让公司各部门相信咱们服质部不是护短的部门，所以，我建议立即暂停顾一的航班，停止一切工作，等待调查结果。第二，我愿意接受任务，开展调查，尽快查清事件的来龙去脉。第三，安抚旅客，避免旅客向媒体和民航局投诉，让事态扩大。"刘可难得头脑清晰地说出了三个步骤解决问题的方法，又主动请缨。

温总脑子有点乱，没有思路。听到刘可的意见后，觉得可行。"跟我想的差不多。"这是表示自己也有想法，只不过借刘可说出来而已。

"顾一，你先暂时停飞，接受调查。刘可，你就负责这起投诉的处理，随时向我报告进展情况。"

顾一被停飞了，收入受到影响还是其次，她一直对自己的工作能力很自信，受到如此打击，面子上也过不去。趴在办公室的桌子上，不敢看大家的眼光。刘可则是掩饰不住的喜悦，在顾一的对面，大张旗鼓地布置调查的具体流程。

"顾一啊，不好意思，你知道我也不愿意接这烫手山芋。

没办法，温总那里遇到困难，我们做下属的要挺身而出，帮领导分忧。再说，现在客舱、地服部都在看我们的笑话，服质部自己出了服务质量的问题，如果不处理好，以后我们的工作不好做。所以，待会调查时候，可能会比较严厉，希望你能理解。我也是公事公办，要做样子给他们看，别让人家说咱们相互袒护。"

顾一能说什么？人为刀俎，我为鱼肉，只能任由处置。

果然调查的时候，刘可问的问题非常刁钻苛刻，已经严重质疑了顾一的工作能力，将顾一当成学员在问，甚至已经问到了个人隐私问题。"飞行前一天几点休息的？是在家休息吗？和谁在一起？"顾一极力克制自己内心的愤怒，避免再被扣上一顶不配合调查的帽子。

下班后，"叮"一条微信，是丁迈兮发来的，约晚上一起吃饭。

"不去了，心情不好……"顾一觉得这时候尽量离丁迈兮远点，免得拖大家下水。

"一起去，我还有你师傅，你把你的小律师叫上，我们帮你分析分析，该怎么办？"

顾一看到这话，眼泪立刻涌了出来。什么是真朋友？不是没事吃吃喝喝聊八卦，而是在你遇到困难的时候，主动跳出来帮助你，拉你一把的。

这顿饭是顾一最亲近的三个人初次见面，本来想等到一个正式的机会把孔浩介绍给师傅和闺蜜，今天顾不上那么多了。丁迈兮和李若离本就认识，只不过并无交往，平时在公司见面也就点个头问个好。今天聚在一起，场面多少有点尬。

顾一刚要把情况介绍一下，被丁迈兮打断了。"顾一，先别想这事，赶快点菜，化悲痛为食粮。我都饿坏了。"丁迈兮把菜单丢给顾一，顾一实在没心情，又不好拒绝大家的好意，点了几个大家爱吃的。自己不开心，不能把负面情绪带给大家，影响到别人的食欲。

点好菜，丁迈兮主动开口让顾一把事情经过说说。丁迈兮虽然在周会上了解事件过程，但李若离和孔浩并不了解，所以让顾一讲一下过程，便于大家分析细节。

顾一把自己能回想起来的过程、细节，都尽可能详细地说给三人听，三个人都没有打断顾一，待顾一讲完，丁迈兮第一个发问。

"你们那个航班是旅游包机吗？"

"啊？可能是，那个人看着像是去旅游的。"

"旅游包机的旅客都是旅行社订票，留的联系方式也都是旅行社的电话。下午我听刘可在打电话给旅客，她怎么那么容易就有了电话号码？"

"嗯？"顾一愣住。今天一天都在懵懵中度过，除了自己外,发生了什么都不知道。听了丁迈兮的问题后,顾一立刻警醒了。什么意思?

"你觉得这个投诉有问题?"

"这事疑点很多。我做乘务员这么多年,见过旅客投诉很多,你说的这种,飞机上态度非常好,什么事也没有,下了飞机就投诉的很少见。第二,旅客电话怎么来的?这里面有问题。第三,餐食是有可能过期。但是要有错误,绝对不止一个,至少是一批。这怎么就一个过期的?"

"我就是个普通乘务员,刁难我有什么好处?"顾一不解。

"任何人都可能是别人的潜在对手,如果是有人故意刁难你,想想谁有好处?你影响了谁的利益?"丁迈兮似乎成竹在胸,慢慢引导着顾一。

"刘可吗?"

"对啊,你到服质部后,首先影响了刘可,其次是上次培训,没有让她去,她当然不满。这还是其次,本来刘可是服质部老人,后面如果提拔主管,她原本是第一人选。现在你势头这么猛,已经超过她了,如果升职,未必能轮到她。很显然你是她的绊脚石。"

"可我们没有证据。"

"把旅客的名字和身份证号码给我,我来查一下吧。"孔浩一直坐在旁边静静地听着,这时候站出来加入到为顾一洗清冤情的阵营来。

"一一,你有那个过期餐盒的照片吗?"

"有。今天刘可给我看的时候,我拍下来了。"顾一拿出手机把照片给大家看,上面清晰写着10月9日。这个日期是餐盒的生产日期,餐食的保质期只有一天,显然是过期了。

"你们看,这个餐盒的标签看上去像是撕下来之后再贴上去的。"

细心的李若离突然开口,几个人仔细查看了照片,确实不像是原有的,边缘有点模糊,不是很整齐。可是一个普通旅客哪来的过期标签呢?

"我记得刘可那天刚好去出差。"丁迈兮的话,似乎将整件事结合到了一起。

顾一压抑在心里一天的痛苦终于释放了出来。这时候菜也刚好都上齐,顾一大方地倒了一杯啤酒,"感谢各位的帮忙。"说完一饮而尽。

大家一起边说笑边吃,还不时拿顾一和孔浩打趣。

刘可在办公室里忙着调查和安抚旅客,从她的对话里,貌似旅客对餐食的事情非常生气,在找媒体报道,好像有媒体正在和旅客接触中。刘可不断向温总汇报事件的进展,说这件事如果不处理重一点，旅客是不会善罢甘休的，很可能像四年前别的公司那起过期馅饼的事情一样，影响很大。温总还在考虑中，一直没有表态。

顾一暂时没有工作可做，接受着刘可的调查，心里焦急等待孔浩调查的进展。

当人备受煎熬的时候，时间过得非常慢。过了两天，孔浩通过关系拿到了投诉旅客的电话号码，并用号码查到了微信号，然后以保健品公司赠送礼品的名义加了旅客的微信。晚上，顾一、丁迈兮和孔浩再次聚在一起，李若离因为有航班，没来参加。三人对照旅客的朋友圈继续寻找线索。当翻到投诉的旅客在桂林游玩的各种照片时，知道对方完全没有受到所谓"食物中毒"的影响。

顾一愤愤地说，"你们看，分明是说假话。我要拿给温总看。"

"看什么？这些照片只能说明旅客没有中毒。但是你的错误还是存在的，你给了过期餐食啊。只有证明这个是假的，或者有人陷害，才能洗刷冤情。"孔浩从证据链的角度指出现有旅游照片不足以推翻案情。

"那怎么办？"顾一刚刚燃起的希望又破灭了。

"别着急，再看看还有什么线索。"丁迈兮继续翻着朋友圈。你们看这个人是谁？照片上，投诉的旅客和另一个老太太合影,写着陪姐姐过生日。

顾一看看,摇了摇头。

"你个大笨蛋。去看看刘可的朋友圈。"

翻看着刘可的朋友圈,终于在半年前的一张照片上看到刘可和这个老太太的合影,上面写着陪老妈逛街,血拼到底。

这次顾一没有兴奋太早,怕这些还不能证明刘可是在陷害自己。

"这已经够了,这几个线索合在一起,刘可很难解释清楚。把底牌亮出来,她估计不敢再继续兴风作浪了。"孔浩的话让顾一再次有了信心。

"别忘了保存证据,免得她都删了,你们就白折腾了。"孔浩又点醒了顾一。

顾一正要保存照片,孔浩制止了她。

"截图保存,证据之间的关系更清楚。"

顾一把每张照片都截图保存起来。

第二天,顾一和丁迈兮一起去办公室找温总。温总还在为投诉的事情烦神,看到顾一也没有好脸色。丁迈兮将证据一一亮出,向温总说出了对这件事的分析。温总听了,表情变得更加严肃。"你们把刘可叫来。"

刘可过来后,还不知道发生了什么,笑嘻嘻告诉温总,旅客那边依然不依不饶,要求不开除乘务员,就要捅到民航局和报纸上去，还坚持要赔偿桂林旅游的全部费用以及医药费、精神损失费等。

"旅客叫什么名字？"

"王玉琴。"

"是你什么人？"

"我……我不认识啊，温总。"刘可眼神突然一阵慌乱，她没有料到温总会这么问。

"她为什么和你母亲有合影？她是你的姨妈？"

"啊？不是啊。"

"那你告诉我你妈妈叫什么？你把你和旅客的聊天记录给我看看。"

刘可张大嘴巴，不知道说什么："温总，我错了，请您……"

"立即把这件事解决，撤销投诉，写道歉信，消除影响，否则，明天你就辞职吧。"

"是是是。"刘可低着头不敢直视温总怒气冲冲的脸。

"还待在这里干吗？赶快去！下班之前解决。"温总吼道。

刘可哭着跑了出去，温总心情依然很糟，摆摆手，让顾一她们也出去。回到办公室的顾一，暂时仍没有工作可做，但是心情完全不同。刘可则躲在走廊里打电话。

当天公司收到了投诉旅客的道歉信，表示搞错了，餐食没有过期，身体也没问题，保证不会再投诉了。还特意表扬了公司服务水平、餐食口味。

服务总监对事件的峰回路转有些疑惑，想想一定是服质部中间处置得当，没再多问。

晚上，三人小组和孔浩再次聚在一起。这次顾一的心情大好，主动向大家敬酒表示感谢。不过顾一还有个疑问，问孔浩，为什么问题解决了，温总还不开心。

"你们平时互相挤兑一下没问题，打打小报告，领导喜欢，怕的是下面铁板一块，领导就完全不知道你们在做什么，有什么问题。但是互相搞搞，在小范围没问题，刘可的行为危及到了部门的利益。为了个人目的，把领导拖下水了。这就突破了你们温总的底线。我估计刘可在服质部待不下去了。"顾一对孔浩的分析似懂非懂。她虽然不喜欢刘可，但是刘可还是有点工作能力的，把刘可弄走，谁来顶替她呢？

果然不到两天，刘可接到通知，被调到地服部，去机场做值机。这很明显是降级，虽然在服质部也没有职务，只是普通的工作人员，但是好歹可以趾高气扬地去其他部门检查。现在做值机，一线工作最辛苦，最容易出错。服质部的其他员工虽然不知道发生了什么，但从这个调动以及温总的态度上，也能猜出一二。

刘可走了，立即有人接手了她的工作。工作，不存在缺谁不可。

顾一也觉得很失落，过去刘可在制造麻烦的时候，顾一总是拼命做好，她并不怨恨刘可，当你总是觉得别人的出现影响了你的晋升，那说明你的能力不够。应该借着机会提升自己，超越对手。怨恨对手，只会让你视野狭隘。而原谅对手，则可以升华自己。

冬天循序渐进，天黑得越来越早。还没下班，外面已经漆黑一片，时不时还会飘起雪花。这让顾一想起了东北的老家，那里应该已经白雪覆盖了吧。与冬天和白雪最相配的是火锅，顾一爱吃火锅天下皆知，尤其到了冬天，火锅是最走心的搭配了。临近圣诞元旦，节日的气氛越来越浓，办公室里是越来越忙。今年的总结，明年的工作计划，年底的述职、评优，一堆工作要做。已经不再是服质部新人的顾一，早已经习惯了这一切。

总结，无非是今年做了什么，成绩和失误。明年的计划，准备做哪些大的工作。总结尽量用数字量化工作，减少文字描述，避免自我评价。看到后勤保障部在报告中说，今年的食堂管理得到了大多数员工的好评。顾一他们看了笑得前仰后合，食堂的菜那么难吃，大家宁可出去掏钱吃，都不肯吃食堂，还敢这么自夸。最后当然是被领导一顿批，"你们做过测评还是调研，自吹自擂，重写。"

有的部门上一年写工作计划时，天马行空想做什么做什么，牛皮吹得过大。结果到了年底总结时，发现很多工作都没做，要么就是根本完不成。最后，年终考评是参考工作完成情况，这些吹牛的部门，年终奖肯定受影响了。

顾一了解了总结通常存在哪些问题后，写起来就得心应手了。

忙完一天的工作，合上电脑，看着外面雪花飘飘的路上，寒风吹骨，严霜切肌，一对对恋人依偎着，这是冬日最美丽的雪景。

北京的雪没有东北的豪放，飘的比较羞涩。像极了青涩的小姑娘穿着白色的裙装，用优美妖娆的舞姿向宇宙万物致敬。空气显得格外温柔，忍不住让人想裹住呢绒大衣去拥抱这座被大自然临幸、白得发光的城市。

听完德云社相声，和孔浩牵手走在长安街上，昏黄路灯照耀下，柔媚的让人忍不住想踮起脚亲吻恋人一口。

"孔叔叔，你知道北京最美的地方是哪儿吗？"顾一蹦哒哒地跑在孔浩前面转了个圈儿。

"嗯？哪里？"

"这里。想知道为什么吗？"

"想，很想，非常想。"孔浩一把把顾一揽到身边。

"你亲我一口,我就告诉你。"顾一扑腾几下睫毛望着孔浩。

"好啊,顾一,想占我便宜是不是?"

这亏来之不易,孔浩一步跨到顾一面前,弯腰15度的吻,最腻人了。晃瞎旁边路人的眼。

如果吻你,你会高兴,那我就吻你。

"快说,为什么?不然我可不顾路人一直吻下去了。"

顾一愣住三秒,缓过神儿,假装害羞擦擦嘴巴。

"最美的路,是和爱人牵手走过的路啊!"

说完扯腿跑开,孔浩在后面被撩到傻笑着直晃脑袋。

躲开了办公室的乌烟缭绕,便是心跳过后的安宁。

孔浩,北京的这个冬天,因为有你,才会热气腾腾。

"元旦打算怎么过?"孔浩搓了搓顾一的手,向手心里哈了一口气。

"还能怎么过?要飞航班"。说到航班,这真是个让人左右为难的事。对这份职业当然是喜欢,否则也不会跑来应聘。但是这份职业最大的弊端就是没有节假日。当万家灯火,亲人团圆的时候,无论春节元旦这些中国的节日,还是圣诞情人节这些西方的节日,都有可能因为要飞航班而无法欢度。是啊,如果大家都去过节不飞航班,那么旅客怎么去和家人团圆呢。

"飞哪里?"

"你猜?"

"这上哪猜去?"

"罗马,"顾一兴奋起来,"我第一次飞国际航班哎!"

"哟,那不错啊。在那里可以待几天?"飞欧美航线的机组,都要在当地住上几天,一方面机组要保证足够的休息,另外航班并不是天天有。所以根据航班的日期,机组停留的天数不同。

"三天。"

"那挺好啊,到罗马逛逛,你不是很喜欢那里吗?"

"我第一次去,人生地不熟,不知道怎么走。他们说国外治安不好,抢劫的蛮多,还专抢外国人。"这将是顾一第一次出国,对异国充满了期待和一点未知的恐惧。同组的乘务员都是老资格,顾一不好意思去麻烦他们。

"哦,那就在酒店待着挺好,睡睡觉,你不是一直说睡不够吗?"孔浩嬉笑地闪烁着狡黠的眼神。

顾一白了一眼孔浩,气得不说话了。一片乌云飘过,遮住了圆圆的明月。一路没有什么话了。顾一心里气孔浩不但不同情她,作为一个常去欧洲出差的商务人士,也不告诉她该去哪里,还说风凉话。可恶!

"各位旅客,本次航班是飞往罗马的XX航班,请您检查您的登机牌。"顾一站在中舱门口数着客人,按部就班地做着自己的工作。想着出去几天，见不到心上人，孔浩竟然都没来个电话，就是微信上例行的问候。

"顾一，商务舱5A的旅客说认识你，你过去看看。"前舱乘务长告诉顾一。

顾一心里一阵疑惑，然而当她看到坐在5A的旅客时，惊讶地捂上嘴巴，眼泪不禁流了出来。

"还能是谁，当然是孔浩了。"几天后顾一把这段经历讲给丁迈兮的时候，很骄傲地揭开了谜底。

然而当她见到孔浩也是很疑惑的。"怎么是你？"

"你是不是想说你好？"

一语双关，几天来生的闷气顿时全无。顾一又惊又喜。

"知道你想出去，又有点害怕，所以我就请假来陪你了。"

"怎么不早说？我都没准备。"

"准备什么？你只要跟着我就好了。可把我这几天憋坏了，看你不开心，又不能告诉你。"

"你这个禽兽。把我气了几天，害得我都不想理你了。"如果不是在飞机上，周围有旅客和同事，自己又穿着制服，要注意职业形象，顾一的拳头怕是早就打在孔浩的身上了。

"现在不气了吧？"

顾一红着眼圈点了点头。

"你先去忙吧，总在这不好，别影响工作。我们这几天有时间慢慢聊。"成熟男人知道感情和工作之间的界限，这正是成熟稳重的魅力，但是如果过于冷静，有时又让人感觉到冷冰冰，不寒而栗。

飞机在飞行过程中，顾一偶尔过来和孔浩说两句话，商务舱的服务很好很周到，不需要顾一的额外照顾。

夜色偷走了最后一丝光芒，机窗外是静寂、神秘的星空。客舱被空姐调了夜航灯，顾一换班后，在休息区小憩，在发动机低沉的轰鸣声和云层轻微的颠簸中，充满了对未来几天美好的期盼，酣然入睡，梦里是和孔浩的影子，骑着麋鹿跑向河流冰川，圣诞老人偷偷把礼物藏在了袜子里。数着一二三正打算拆开礼物。梦醒了。

整点，伴着28度的客舱温度，圣诞节悄然来临。

和以往的不同之处，这次是在飞机上跨过的。更主要的是，那个与众不同、对着电脑工作起来闪闪发光的人，和自己在一起。

朱生豪那句"醒来觉得甚是爱你"用在此情此景，再好不过。

"Merry Christmas, Mr. Kong. Love me little, love me long."（圣诞快乐，孔先生。爱我少一点，爱我久一点。）

飞机轻轻落地，只经过了十几个小时，就已经置身国外，多么神奇。还没等走出候机楼，远远看到排队接人的手举牌都制作得那么精致，果然，这是一座清新脱俗的城市。

孔浩算是难得借上顾一的光，搭机组人员的车一起到了酒店。路上大家拿顾一打趣，孔浩主动提出请大家共进晚餐。初次在同事面前亮相，孔浩的表现让顾一觉得很有面子。

罗马是个历史悠久的城市，几千年的建筑散落在城市的各个角落。却又是个浪漫的城市，借着《罗马假日》这部电影，已经深入每对恋人的心。顾一看过无数遍《罗马假日》，曾幻想有一天能和心爱的人徜徉在罗马这座城市里，重走一遍赫本走过的路。

孔浩不仅是个优秀的律师，还是个优秀的向导。带着顾一按照《罗马假日》的线路走了一遍。

孔浩在身边的时候，顾一从未羡慕过任何人。哪怕是威廉王子和凯特王妃。

谢谢你能够记住我某一刻玻璃心的小瞬间，把它用现实的光束包围起来。让我觉得爱情也可以是这世上若隐若现甚是美好的东西。

"每个人都很忙，谢谢你为我有空。"

真实地踏在罗马富有艺术感的土地上，顾一闭上眼睛，深呼吸一下。曾无数次幻想该以什么样的心情来到这里，身边站的是怎样的人。

今天的答案，是从未敢继续想下去的一百分。

孔浩抛下了年底乱七八糟的事务，与顾一共赴罗马，也享受着生活中难得的片刻宁谧。两人对视笑了笑。

"我想问你一个问题。"

"嗯，你问。"孔浩捋了捋顾一耳边的头发。

"你从什么时候开始，喜欢上我的？"

"大概是第一次约出去吃饭，你毫无戒备地和我聊天，中间还突然举手说可不可以请个小假上厕所，当时把我笑坏了，哈哈哈哈哈，心想，这个姑娘，很真实。"

"好啊！这么糗的事你居然还敢拿出来说！"顾一扯着孔浩的耳朵喊。

"哎，哎，顾一，你别忘了你发誓保持淑女形象的，你！啊，啊，痛！"孔浩龇牙咧嘴单脚蹦着捂住耳朵，顾一的人物设定比较广泛，此刻，他们是兄弟。

"不对，我突然觉得，我好亏。"

"被你揪着耳朵不放的是我孔浩，疼得直跺脚的也不是你顾一，这祖宗又来的哪门子亏？"孔浩想。

"你都没有正式和我表白过！我怎么稀里糊涂就被你拐来了？"

"喂！是你先撩的我好不好？兄弟！"

"是吗？"

"不然哩，谁问我要的联系方式哦？"孔浩得意地弹了下顾一的脑门儿。只听见"嘣"的一声,还挺清脆。

"疼!你是不是彪^①?瞧把我刚补的粉底都弹没了!"顾一赶紧从包里找出镜子照了照敞亮的大脑门儿。

"再说了,我要你联系方式是因为你是证人啊,又不是因为你帅。"

"哦呦,行,顾大人此言极是。谬赞谬赞。"孔浩竖起了大拇指。

夜晚的罗马星星点点,静谧唯美。坐在靠窗的座位,桌子上的餐具在泛黄灯光下尽显浪漫与温馨,路上的恋人相互依偎,坐在这里,看着一切,感受到意大利的热情。

如同梦幻,碰一下高脚杯,对于"何德何能"这一词语,顾一脑里闪过不知多少遍,这漫长的时间被无限的压缩,留下的只有这伴着香槟和璀璨绚丽的夜彼此交换的一个"愉悦吻"。

"等我一下。"孔浩突然从座位上转身往前台走去。

还嘲笑我第一次和你吃饭请假上厕所?你还不是一样要离开一下,这么浪漫的氛围憋一下会死啊!顾一心想。

"呼、呼",是试麦克风的声音。

顾一抬起头,是孔浩站在乐队旁。

这种场景顾一只在电视剧里见过,嚼着薯片边指着剧情感

---

① 彪:东北话,虎、蠢的意思。

叹,哎,果然是别人家的男朋友。

当孔浩真真切切站在前面,手里拿着话筒看向她时,顾一狠狠地掐了一下自己的大腿根。

"I am sorry to have kept you waiting. Please give me strength to express love to this girl."

来自各国的游邻们纷纷鼓掌喊着:"Wow,So romantic!"

"我是一个自认为刚刚及格并没有达到优秀的男朋友,在很多方面,是我的女朋友宽容豁达,才让我有机可乘逃过很多生活中的仪式感。

"就在今天下午她还抱怨我说,都没有一个正式的表白,就稀里糊涂和我在一起了。

"我还开玩笑说她贪图我的美色,而现实恰恰相反,她不仅拥有美丽的外表,更把有趣的灵魂散发得淋漓尽致。

"我们的相遇偶然又滑稽,她是一名空姐,而我是航班上一位被她的过失吵醒的旅客。

"就这样,感谢她的过失,让我有机会做了她第一次的'黑骑士'。

"在很多人眼里,空姐这份职业除了光环和体面,就是各种奢侈品。

"不错,在没认识我的女朋友之前,我也这么认为。

"直到和她接触后,才知道她会为了把工作完成得更顺畅和我一起熬夜练习制作PPT，也会因为翻到豆瓣上网红的一篇文章，把感同身受的想法讲给我听。甚至还会路过便利店拿起车里放的交停车费找的零钱买一根王中王给她公司周边的流浪狗吃。

她或许不能绝对地诠释'好人'的定义，却是一个善良的姑娘。

让人忍不住想用尽力量去爱护。

我曾偷偷翻过她在豆瓣上发过的一条广播：'每次披星戴月落地后，都想嫁给一碗热腾腾的面。'

我从那时起就决定，只要我的工作不是迫不得已抽不开身，面一定在她拖着飞行箱进屋的那一刻准备好。

顾一，谢谢你的存在，让我的生活充满色彩。不再单调。

这里，是我们的第一站。

以后还有好多的地方，只要你不嫌弃，我一直在。陪着你的玻璃心去看世界。

I love you so much."

乐队弹起了一首温柔的歌，用餐的客人齐刷刷地把掌声献给了孔浩身边的顾一小姐。

而被告白的顾一已激动地说不出来话。

"别人家的男朋友"这句话画重点的字体不再是男朋友，而是别人家。能够成为别人口中的"别人家"。真是三生有幸。

孔浩，恐怕你这辈子都难逃顾一的青春了吧。

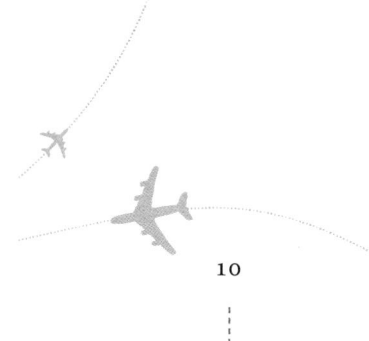

10

航班上的温暖与你的归来

任何一个节假日,哪怕是大年初一,于航空公司而言与往日的周一至周五没什么区别。航班还要照常执行,如果大家都要休假,春运的旅客怎么返回故乡与家人团聚呢?这是全体民航人的使命。

除夕。

在机舱门口迎接旅客时,看着男女老少提着大大小小的包裹,个个儿欣喜若狂地走进客舱坐下来。时不时还有旅客接电话:"妈,你别着急,我这要起飞再给你打电话,你再来机场接我。多穿点衣服。"

"晚上你包饺子啦?要不咱出去吃算了。你歇会儿别张罗了,儿子干吗呢?咱妈呢?"

"奶奶,哈哈哈,是我,过年好呀!您别熬夜等我,别担心,我上飞机了哈。"

一遍遍电话问候,滑过顾一的耳边,鼻子酸酸的。

顾妈和顾爸一定很想念正在客舱帮旅客抬行李的顾一吧。孩子过年都吃不上一口"妈妈牌"饺子。突然想起刚去深圳的时候,顾妈铿锵有力塞进顾一背包里的那盘饺子。想象中都是香喷喷的玉米味儿。顾妈说的没错,以后再想吃到何止是难,是难于上青天。

跨年,整点。

眼前摆放的是一个苹果,一个烧饼,机组餐里的硬菜是两只装的手掌大的海虾。

就在前三分钟,顾一刚给七个月大的婴儿冲完奶粉,特意滴在手背上几滴,试试温。

每年都会无意中学会一项技能,今年是:给婴儿冲奶粉。

客舱灯光渐渐调到暖色,乘务长在广播目的城市的到达时间和天气、温度,撂下广播器鞠躬前的最后一句是:"我谨代表全体机组成员祝福大家新年快乐,阖家幸福。"

客舱里漫飞的温暖和真情已超越飞机发动机的轰鸣声。

在咬苹果之前,顾一偷偷对着苹果许了一个新年愿望。

听说除夕子夜整点时吃苹果之前,许愿的灵验程度不逊于过生日那天。

在飞机上同182名旅客一同"跨年",护送怀揣期待的他们安全地在到达站厅与家人碰面,又何尝不是一种功德?

下完客,站在机门口,停机坪的灯光同样享受不到节假日的欢喜。

孤独是孤独了点儿,但成长何尝不是一场孤独与寂寥的博弈?

打开手机是微信不停"叮叮"的声音。

未读1

23:29丁迈兮

"一一,新年快乐!我明天还要飞大早班,实在熬不住了,可别挑理哦!肉麻的话就不说啦,感恩相遇。"

未读2

23:38栗湘

"新年快乐啦一一,虽说我们隔着7个小时的时差,但我很想你!记得替我多吃两盘饺子!嘻嘻。"

未读3

23:56李若离(微信红包)

"徒儿新年快乐!刚查了你的航班,还没落地吧?在航班上跨年,恭喜你,又长了一岁,祝你新的一年更加成熟稳重,更加漂亮。"

未读4

23:59秦淮

"还差一分钟,一切又是新的开始。这一年每个人都过的不容易,希望来年万事胜意。新年快乐,顾一,开春见。"

未读5

00:00孔浩

"新年快乐,我的一。新的一年一定会如你所说,有事做,有人爱,有所期待。礼物给你准备好啦,等初五回京亲自送到小主手上。在此期间,请小主多多照料自己的心和胃。我爱你。"

未读6

00:00三小只(家人群)

"一一,还没落地吧?"顾妈。

"我和你爸在陪你外公过年,你老姨也在,我们包了酸菜馅儿的饺子。"后面紧跟一张素颜饺子照片。

"你落地回家也煮点儿饺子吃,年前我让你买的速冻饺子你买了没?"顾妈接连不断的三条群消息。

"你看你,咱女儿还没落地,你在群里说话也没人回应,多尴尬啊,大过年的,我就当一回好人,趁女儿落地前回你一句,免得你没面子。"顾爸。

顾爸给顾一转了6666元,"新的一年,老爸祝福女儿一切顺利。"

"钱是妈转给你的,你爸钱都在妈这里,感谢的话和妈说就好了。"顾妈接上一句。

顾一笑着笑着眼泪从眼角滑落,内心五味杂陈,讲不清被牵挂到底是怎样一种感觉。或许正是这样一种奇怪的感觉,让人更想用尽力量活下去,且活力无穷。

放眼望过去一年,有困扰也有惊喜,最大的感受是,北京这座人们挤破头扎堆想进来的城市,无形中包容顾一很多。的确,这里规章制度当先,脸色在后。

并不是每个人看起来都不容易,而是所追求的事物不等。力所能及做到的必然是正常状态,力不从心却仍想做到的才是超常状态。就是这样一种超常状态,才会使人们觉得生活不易。

没关系,累,说明我们还活着。

"愿接下的每一年,能够保持对不同事物的警惕,能保持自己的独立性。要不断相信,不断更新,不断渴望,不断重造，和喜欢的一切事物再无分离。"

顾一在除夕的夜，随手拿起清洁袋，写下这段想对自己说的话。叠好放进飞行包里，至此日记本里又多了一张特别的"信纸"。

从不辜负生活给予我们的每一刻构造，就要活得感动人心，感动自己。

初七回到服质部上行政班第一天，休假回来的同事们纷纷拿了家里的特产互相赠送。办公室氛围变得格外清新，这可是一年中少见的状况。

"一一，今年你飞满晋升乘务长的最低小时就可以应聘喽！哎，时间过得还真是快。"丁迈兮嘴里嚼着菠萝蜜，也从袋子里掏出一块塞进顾一的嘴里。

"是啊，不过我一直有疑问，你飞这么多年，怎么也不竞聘个乘务长试试？要说资历，你早就够了。"

"我？哈哈哈，我是不太想操那份心，当乘务长就要多一份责任，多一些压力。我想过得自在一点。乘务长还要高的心理素质，承受能力要相当强。不然的话，不被旅客气死也会被后舱新乘气死的。上面有领导和规章制度，下面是组员，哎，夹在中间，也不好受。我还没考虑好……"，丁迈兮摇了摇头。

"也不能这么想，凡事有利有弊，'存在即合理'嘛。管理者和执行者思维想法肯定是会有差异的，要说对于新乘的话，我觉得只要不触犯原则，软性服务还可以进行人为调节的嘛，至于硬性规定，只要别碰红线别让旅客投诉其服务态度，就都好说呀。"顾一慢声慢语地说。

"我们——真的长大了。都能全方位考虑问题了。看样子，你是做好迎战的准备了？"

"如果说这是今年的目标，会不会太高调了？嘘！哈哈哈哈。"顾一含情脉脉地看着丁迈兮。

"哈哈哈，你别这么认真地看我！讨厌。不管怎样，有想法去行动是好事儿，我百分之一千的支持你。"丁迈兮紧起鼻子和上下摆动的双下巴表示对顾一坚定不移的支持态度。

"喂，丁迈兮，过年你偷吃什么好吃的了？双下巴都跑出来遛弯儿啦！"

"啊？真的假的！？我要减肥！不行不行我得回去照一下镜子。"

"别照出来个猪八戒，哈哈哈，啊哈哈哈。"顾一笑得完全没有感受到菠萝蜜黏在了门牙上。

在成长的某个阶段，当突然意识到自己该追求一件事物并身体力行时，本身就是一件值得庆幸的事儿。如果恰好你的朋友还能在身边为你加油，真是幸上加幸。

孔浩过完春节回来时间却是愈发的紧张，一周能见到一次，算是律师所开恩。应酬也是接二连三，每次去之前兜里都会揣上顾一给买的解酒糖。好不好使另说,能够解酒的意念要有。被顾一说的可神了,什么喝前吃两块儿,两斤白酒不差事儿。也罢,这么久以来,孔浩也习惯了顾一的小题大做,芝麻大点的小事儿,能和大象的体积相比较。矫揉造作配上一脸夸张的神情,仔细想想还挺可爱的。

"一一,下周我还要去香港出差,半个月左右回来。"孔浩发给顾一的消息。

"哦。"

可别小瞧这个"哦"字,恋爱中的女生回复这个字,可不是世间太平的象征。"哦"的意义很广泛,心灰意冷是它,绿叶成荫是它,竹篮打水一场空的冰凉也是它。就好比"呵呵",男孩子也别天真地以为对方真的在笑,拜托大哥,对方当时可能拿锄头劈了你的心情都有。

如果你收到你女朋友的"哦""呵呵""没事儿",你就要打起十八分生存的欲望给予对方慰藉等一系列回应,才会一帆风顺地活着。最后奉劝一句,中国文字,你别猜。

"怎么了?除了出差我可本着是你良心小代购才去的。"孔浩久经沙场,反应倒是灵敏。

"又出差,好不容易盼来一个休息期是周末,我又要独孤求败。不开心。"顾一发过去一个委屈的表情,很明显攥在手里的锄头又放了下来。"代购"这词用得及时就是护身符啊,保命。

"乖啦,小主敬请把清单发给我,您的需求是我永久的追求。"

"孔浩,你做律师屈才了。兼职去做文案策划吧。"

要说谈恋爱之前,每个人都能下定决心不被感情牵着走,一定要有自己的事情去做。什么牵绊我,我就放弃什么。这种话说得贼酷。可真真在一起了,就算是美人鱼,也会在刀刃上跳舞。

"张琳,让你发个通知,你看看你写的是什么。"温总把一张A4纸拍在张琳的桌子上。"还是鸡年?你这一年白过了?"

顾一看到温总发起火来,心头一缩。站起来瞄了一眼那张纸,就知道坏了,是自己写的通知,肯定出问题了。

依照惯例,春节后服质部会代表公司发一份感谢信,感谢全体员工在春节期间为了公司航班正常运行,舍弃个人休假,奋战在服务旅客的阵地上。今年,张琳把这项工作布置给了顾一。结果,顾一因为春节期间难得休息两天,要出去玩。就把去年的感谢信找出来,在上面改了改,也没认真检查,而张琳春节期间出国旅游,也没有看,就直接挂在公司办公网上。

没想到春节的日期忘了改,上面还写着鸡年大吉。其实也不算什么大事,但没想到发出去后,被疯狂吐槽。有的服务人员抱怨:"我们辛辛苦苦上班,你们的感谢就是复制粘贴,根本不诚心。"

"我们的工作能不能用以前的代替?"有人抱怨着。

"到底怎么回事?"温总瞪着张琳。

"温总,对不起,是我的错。通知是我写的,写完后没给经理看,就发出去了。"顾一站了出来,主动承认错误。

"温总,我也不好,我没审核。"张琳看到顾一将错误揽了下来,也站起来承担管理责任。

工作中,犯错误是难免的。犯错后,不要不承认,那会给领导造成没有认识到错误的坏印象。如果不清楚,更不能狡辩,一定要有一个明确诚恳的态度。

像这次,错误很清楚。张琳顾一都有问题,顾一就主动站出来承认错误,这样张琳的压力就轻一点,可以缓解一下。如果顾一不站出来,张琳来承担责任,那就没有退路了。

温总气还没消,"张琳,以服质部名义发个处理通报,顾一由于工作疏忽,导致公司感谢信未能达到效果,引起员工不满,罚款1000元,张琳作为处室经理,承担管理责任,罚款1000元。"

"好的。"张琳答应着。这时的温总还在生气,如果辩解,只会起到反作用。

"为了避免再发生类似问题,以后发出去的文件通知,必须有人复核。多一个人看,多一道保险。这些问题说大不大,但是惹出事来，很麻烦。"温总对着所有人说。罚款只是对工作不认真的惩罚，但并不能解决问题。只有制定措施，才能防止问题再次发生。

"知道了。"大家纷纷点头不敢吭声。

温总想了想，气也消了，觉得刚才发的火有点大，也要安抚一下大家。"这次在公司办公会上，你们不知道其他几个部门领导都在那里说。平时我们总是盯着他们，我们一旦有一点错误，被他们抓住就没完。我是立刻表态，调查清楚，严肃处理。就这样罚点钱，让他们也没话说，尽快平息风波。"

温总做服质部总经理三年了，对这类问题的处理，深谙其道。首先是快刀斩乱麻，先表态严肃处理；其次是在最快的时间内完成处理，免得夜长梦多；第三，首次的处理力度要够，让围观者满意。如果轻描淡写，各部门不满意，逐渐加码，最后可能更重；第四，高高举起，轻轻放下。如果没有那么大的影响，处理起来也可以很轻。毕竟，还要指望这些人做事呢。

顾一站在那里抽泣起来，罚钱事小，怕温总对她失望放弃才是大。何况顾一平时很要强，出现这种低级错误实属不该。温总好似看透了顾一的内心旁白："别哭了，做错了就是做错了，下次注意。钱，肯定是要罚的，太少了也不合适。就1000吧。回头，绩效我给你们多打几分，就补回来了。"

"人啊，要有大智慧，不要有小聪明。不能偷懒，你付出的劳动，终究会有收获的。"温总最后总结说。

顾一点点头，走回座位。

"一一，你最近怎么了？看你总是心不在焉的。"丁迈兮午休的时候过来问顾一。

"我……"

顾一不知道怎么说。自从孔浩离京出差，顾一心里总是有着牵挂。发消息也不能及时回复，盼星星盼月亮的在办公室发呆。现在遇到了挫折，心里难过，都找不到人诉说。

"不会是因为你的小律师吧？怎么了？闹别扭了？"

"没有啦，他去出差了，昨天想跟他视频，也没有接。"顾一说话时眼神都没有移开，盯着便利贴发呆。

"你看看你，这就按捺不住啦？估摸是人家处理案件棘手呗。男人啊，还是会以事业为重的。你看哪个有出息的男人天天是围着女人转的？"

"可他……"

"别想那么多了，先把眼前的事儿做好。"丁迈兮指了指顾一的脑门儿，把文件推到了顾一的手里。

爱情本应是生活的添加剂，有你更好，不是没你不行。

北京的三月。玉渊潭花开正好，世间万物都在迎风奔跑。

"后天去你公司报道，不，是去咱公司报道。打算怎么迎接我？"秦淮一个消息，震醒了正在熟梦中的顾一。

眯着眼睛打开手机,三月的风,果然把他刮回来了。

"放两挂二踢脚怎么样?"顾一回复。

"最毒女人心,唉。"

"来我家吃饭吧。把若离姐也叫着,顺便再给你介绍我一个闺蜜。"

"你?做饭?"秦淮表示压根儿不信。

"怎么?你这个疑问句是在怀疑我的手艺?"

"黑暗料理吗?"秦淮再度掀翻了友谊的小船。

"把你给料了,信不信。清蒸秦淮?辣炒秦淮?拔丝秦淮也行。"

"别别别,我错了,能被料理师邀请当一回小白鼠,我正摇尾巴呢。"隔着手机屏幕,都能感到秦淮的欣喜。

从为顾一偷偷地换基地,到申请调回北京,转眼两年,这两年,到底有多久?秦淮手机里的日历倒计时知道。朋友圈里那句"所爱隔山海,山海不可平"也知道。

终于,又能见到微信里设置星标的姑娘了,以老同学的身份。

顾一和若离、迈兮约好了午饭在家里吃,为秦淮接风。说真的,如果当初不是秦淮偷偷把北京的名额换给自己,怎么可能拥有现在所享有的一切。

丁迈兮航班落地较晚,机场接人自然李若离陪顾一一起去了,上次在上海参加培训时若离和秦淮曾吃过一顿饭,秦淮一口一声若离姐若离姐地叫着,自然也不会生疏。

"嚯,这是何方神圣啊!师傅你看,傻帅傻帅的!"顾一向对面走来戴墨镜拖着26寸黑色金属行李箱的男士摆了摆手。

对方摘下墨镜:"您就是信美迩公司的Cindy吧?您好,我是辛琦。"

但凡对方身高脸型相似就毫不犹豫坚定是同一个人的顾一,造成这种尴尬局面不是第一次。早在读小学时,有次学生会错把走在前面的叔叔喊爸,搞得对方儿子从后面跑来直接呆住,以为自己从哪冒出来一个亲妹妹。

站在旁边的李若离更是把奶茶里的珍珠卡在了嗓子眼儿,咳嗽几声。

"啊?不,不好意思啊。我认错人了。我是来接我朋友的。"顾一支支吾吾地回应着。

"辛总监!这里!"一个娇小的南方姑娘跑到这位被顾一认错的男士面前,抢过了行李箱。

"没关系,有缘再会。"男士朝顾一点头示意后转身离开。

顾一和李若离还在尴尬局面中游离,"嘿!愣什么呢?"秦淮从后面拍了下顾一的肩膀。

"若离姐!又见面啦。"

"秦淮,你是想吓死谁啊?神出鬼没的。"迎接秦淮的,居然是顾一的一个白眼。

"这是抽哪门子风呢？什么时候胆儿变得这么小了。"

"哈哈哈哈哈，她啊刚才……"李若离话没说完，顾一用手捂住了师傅的嘴。

这么丢脸的事，死活不能传到秦淮耳朵里。不然能被笑话一辈子。

"怎么了嘛，你让姐把话说完。"

"说你个大头鬼啊！还要不要吃饭了？"顾一鼻孔里喘着粗气，捂住半面额头径直走出到达厅。李若离很能理解顾一没缓过来神儿，秦淮对顾一的脉，一直就没摸清过。

"可乐鸡翅，手撕包菜，水煮鱼，凉拌秋葵……可以啊，顾一，怎么变得这么贤惠了？"秦淮闻着阵阵鱼香口水都快流出来了。

"我这叫真人不露相，好不好？"

叮咚——

叮咚——

"别磨叽，快去开门！我手腾不开空。"

秦淮把门打开，他只知道是顾一的一个闺蜜，路上听闻顾一说人漂亮又聪慧。没想到的是，眼前这位拖着行李箱身着制服的姑娘，正是自己上学时暗恋四年的小米。

人生有时候就是这样出其不意，那些你以为一辈子都不会再相遇的,却在某一个不经意间久别重逢。那些你以为还会再度相聚的,却在下一秒天各一方。

"小米?!"秦淮惊住,完全忘了把拖鞋递给对方。

"秦老二?!你怎么在这儿!!"

"你们认识?!"顾一听声儿拿着菜刀便从厨房走了出来。

"你,有话好好说,先把菜刀放下。"秦淮夺过了菜刀放回厨房。

转头走向厨房那一刻,脑子却是一片空白,这么多年没见,没有任何联系方式,突然以这种方式见面,还是在顾一的家里,感觉是在梦里。

"哈哈哈,真的假的啊,不会吧,这么巧?我家不是影视剧拍摄现场啊,这都可以。等等,刚刚秦淮叫你什么?小米?"顾一清了清嗓子。

"我小名儿啦!上学时同学都那么叫。他因为比较二,大家就给他起外号叫秦老二。"

丁迈兮把刚见到秦淮喊出的声音降了几个分贝。

"哈哈哈哈哈哈,秦老二,怎么不叫秦二狗?"顾一热情地接住这个梗,完全忘记鸡翅干了锅,也没加可乐。

"一一,锅干了!"若离姐顺手把旁边的可乐倒了进去,滋啦滋啦在作响。

菜摆上了桌，大家坐下来，秦淮反而有些不自在起来。一个是自己高中暗恋多年的女神，就是因为她自己才去报考的乘务员。一个是自己培训时喜欢的女生，为了她放弃了回北京。今天坐在一起，有些尴尬。并不是男生多情，也并非善变。只是不同时期，心境不同而已。

"本来我还想给大家介绍一下呢，看来介绍这道程序是免了，我就自我介绍一下吧，我叫顾一，谢谢惠顾的顾，一二三四五六七的一。"顾一的这个自我介绍，搞得大家咯咯直笑。

"嗯，一一，你这手艺见长嘛，哈哈哈，果然恋爱中的女人不一样。"丁迈兮咂了咂嘴晃晃头。

她并不知道秦淮对顾一的好感，只是无心一说。秦淮心中却"咯噔"一下，是一块石头终于落地，还是爱情的小船触礁沉默了，秦淮也说不清楚。

李若离看懂了这一切，她明白秦淮对顾一的心思，便转移了话题："她可是为这顿饭准备很久，紧张得很呢。飞航班被旅客呵斥都没这么紧张过。不过话说回来，你下半年该准备晋升乘务长的事儿了吧？"

"不是吧，这么快你都要考乘务长了？我这岂不是回来找虐的？"秦淮咬住了筷子头。

"八字没一撇呢，要真有一撇了，天天给秦老二开单子。"

"顾一！你不学好！"

屋子里传来的是不自在中自在又愉悦的声音。

顾一不知道丁迈兮对上学时期秦淮的意义。丁迈兮也不清楚顾一对秦淮现在的意义。

很多事情，没必要摊开了讲说。成年人的世界很多方面还是要避而不谈的。这样，看似简单些。也过得容易些。

不管怎样，欢迎你回到属于你的北京，秦淮。

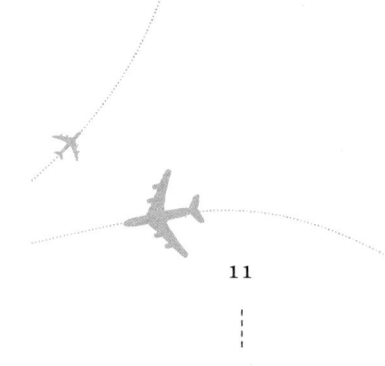

11

祝君安好,此生幸福

"周五晚上,名侦探柯南电影首映,我们一起去看吧。"难得遇到周末两人有空,顾一是个柯南迷,"这种电影要看首映,免得后面知道谁是凶手,就没了神秘感。"

"呃,——,周五晚上所里有个聚会,几位所里的老大都在,我必须参加。"

"啊?"顾一很失望,孔浩近来的应酬越来越多,是,他的事业重要,处于上升期,但是感情也不能丢下啊。失去了生活,工作的意义在哪里?

"我能去吗?"顾一早就想参与其中,体验一次书面表达真正意义上的"盛装晚宴"。对于孔浩的应酬,她内心始终想参与的,只有进入了他的生活圈,才是正牌女友。只是孔浩没提出，她自然也没要求过。然而两人在一起两年了，都不了解孔浩的工作生活，一直在门外徘徊，顾一有些焦急。这次不再等待召唤，主动敲门。

"哦？可以啊，刚好了解一下我的工作，省的你这个敏感怪成天抱怨我陪你时间少。"孔浩捏了一把顾一的肉团脸。

爱情在一开始萌芽的时候，对方哪里都与众不同。他的忙可以看成是事业心永无止境，他的躁可以看成对自我要求不断提升，他的所有小缺点都会被滤镜化，变成生活中一幅巨作淅淅沥沥的点睛之笔。甚好。

都说能熬过三个月的，便算是初步形成稳定期。这个阶段会逐步了解对方很多在恋爱前未曾展示在彼此面前的真实状态。会有争吵也会冷战，当然也少不了有坚持不下来想要分手的念头。

能顺利走过六个月的，便是亲情。我们的降生是随机安排的，没有任何选择余地。一出生就被传承的血缘关系绑定一生，直至老去。而唯一可以自主选择成为家人的一次，是风吹不倒、雷打不动的爱情。随之而来的，则是激情过后的平淡。

我们大多并非圣人，七情六欲皆有，只要活着就离不开"俗"字，感情没有境界高低之分，只有相对谦让一说。

夏末初秋，秋来冬至，冬过春柳。不知不觉，孔浩竟陪伴顾一两年之久。要说悸动还在吗？当然。只是要在某一个特定的空间里不动声响地挖掘,浪漫不再是爱情的主打,琐碎的细节的才是。挤出的时间才是。三观刚好相符才是。

这一周下来没稀奇事儿发生,秦淮很快融进了新的圈子。航班上遇见的有趣事会迫不及待分享给顾一听。只字没提过丁迈兮。或许对于秦淮而言,丁迈兮这份遗憾只适合惠存在心底。感情最怕阴差阳错却只能束手无策。

不提还好,一提准能遇见。这不,在食堂打饭就剩最后一条油炸黄花鱼也能被强行抢走。还真是阴魂不散,以后别叫秦淮了,叫秦魂吧。

"顾一,周五咱们聚聚吧,刚好我几个发小哥们都在,你把若离姐也叫上,也该给咱姐物色物色男朋友了,姐也不小了。"秦淮盘子里盛着一条鱼说话也不利索了,摇头晃脑的。

"这话让姐听见,哈,行,我这就给姐发消息,说秦淮嫌你年纪大了怕嫁不出去,替你着急,问问你怎么还能心态如此稳如泰山的?"

"顾一,你是怎么做到添油加醋内心还纹丝不动的?"

"嗯,难道你心里不是这么想的?"

"你别套我话,那周五到底怎么着?"顾一走内心戏已是常态,秦淮则演视而不见。

"周五真不行,要陪我男朋友,他那边有个应酬。推不开。"

对秦淮总是避而不谈不是长久之计,顾一实话实说了。隐瞒对于孔浩和秦淮来说，都不公平。

"好啊。那咱们改天，你注意安全，别喝酒。"

在秦淮眼里顾一始终是培训时期那个心思纯良的"可乐仇敌"少女。

可乐容易发胖，碳酸饮料对身体不好，是秦淮培训时期对顾一说过最多的话。

如果不能在你身边的话，

非要面临二选一，

喝可乐吧，

酒后乱性。

对于顾一以正牌女友身份第一次出席的这次商务应酬，孔浩显得漫不经心。顾一把压箱底的盛装都拿出来让孔浩挑选，孔浩秒回了一个"随便，都挺好的"。

顾一压制着心底的怒火，赔着笑脸，"你再看看，总不能给你丢脸不是？"

"那就第一件吧。"不假思索的答案，充满着敷衍。

顾一没心情再问发式、鞋子这些意见了。

他在忙？

他应该是忙！？

他肯定很忙……

按照这个逻辑思考，安慰自己焦虑不安的内心。

聚会上,看着传说中的大律师,举着红酒杯,逐一问候,顾一觉得自己是来蹭饭的,没人介绍,没人打招呼,也不知道说什么。孔浩在旁边和同事聊着案子,也顾不上顾一。

"小孔,最近干得不错,几个案子都打赢了。"一个红光满面派头十足的长者端着酒杯走过来和孔浩喝酒。

"哪里?还不是靠吴律提携指点。"孔浩连连回应。

吴律看着孔浩旁边发呆的顾一问,"这是你的女朋友?"

终于有人发现顾一的存在了。

"是。"孔浩答应着。

顾一拿着红酒杯站了起来和吴律碰杯,"您好。"

"孔浩很能干的。"

"还不是吴律平时指导的好。"顾一尴尬地接着话。

吴律端着酒杯走开了,顾一站在那里有些凌乱。

"我是谁?我在哪?我来干吗的?"顾一心底怒火不由慢慢升起。

"呦,孔浩,这是你女朋友啊,这么漂亮。"一位美女律师端着酒杯坐到孔浩旁边。

顾一没有说话。

"做什么工作?"美女律师问顾一。

顾一心头的怒火又升了一格,看来真的没人知道我是谁,根本不知道我的存在啊。

"她在航空公司做乘务员。"孔浩向美女律师介绍着。

"空姐啊,飞哪条线的?哎别说我一个朋友就是干空姐这行的,隔三岔五就飞到国外。一去就是小半个月才回来,飞到外面,飞行员和空姐都住在一个公寓里,也蛮有趣的。像香港那个《冲上云霄》里演的一样。"美女律师在颜值并不落后的顾一面前,完全失去了律师专业性,任凭想象力像脱缰的野马,在草原上自由驰骋,完全不顾及顾一的脸色。

这律师的脑子是瓦特了?不管有心或者无意,屁股坐在凳子上都没热乎,就噼里啪啦阐述一通,您很了解这行业吗?还是您亲身感受过?神经病嘛这不是。顾一心里送了她无数个白眼,但还是稳定下内心的波动与愤怒,说:"那只是影视剧啦,艺术虽说源于生活但必定高于生活嘛,那种公寓,我还真没体验过,哈哈。"

"明星是为粉丝服务的,我们是为法律服务的,她们为旅客服务。都不容易。"孔浩为了避免尴尬继续,把话题切入常规模式。

顾一惊讶地看着孔浩,然后淡淡地微笑着说,"孔律师这个解答非常好,非常客观地站在第三方的角度看问题,非常冷静,非常公正"。

自己被一个素不相识的律师嘲讽,男朋友在身边却闭口不言,心冷半截倒是真的。称呼从孔浩转回到孔律师,关系也退回到最初相识的阶段。

中国人，还是讲究"酒文化"的，俗话说，酒品看人品。大家聚在一桌吃上一顿饭，基本上脾气性格秉性为人差不多就透露出百分之六十了。剩余那百分之四十，但凡是个成年人，都会有所隐瞒。

看着酒桌上觥筹交错，推杯换盏。一个个称兄道弟，把酒言欢，说着言不由衷的话。即使喝到兴起，还要保持职务上的级别，不敢造次。顾一是真心不喜欢这种氛围，在工作中的上下级关系还要带到餐桌上。

"我去下洗手间。"顾一贴着孔浩耳边小声说。

顾一站在洗手间的镜子前整理完衣领，关掉水龙头。望着镜子，呆滞住，看着镜子里的她，不再像起初与这个社会握手言和的自己。都说女人一旦涂起姨妈色口红，就是要放大招了。其实，这只是一个能够把自己从懵懂到青涩延伸至成熟格式化的包装。饭桌上的礼节也不是真情流露，每个人都尽力扮演好自己的角色，完成各自的任务。

顾一第一次感觉自己在人群中的格格不入，别人讲的人生哲学现世发展，她插不上嘴，只有不断的笑脸相迎。菜够不着可以等着转到自己面前再夹，可肚子里的知识与阅历，却只能用微笑来掩盖。任何人都帮不了，也等不到属于自己的话题。自卑感蓦然而生，原来她一直都在原地踏步的习惯着孔浩对自己的好。

可人这一生，哪有会一成不变的呢？打破壳那一日起，就是在不断做减法。亲人，爱人，朋友都不会永垂不朽。我们必须要承受着压迫神经的断舍离。

当你拥有，便开始在失去。

就连秦淮调来，顾一都没有和孔浩提起过这个人。生怕孔浩多想，给这段感情增添麻烦。可爱情的初衷是没有任何隐瞒的，不是吗？什么时候起，顾一也和大多数女生一样，担心握在手里的沙子流失，只有每天小心翼翼地，双手捧着不敢有一丝缝隙。

这种失落感，再昂贵的口红，都弥补不了。

饭局结束后，孔浩把车开出停车场，手机铃响，电话里传来的仍然是案件进展的汇报。

每个人好像都很忙，都在逆时针运转。再看看自己，比当初做新乘的时候，没有多出一点点的成就感。倘若这样度完青春，荒废了资本，也没对得起自己的初心。

"你怎么了，不舒服吗？"孔浩挂了电话看了眼面无表情的顾一。

"没有。"顾一眼睛依旧目视前方红灯区。

"你这又是闹哪出？"孔浩接到电话最新接手的案件有些复杂，显然有些不耐烦。

"所以工作对于你来说才是最重要的对吗？哪怕别人对我的职业有其他看法？"

"你是说潘律师在饭桌上说的那些话？我都没在意，你这么认真干吗？"

"你是不在意！毕竟她口中那种公寓里住的不是你们律师。"顾一阴阳怪气说完把头转向窗外。

"嗯，那你想得到的回应是什么？我为了你去把潘律师怼回去，不给她任何台阶下。是吗？你能成熟点吗？"

"你现在是怪我？"顾一瞪大眼睛用食指朝自己面部方向指去。

"你知道我不是那个意思，顾一。"孔浩冷冷地回答道。

"停车。"

"你要干吗？今天是怎么了？"

"我叫你停车。"

孔浩把车开到马路边上停了下来，没有说话。渐渐地，他觉得顾一小心翼翼雕刻出来的感情沉重又怕碎。捧着这份精致的感情就没有多余的手做任何事情，放下来便是对顾一的不诚。可事业是他永不变的追求，也是唯一可以强大不倒的秘籍。

顾一是真的因为孔浩没有在饭局上帮她说话而横眉立目吗？并不是。更多的是气愤自己，在这段原本平衡的关系中变成弱势的一方。每天把所有期望值压在孔浩身上，但凡孔浩回复消息稍有不及时,便开始胡思乱想。起初说好的共同成长,却成了一个人看另外一个人的步履不停。任何情感里,哪怕是亲情,都没有谁等谁一说。

抬手打了一辆的士,车里播放的是应着气候的《春风十里》:

我在二环路的里边想着你
你在远方的山上春风十里
今天的风吹向你下了雨
我说所有的酒都不如你

我在鼓楼的夜色中　为你唱花香自来
在别处沉默相遇和期待
飞机飞过车水马龙的城市
千里之外不离开

把所有的春天　都揉进了一个清晨
把所有停不下的言语　变成秘密关上了门
莫名的情愫啊　请问谁来将它带走呢
只好把岁月化成歌　留在山河
……

这样的情愫，让顾一患得患失，像是在迷宫里行走，错综复杂。着急地寻找，却丢失了自己。可这样一段闯进青春里的感情又怎么能说放下就放下呢？打开车窗，阵阵微风吹上眉梢，想放空自己不再纠结于此刻，眼泪却不知不觉地从眼角滑落。

"兮，你在哪？"

是顾一发给丁迈兮的微信消息。

"家里，窝着。"

"来我家陪我聊会儿，人和酒一起等你。"

"好。"

丁迈兮没有多余的废话，也没有问怎么了，闺蜜做到极致就是：你不必多说，我什么都懂。只要你需要，这份陪伴就不会失职。

"说吧，我听着。"丁迈兮开了一瓶红酒。

"我很瞧不起现在的自己。"顾一擦了擦眼角。

"是因为孔浩吧？"

"压抑的让我喘不过气来。我就像个无头苍蝇，没有了方向。"

"是他的问题吗？"

"不，一直是我的问题。我想要的关怀太多，总是得不到满足。他的追逐是事业，而我的追逐是他。"

"这一点都不像我刚认识的顾一。"丁迈兮递了一张纸巾过去。

"这样的状态我很不喜欢,抛不下,躲却也没有了意义。"顾一哽咽地说。

"我没有更好的建议给你,但希望你能成为自己想要成为的人,做令自己骄傲的事,成为别人向往的样子。"

"看山是山,看水是水,看山不是山,看水不是水。"顾一脑海中突然浮现出这样一句话。

"我很矛盾是不是,哈。"顾一托着腮发呆。

"每个人都是矛盾体,只是有些人活得比我们清醒罢了。清醒也好,糊涂也罢,终归不要被情绪影响了自己。还是要有自己的事情去做,这会让你每走一步都觉得很踏实。"

丁迈兮说得没错,任凭众人浮躁不安,我们依然要有一股真正属于我们的力量,这力量并非来自山川湖泊震撼无比,而是那些琐碎的时间研制出的芯片,分分秒秒的转动都透露着不同寻常。

顾一什么都没有说,靠在丁迈兮的肩上,手机亮起的消息是孔浩发来的:"到家了吗?"

理智下的歇斯底里,远比感性下难受得多。

幸好的是,身边坐的是清醒的丁迈兮。好的朋友就是会把道理一一讲给你听,没有意见保留,却也不会逼着你按照她的想法做任何决定。你笑我陪你笑，你哭我拥抱你好了。

无论多撕心剖肝，今天都会过去，明天依旧到来。我们力所能及的就是，调整好自己的情绪，迎接接下来每一个你正年轻的日子。

毕竟，归属感除了爱人给予之外，还有那坚不可摧的事业。既然一步步走到现在，还有最后一哆嗦没理由去放弃。幸好，还有目标向顾一招手。竞聘乘务长之前要准备的工作有很多，忙点或许对于现阶段的顾一来说，是好事儿。从新乘到进入服质部，如果没有孔浩的帮助，显然不会进展的这么顺利。而成长却是不断突破自我的过程，这一次，顾一想凭自己的实力完成。

很多时候，当我们真的想清楚一件事情的时候，会发现令我们大快人心的是：释怀。

如果事情不能如己所愿，那就把期待值降低，顺其自然，相信一切都是最好的安排。通过数日正常工作，顾一渐渐冷静下来，并逐步找回了那个对事物富有饱满激情的自己。

每个人的青春或多或少都会遇见那么一个人，成为你毫无下限的例外。我们甚至为了他不惜放弃自我，因为他的存在就是我们想要追逐、拥有的。像一杯热咖啡，那环绕上升的袅袅香气，不断引起我们的好奇心去发现、品尝。

然而众口难调。加了奶的咖啡叫摩卡，不加糖的叫黑咖。

当然，最终我们一定会寻找到符合我们口味的那一杯。而无论哪种口味，在品尝的时候总有某一特质，令我们觉得舒服。苦而香，香而清，清而不腻。

顾一是令秦准舒服的一种口味，孔浩则是令顾一着迷的一种口味。

能够捧在手中趁着热气喝完，便是一种善待。只是，顾一欣赏这杯咖啡太久了，直到渐渐感受到杯底发凉才缓过神来，还有很多事情没有完成。如果继续观摩这杯咖啡，得到的才是竹篮打水一场空的冰凉。

英国作家王尔德说过：这世上只有两种悲剧：一种是求而不得；一种是得偿所愿。意思是说，人们要明白哪些是自己真正想要的以及要衡量好面对得到自己想要的事物需要付出什么样的代价。

无关珍惜，爱情中最可怕的是，双方哪怕有一方的脚步静止。那就让青春完整些，仪式感更强烈些吧。

"我们去爬香山吧。"顾一拨通了孔浩的电话。

这是和孔浩在一起后想做却没有完成的事情，冬天的香山过于寒冷，春天应该暖和多了吧。

说出的话没有哈气，便是入春的象征。

一路大到顾一脚脖意外被树枝刮破皮，从包里掏出创口贴，小到拧一瓶可乐，无一不是孔浩在做。

是，这么久的习惯怎么能说改变就改变呢？就算再给数百日的冷静，他还是他。顾一心里超越对任何男生向往的他，在罗马拿着话筒表白的他，面对投诉站出来指证顾一冤枉的他。

尚晚的山顶良宵好景，神秘中带着可望而不可即的韵味。俯览全北京灯光闪烁的夜。或许是轻度雾霾的原因，朦胧的远山若即若离，抹在天边像极了一幅色调淡雅烂漫的画。

说到若即若离，形容我们，不正恰好不过了吗？顾一想。

"孔浩，坦白说，我是一个极度缺乏安全感的人。"顾一右手顺时针拧了拧左手腕。

"嗯。但你又不想表现给任何人看。"

"我花了很长一段时间去想这件事，原来并不是我选择的这份职业每天飘来飘去，让我失去安全感，而是成长本身令我措手不及。"

"你已经比我刚认识的你卓越很多了，人永远都在尽善尽美的路上。"孔浩一只手插进裤兜。

"我很爱你，但我却不知道用什么样的方式去爱你了。"

顾一把真实想法说出来的那一刻，内心一颤。

孔浩没有说话。

"爱你而失去自我的这种状态才是我最忍受不了的，你拼命往前跑的样子很帅，我来不及追赶的那种落差，让我觉得自己是一个躯壳，每天盼着你'回家'，你晚回复一个小时的消息我都会胡思乱想,我甚至过分地衡量我与事业在你心里的位置。"

"你与事业在我生活中不发生任何矛盾,也没有孰轻孰重。都是我尽力去保护的,不容许任何外界因素参与进来的。"孔浩坚定地看着顾一。

顾一笑着抹了抹眼角:"被你保护的每一天,我都觉得自己'何德何能'遇见你,我的青春已经很完整了。没有任何遗憾。所以,我们分手吧。"

孔浩依旧没有作声。

"如果我不同意呢?"时隔十秒后的回应。

"我该学着完善自己了。"

"一一,如果是因为上一次……"

"不,是我自己的原因。你做得没错。就是因为你很好很好,我才不知道用怎么样的状态去维护住这段感情。我太累了。"顾一哽咽着断断续续说完。

"如果和我在一起给你造成压力的话,我放慢脚步等你。但你要答应我,要照顾好自己。你姨妈每个月19号来探望,记得前几天多喝红糖姜水。出门要有个女孩子的样儿,包里常准备着纸巾和创口贴。再着急上洗手间也不要不看性别标志,进男洗手间把外人弄的尿都没撒完就吓得把裤子提上了。还有少喝可乐这种碳酸饮料,不是什么好东西。"说完孔浩便抢走顾一手里的可乐瓶扔进垃圾桶。

"嗯,珍重。"

这宜人的夜,成了两个人彼此生活重新开始的新起点。

孔浩,因为遇见你,我才有在北京站稳脚跟的励志想法。因为有你,这个城市才有了灵魂。哪怕我们不再相见,我依然觉得心安。因为只要我需要,你就一定在。

顾一,我总是背地里在兄弟们面前炫耀你的好,在很多时候,你就像我的一个小老师,带我去探索不同稀奇而纯真的世界。北京的浮躁并不少,愿有趣的灵魂再相聚。

……

这并非顾一的初恋,但这段恋情已经陪伴顾一走了两年,就像纹身,虽然并不是与生俱有,但若想除去那印记,必是切肤之痛。

然而这个世界的奇妙之处在于,每一天太阳都是最勤劳的,准时从东方升起,西方落下。不会因任何事情而改变。你走在街上,人来人往,来去匆匆,没人会为你的伤心而停下脚步。一段感情终止,但生活还要继续。

不知不觉中,顾一已经飞了两年多,从新人变成了一名成熟的乘务员,就算在服质部,也渐渐成长为一名骨干。就算是在公司一千多名乘务员里,无论是服务能力、理论知识水平,顾一都是出类拔萃,俨然可以和师傅比肩。当资历终于满足了转升乘务长的条件时，顾一向客舱部提出了申请，报名进入乘务长的培训。

乘务长，是一个航班上客舱乘务团队的管理者。这对顾一来说是一个新的挑战。晋升乘务长的流程，公司要求严格。毕竟客舱的服务、安全，都掌握在乘务长的手里，一次航班能否顺利运行，乘务长起着关键作用。所以，客舱部规定，乘务长的晋升，在满足资质的情况下，个人提出申请，部门组织面试。通过后，方可进入航线带飞训练，并经检查合格，公司批准后，聘任上岗。

顾一恢复了单身，心情不佳。聚会都回绝了，专心备考。

前面还算顺利，面试、带飞都如期完成，终于迎来了检查。通过了，就可以成为乘务长，完成人生中一个阶段性的任务，就像打卡一样。

检查当天，顾一按照工作程序，带领全组进行准备，和飞行机组协同。人生有时候就是很奇妙，今天的机长就是两年前顾一第一次跟班的那个机长。就在两年前，她还穿着破洞牛仔裤围观师傅李若离带着乘务组准备，现在就轮到她自己竞聘乘务长，恍若隔世。

机长也认出了顾一，"呦，今天被检查放单？"

"是啊，陈机长，还请多关照呢。"

"好说，我一定飞得准点又平稳，不给你添麻烦。"

"那太感谢您了。"发自内心的。航班检查顺利与否,和个人能力有关,和运气有关,和机长也有关。如果航班流控延误备降,无形中增加了困难。航班颠簸,乘务长压力也大于平常。而航班一切顺利,没有节外生枝,检查就会顺利很多。今天机长这么说,顾一紧张的心也着落了一半。

副驾驶邓航,是个和顾一比较熟悉的东北小伙子,笑着让顾一请客。

"一定一定",顾一承诺着。这怎么请客,还在被检查,又没有最后通过。心里想这邓航真是看不出形势。这情况合适吗?机长多明白事理,主动帮忙,这邓航还是不够成熟。

说到成熟,顾一刚工作时总听到领导说这个不成熟,那个很稳重,一直没想明白其中的区别。当自己有了一定的人生阅历,慢慢能理解了。成熟,不是长相老成,不是说话语速的快慢,是一种沉稳,能够换位思考,站在对方的角度看问题,为人着想,主动替人分忧。

上了飞机,顾一按照工作流程,有条不紊地进行准备,检查机上应急设备、机供品的配备,按照要求对应急撤离进行测试,然后检查客舱环境,查看清洁队清扫的是否干净。

这时听到客舱里响起广播,是前舱的话筒发出的声音。"顾一,你的撤离按钮没有复位啊。"

顾一脑子里"嗡"的一下,她想起来了,刚刚测试应急撤离后，应当复位按钮。刚巧配餐人员找她签字，一打扰，就忘记了。虽然不算什么问题，但是检查航班有小的纰漏，又被这个冒失鬼用广播在客舱里喊了出来，总不是好事。看着邓航还在那里嬉皮笑脸的，杀了他的心都有。

但是谁能不犯错，犯了错，看你如何处置。顾一听到广播，压制住内心的怒火，微笑着走到前舱，不经意地复位了按钮，一扭头，看都没看一眼邓航，她怕看一眼，就会忍不住。至于忍不住什么？当然是踹他一脚。

你以为我们很熟，是朋友。可越是朋友，越要帮忙，而不是添乱，更不是揭短。在我的关键时刻，你的一点点的帮助，我都会记忆终身。不帮忙也好，但不要捣乱。道理简单，可惜不是每个人都明白。至少脑后这个，就不懂，还在那里傻笑，喊着请客。三条黑线滑过顾一脸颊。

航班飞得很顺利，旅客、天气、空管，好像是约好了不给顾一添乱一样，没有任何节外生枝。航班结束，回到准备室，检查员严肃地给出检查结论，不通过。不通过的原因，综合能力不足，管理水平还需提高。

顾一惊呆了。她看着检查的表格，前面是检查项目，后面是评分，0—5分。检查员依次打着2—5分。最终评分是3分，不通过。没有情况描述，每项评分没有标准，没有说出问题。最后的结论也是一个含糊的结论，检查不通过，综合能力有待提高。

顾一非常不服气,找到师傅李若离申诉。李若离看了看检查结果,无奈告诉顾一,她的质疑都是对的,但现状是无法改变的。就算正式申诉检查结果,也是一样的。客舱部要维护检查员的权威。

"怎么能这样,稀里糊涂就给我不通过?我不服气。"

"一一,我知道你的能力、水平已经达到乘务长的水平,甚至远远超出。但你不是检查员啊,今天人家检查你,权力就在她们手里。有些检查员资格老,可惜能力、人品都不怎么样。大概你这段时间在服质部风生水起,她们看着嫉妒,没办法,刀在她们手里,先忍忍,避了风头再说。"

顾一虽然很不平,但她也知道无法改变现实,就当是一个教训。怎么办呢?人在屋檐下,只能低头。当普通乘务员,继续飞一段时间吧。你总不能永远不给我通过吧。

顾一也知道所谓锋芒毕露,实际上是最近自己工作上很卖力,超过了那些碌碌无为之辈太多。就像跑步,我在跑马拉松,你躺在地上玩手机,最后说我跑太快,在显摆,然后伸出腿来试图绊倒正在奔跑的人。

拜托,这是你的问题。难道要我们都躺在地上陪你,才正常吗?

顾一蛰伏了一段时间,所谓蛰伏就是把工作的速度放缓,等等那些躺在地上的庸人,接受大家的认可。于是,在过了一段时间后的再次检查中,得到了检查员的称赞,通过。最近工作表现不错,同事关系融洽。

顾一看着那些丑恶的嘴脸,不仅对这些所谓的检查员极其失望。靠着论资排辈,靠着早来占据高位,不思进取,阻碍公司发展。这些人,迟早被社会淘汰。

12

请相信,你的意志力不会让你孤军奋战,
它会将未完成变成已完成

换下乘务员的工号牌,身着一套崭新的异于整组颜色的制服,顾一以新的身份站在机舱门口,手里攥着点数器——核对着进入客舱来自不同国家的旅客。

当你倾心为一件事情付诸行动的时候,结果总不会太坏。佛家讲世间万物有因有果,而常人间讲付出与得到成正比。

回想起最初面试航空公司时的忐忑,初为新乘时的胆怯,在与旅客沟通技巧方面的娴熟,乃至今天,站在舱门口面向不同"友邻"问好时的自信。

这种自信不是姨妈色口红能够掩盖的,是与世无争的,打从心眼里的淡定与从容。

宇宙果然深藏一种"吸引力法则",当你努力想达成某事时，全宇宙都会帮助你。当然，是积极向上的事，而非杀人放火。

别怕，在这个世界上你永远不是一个人，你的意志力不会让你孤军奋战，它会随从你的正能量为你吸引来许多好的事物，而这些好的事物，能伴你一生，让你心想事成。

顾一在公司被众多同事称为"老好人"，说白了就是什么事儿都没有，怎么着都行。在一个执行者的领域，这无非是个舒适的最安全的地带。她总觉得每个人都不容易，与人为善。不要难为别人，免得日后相见时尴尬。

这种"老好人"心理，作为管理者却是不合适的，所谓慈不掌兵。当顾一第一天以乘务长的身份执行航班，迎接她的只有一而再，再而三的"惊喜"。

不是每个人都用友好回应你的善意，当你的团队成员对你的指令拒不执行，或者敷衍了事的时候，你必须认识到："收起你那自以为是的善良，人善被人欺，马善被人骑。"要对做的好的及时表扬激励，对于做的不好的，一定要批评，甚至适当地惩戒，以免给你带来不可收拾的困境，甚至是灾难。

飞久之后，顾一可以说是十二星座的乘务长特质每一种都领略过。

处女座，先把洁癖放一边不说，强迫症是真的。矿泉水一定要六排四列24瓶整齐摆放，少一瓶都不可以推进客舱。给金卡旅客的毛巾，必须叠好放入瓷盘中。要成金字塔形状摆放，上一中二下三。洗手间的镜面台面地面更是不能有水质污质杂质,在她们眼里洗手间非常能体现出整个航班的细微性,一般五星级酒店更是如此。

白羊座则热情大方,性格色彩为大红色皆多。从开航前准备会就能看出,这类星座的乘务长往往是把丑话说在前面,不喜欢拐弯抹角绕来绕去跟你打哑谜。在规章制度面前有绝对的坚持与底线。别去试图挑战,面子是互相赠予对方的。你好我好大家好便是最好。

天蝎座,不多说,奉劝各位一句,轻易你别惹……

顾一,双鱼座,不知道作为新晋乘务长的她,在组员眼里属于何种特质。不过坦白讲说,耳根子软是不可否认了。

一个午后温州起飞的航班,平飞后,机长按了呼唤铃,让乘务组烤饭。乘务组的服务工作不仅是对旅客的,也包括飞行机组。顾一让三号乘务员烤饭,乘务员告诉顾一,地面配餐时漏配了机组餐的刀叉。

"啊?怎么会这样?才发现吗?再找找,一般不会漏的。"顾一对出现这种情况觉得有些不可思议。

"找过了,地面时就发现没有。"

"地面就发现了,那怎么不早点说?"顾一有点恼火。本来这个错误是地面配餐人员的,但是如果在地面就发现了,这个问题就变成机组的问题了。既然在地面发现了,可以当时就解决，不至于拖到空中，解决问题的方法、时机都变得更加困难。

"我以为餐具和保温箱放在一起了……"

这是狡辩，首先作为一个成年人，成熟乘务员，已经可以独立工作了，错误就不该犯。出现问题，第一时间想办法解决。解决不了，向上级请求支持。当上级批评时，主动承认错误。这是基本法则，然而三号的狡辩，让顾一非常生气。但是她控制着自己的情绪，现在首要的是解决问题。至于批评和惩戒留到地面时解决，把航班顺利执行完毕是当务之急。

如果是仅仅少了一套餐具，顾一不吃也行，毕竟是自己组员的过失，作为乘务长有为组员承担责任的义务。或者让三号承担自己的错误，成年人，要为自己的行为负责。但这次是整组的餐具都没有配上来，意味着所有人都要看着机组餐干瞪眼，难不成吃手抓饭？再说，怎么也不能让这点小事，给飞行员们增添烦恼。机长是飞机上的"一家之主"，不给他们添麻烦，并不是惧怕，而是作为一个管理者的责任。只要能自己解决的，都应当第一时间解决，而不是向上推，给领导添一些不必要的烦恼，毕竟领导们有更多的问题要考虑，更多的事情要做。飞行员也是一样，他们要以全副精力监控飞机，执行航班，不能有一丝一毫的偏差，哪怕是非常小的一个错误，都可能酿成严重的后果。更不能在不沟通的情况下，让上级承担问题的后果，就像今天这样，饿着肚子。如果自己解决不了的问题，及时汇报，避免缺乏沟通交流，导致问题最终无法收拾。

好在顾一做事喜欢留个后手，以防出现万一而措手不及。日常会备几副餐具在箱子里。果然，今天这个"万一"没有辜负顾一，她已经从飞行箱里拿出几副刀叉让机长和副驾驶吃上热气腾腾的饭了。

"你以为，又是你以为，你还以为什么？讲给我听听。"这是顾一第一次在航班上对一名乘务员皱起眉头……

任何事情，只要发现错失的原因，找到问题根本所在，下次不要犯就是了。最可恶的就是那些唯唯诺诺回答的"我以为"，这种借口，听了真叫人不爽。为错误找借口是最失败的情商表现，欺骗外人的同时也没放过自己。借口，真的可以毁掉一个正值成长的少年。

后舱乘务员在客舱正为旅客发饮料，顾一给机长开完了餐，巡舱到后面隐约闻到煳焦味儿，如果没猜错，定是餐食烤得太久，水分都烤干了……顾一不放心，打开烤箱，被眼前的一幕惊吓到：乘务员口中的没有配上来的塑料餐具，居然在烤箱里被烤到融化成胶状，如果没有被顾一及时发现，估计再烤5分钟，很有可能烤箱失火，启动灭火程序，如果再往严重了说，后果不堪设想。自己这个第一天担任乘务长的新人，可能就要告别飞行了。

真是没想到,小的"惊喜"后面永远给你憋着一个大的"惊喜",真让顾一"喜出望外"的差点儿没晕过去。

顾一把塑料餐具拿出来,放在台面上,双臂交叉静等后舱乘务员推完餐车回来……

要说人的特异功能极为潜在的便是感官的预知。隔着后五排,都貌似闻到了怒气。

见到一坨被烤化了的塑料餐具,后舱的两位乘务员表情震惊,没敢直视顾一的眼睛。

"顾一姐,对不起,我……"乘务员A低着头弱弱地说。

本来想出一大堆话怒斥这位乘务员:"你以为你的一句对不起就能掩盖住这么低级的错误?""落地来我这领张警示单!"

可真看到眼前这位单飞不久的乘务员眼圈儿含泪望着自己的那一刻,批评的话都显得很温柔。

"既然我们上来飞行,就是经过专业培训的,做任何事情都要有一个专业的态度,航班上的万事都要小心而为,你想想如果今天这套塑料餐具在烤箱里没有被发现,会造成什么后果?严重的话可能造成后舱失火,飞机紧急备降。既然上来工作,就不是小孩子了,要为你们的所有行为负责。"

"是。"两个乘务员在那里点着头。

"人与人间的信任很脆弱,一旦失去了,就无法挽回。希望你们珍惜。如果以后其他乘务长都不再信任你们,你们做的事情，大家不放心，必须再检查一次，你们还有继续做下去的可能吗？"看着这两个入行不久的乘务员，顾一既是在批评，也是在提醒自己。

这是双鱼座乘务长处理问题的态度，这也很顾一。

或许是因为顾一自身经历的原因，不说顺风顺水，这一路都没少了真心以诚相待、给她机会的贵人。错误也好，过失也罢。人总要有一个平台破土而出，逐渐成长为自己满意的模样。又为何不能放平心态去给新人一个机会呢？人非圣贤，孰能无过。只是不要接二连三的重蹈覆辙就好。顾一想听的并不是她们一味的道歉，而是希望她们理解职业道德与工作的意义。

被他人善待过的人，总是会以温柔来待这个世界的每一物，甚至花花草草。这就是循环法则，温暖延续下来的，只有光环，而无黑暗。

在接下来的航班中，能明显感觉到两位乘务员对顾一"关照"后的作为，小心谨慎地完成任务，再没有出现触碰原则性的闪失。航班落地顾一也算是松了一口气。管理者真不是她所想象的那么容易，如果没有一个承担大小责任的心理准备与素质，带出来的队伍也是一盘沙。

晚上和秦淮、迈兮约好了吃火锅。如果说在东北，任何一个节日无论大小都要吃顿饺子庆祝的话，在北京，和三三两两熟悉的朋友吃顿火锅，感情越涮越深。当真是极好。

当然，要说涮火锅怎么能少的了白酒，那一口下肚，整个春天都是橘黄色。暖得让你发慌。

"顾一，有时候我真挺佩服你丫的。"秦淮操着一口京腔儿。平时说话也不见像今天口音这么浓郁。今儿是怎么了。

不过话说回来，北京人说话干脆利落，从顾一第一天来北京坐地铁就发现，那个个都是"播音员"，生动活泼的调调听起来真让人心里舒坦。

"佩服我？秦老二，你疯了吧？"顾一纳闷怎么这货才酌了几口白酒就上劲了？

"你看啊，从你培训到进机关，到现在做乘务长，一步步走来，到现如今你依然是你，老天还挺眷顾你的。"

"咋？眷顾我你还吃醋了不是？人家迈兮都替我高兴，我说你还是不是我兄弟了？"顾一歪着脖子下巴故意翘起来。丁迈兮在旁边笑的眼睛都快缝起来了。

"你能不能讲些道理？这么多年你就这个样子，倔的要命，我都纳闷怎么还会有这么多人陪在你身边。有时候仔细想想，我挺心疼自己的。哎。"秦淮对着顾一说完偷瞄了眼迈兮。

"我们顾一还是很不容易的，不过经历了这么多，也总算圆满了，至少在这个职业上，没有遗憾了。恭喜你，一一。"

能说出这一番话的，必然是和顾一朝夕相处的丁迈兮。的确，看着顾一经历这么多风浪，当下无疑是她满意、安稳的状态。

"所以接下来有什么打算？"秦淮问。

如若不是觉得自己还有很多东西需要充实，并驾齐驱地站在喜欢的男生面前，也不至于和孔浩分手。现在虽说到了乘务长的职位，对于顾一而言也只是短暂的停留。她的好奇心已经不满足这个职位给予她的认可，仍想悄悄地待时机成熟，探索更广阔的世界。不是说当前不好，而是人活着就要去发现那些你未曾经历过的美好。

"打算？……目前看来还没有，走一步算一步吧。"

在目标没有确定之前，锅盖不要揭的太早才是。不然光是舆论哗然，就能把你压的喘不上来气。有想法也是自己的事，与他人无关。

"火锅局"后回家，刚要迈进电梯，叮的一声手机短信提示："升职快乐。"

13XXXXXXXXX，来自一个曾经倒背如流不能再熟悉的电话号码。

每到一个季度，都会迎来安全督查，说的专业些就是严格落实安全把控、保证航班零差错。缩小点就是在领导的眼皮子底下执行航班规章制度，投机取巧的想都别想了，指不定你航班上的哪一位不起眼的旅客，就是上面派下来的检查员。

顾一自知刚上任，又是全公司年纪最小的乘务长，难免在和老的乘务员一起飞时受到冷眼不屑，加上前段时间由于顾一太"善解人意"，甭管年纪大小的乘务员都敢在航班上和顾一开玩笑。这样下去威信何在？又怎么继续做管理者？

要说转换模式和改变习惯是两码事，改变习惯可能是一个漫长才见效的过程，而从"老好人"的模式转换成"对事不对人"，只需要一个庸散的航班。尊重是互相的，最怕是新乘们听说顾一为人很好，航班上从不说人，怎么飞都行。她们便撒了欢的飞。没给你飞出窗外都是谢天谢地。自此以后，在顾一的航班上就两点：

1. 按规矩做事，我不找你事儿，你也别给我惹事儿。

2. 别把我的善良当成你放肆的资本，这里是给你饭碗的客舱，不是幼儿园。

一旦触碰到这两点，对不起，一张警示单递给你，别说我顾一不讲人情味儿，因为有些人，你就是讲出哈密瓜味儿，他该怎样还会怎样。考虑你的感受？你想多了。

什么人什么对待法，这样下来，顾一航班上的管理工作也简洁明了了很多，麻烦事有了显著的下降。该温柔时别吝啬温暖，该严肃时要有职业操守。这才是逐步成为一个好的管理者该有的专业态度。庆幸的是，这一路顾一都在不断摸索着往前走，也在通往卓越管理者的路上。

如果此时遇见孔浩，顾一绝不会慌乱而逃，一定会有很多虽似略浅却又不同的管理经验与他侃侃而谈。而不是不断向孔浩索取帮助与陪伴。只可惜，缘分这种东西，贵在一个"妙"字，有些人来到你身边，就是为了给你免费上一堂刻骨铭心的课，至于沉迷于这段感情抑或是寻回最初的自己，是你个人选择。但不可否认的是：无论课时长短，都是收获。

果不其然，被检查的航班排到了顾一带队执行。说了你可能都不信，是飞往深圳的航班，航班号和几年前顾一第一次一个人前往深圳工作时的一样。

时光机偶尔会和我们开个小玩笑，把你带入到某一个你曾经历的时刻，甚至会让你恍惚，哪一个才是宇宙中真实的自己。也会巩固你对自我的肯定，你看，从一名旅客到此刻的"客舱之主"，从一无所知到具备专业知识，好像度过了一本书的时光。而这本书的主人公，恰恰是顾一。

一样的欢迎登机，一样的问候早。不一样的是，眼前直奔客舱走来的这位旅客，还没等顾一问候，先露了跑出晒太阳的小虎牙儿说了声："你好。"

紧接着便是双方愣住："顾一？"这熟悉的声音，不禁让顾一觉得自己在做梦。掐了一下自己的手背。不，眼前的一切是真的，手背也是真的很疼。

迎客时间有限，顾一忍住亢奋没有多聊。从关闭舱门到起飞，仍按捺不住内心的窃喜。

往事涌上心头，欠缺一杯老酒。

平飞后，一杯"北冰洋"饮料，放在了这位虎牙儿女士的小桌板前。北冰洋是顾一用雪碧兑橙汁简单调制完成的，而独家秘制赠予的这位旅客，正是顾一在银行的第一任带教师傅：琴子。

琴子刚好坐在靠过道儿的座位。顾一蹲下来，多聊了几句。毕竟，在这里能遇见，实属不易。走的时候，没有留下任何联系方式，一直内心愧疚于多说了话，给琴子姐造成了负担。如果没有提及她和黄总的事，或许自己也不会在试用期结束后离开。如果琴子姐不通情达理也就算了，内疚的是方方面面都念在学妹的情分上，帮助过顾一很多，为人处事也没少教导。虽说过了几年，顾一不是忘本的人，一直记着这份情和义。期间也通过社交软件寻找过琴子姐，目的就是为了以成年人的方式好好道别一场，不留愧疚与遗憾。可寻找无果，自然也就把这份感谢的话放在心底了。不曾想今日在航班上相遇，还是以这样的身份迎接。喜出望外的同时，无限感慨。

"琴子姐，你这是出差？"

"不是啦，家里面出现了点状况，话说刚进客舱看到你，真是惊到我了。你怎么想做空姐啦？"琴子姐惊讶地问。

"嗨，阴差阳错嘛，在银行结束试用期，又不甘心回老家按部就班地生活，就抱着试一试的心态，没想到还面试过了。

你呢琴子姐？在银行怎么样？"顾一握了握琴子的手脖儿。

"在你离开不久后，我也辞职了。"

"啊？不是待得好好的吗，怎么……"顾一停顿了一下。"不会是因为那时候我年少口无遮拦不懂事，给你造成了麻烦吧？"搁在心底几年的话，终于说出了口。可说的那一刻，仍满是内疚。

琴子摇摇头笑了笑："你只是说出了事实而已，纠结了这么多年，每天在办公室看到他都是煎熬。我不断替他找借口，他是在意我的，会对这份感情负责的，只是时间问题。相信他会给我一个满意的答复，听过太多他的婚姻生活不和谐，我就一次又一次地跟随内心甚至不惜越过道德底线，但最后，我发现在这场游戏中，我彻头彻尾地输了。"

"那你还爱他吗？"

"爱，只是不会再纠缠下去了。他不会为了我放弃家庭，我也不甘愿一辈子做他的星期天。"当琴子说出这些话的时候，从话语中能听到的是释然过后的平静。

"辞职后他有找过你吗？"顾一深邃地望着琴子。

琴子再次摇摇头："我拉黑了所有联系方式，和我的朋友也嘱咐过不要和他提起我的任何行踪。既然做了决定，就不想再成为优柔寡断的奴人。若是藕断丝连地牵扯，只会更受折磨。"

顾一没有做过多的评价，或许在黄总的妻子眼里，琴子是十恶不赦的坏人，可只有琴子知道，在那段"见不得光"的感情里，她从未向黄总索取过任何。有一万种证据，可以拿出来证明黄总对琴子承诺在先，博取琴子同情的也是他。但琴子都没有因为一己私欲说出来，介入这段婚姻。那句话怎么说："喜欢是放肆，爱是克制。"

可感情并非人所能控制，慢慢地，琴子也会觉得这对她来说不公平。任何的付出都讲究回报，不求任何回报的，那是菩萨普度众生。

直到顾一不小心说出来，黄总为了晋升保全自身的名誉，把顾一赶走，又为了维护"好男人"的形象，向琴子提出帮忙对外解释一切皆为清白的话，才让琴子对那份感情彻底死心。

琴子能理解黄总这么做是为了顾全大局，若是没有澄清便是承认了这一切，接下来琴子在公司里的日子必然不好过。还要受大家有色眼镜来看待。可那么多年，琴子始终扮演着"星期天"的角色，黄总不幸福婚姻的发泄桶。面对琴子，不断地肯定她懂事，通情达理善解人意，于他而言是个"特别的人"。如若早些遇见，必定会选择和琴子在一起。如果结束这段婚姻，只想娶琴子这类的话没少说。被感情蒙蔽双眼的琴子一次次相信、一次次失落、一次次反复，却终也没个结果。

也罢，毕竟生而为人，总会有许多"爱而不得"的行李随身。

放下这段没有希望的感情，便是善待了自己。女人，最怕的就是欺骗自己，为不愿去相信的事找借口。这也是为什么婚姻中男人出轨，原配去打小三而不是先找找自己男人的原因所在。一个巴掌拍不响，苍蝇不叮无缝的蛋。要有问题，谁都逃脱不了。

两情相悦的叫爱情，一厢情愿的叫表演。

可以很明显地在琴子脸上看到在感情中被蹉跎洗礼的痕迹，每一举一动，一撇一捺，都是成熟女人的标志。

顾一还是把当年没来得及说出口的"抱歉"说了出来，琴子攥住顾一的手点了点头，示意道歉的话就不必说了。过去了，就让它过去吧。

能看到琴子姐跳出"火坑"，为自己而活，顾一是打心眼里为她感到高兴。幸好没有一直让无谓的感情继续下去，都说，种一棵树的最佳时间是十年前，其次是现在。幸好，一切戛然而止。幸好，还有余温迎接生命中那些对的人。

生活有时就会赠予你一场空欢喜。可时光不会辜负每一个人。愿你历经沧海桑田，依然拥有选择爱的勇气。愿你撞过南墙后，依然能够拍拍身上的尘土，迎接新生活。愿你被不幸拥挤过后，依然可以挺拔而出，成为自己想要的样子。

很喜欢一个词，叫"否极泰来"。意思是说，当所有坏的事物堆积在一起呈现在你面前的时候，好的事物即将到来。像一个漏斗一样，溢出来的都是惊喜。

"琴子姐，谢谢你的不计前嫌。让我今后不再带着负罪感去生活。愿你数年之后，花开正好，工作之余，可以做自己喜欢的事，用力爱值得去爱的人。"

"一一，咱俩申请个香港过夜吧，晚上去维多利亚港转转。"开完周例会，丁迈兮拍了拍顾一肩膀说。

"好啊，就是不知道排的机长是谁，事儿多不多，别回头咱请假他不同意，可就空欢喜一场了。"顾一边说边把水杯放在饮水机上。

"啊呀，管天管地，还管人拉屎放屁不成？"

"你还真别说，前段时间有个公司的机组，过夜的时候整套组一起出去吃饭，晚上喝嗨了，第二天早上，在机场遇到局方酒精测试，有三个人没过。延误了六七个小时，换了一套组飞，最后说是副驾驶停飞三年，机长也跟着受了处分。"顾一耸了耸肩。

"那是他自找的，飞行前12小时禁止饮酒，他又不是不知道，跟规章制度较劲，难道亏能跑到别人身上？"丁迈兮觉得近期各公司对安全的要求着实严格许多，无非是因为有些人不把规定放眼里，为所欲为。一条鱼，腥了一锅汤。

"所以呀，机长现在也是万分小心的，都怕担责任。"顾一小声儿说。

"水！水漫出来了，小心！顾一，你啊你……"丁迈兮假装无奈摇摇头迅速把水龙头拉了下来。

"嘿嘿，我心再大，身边不还有我兮不是？"顾一嬉皮笑脸故意用身子撞了一下丁迈兮。

越是在熟悉的朋友面前，越会把真实的自己暴露给对方。大到三观方向感，小到抠牙擤鼻涕。

正如你见过我所有出糗的事，还会气势昂扬地为我竖起大拇指说：干得漂亮！

心动不如行动，水杯前脚刚着桌面，后脚丁迈兮便拉着顾一去申请香港过夜航班了。

"你们俩一起去过夜？什么阴？什么谋？"生产调度员调侃着说。

"为人民服务，为组织增光，嘿。"顾一反应倒是机灵。

"刘哥，你就放我们过去吧，我和顾一好不容易飞行周期一致了，你就好人一生平安嘛！"丁迈兮撒起娇来，三岁娃子都得给跪下，别说是出了名的调度猪蹄子刘哥了。

"行行行，给你俩安排，就这周吧，别到处宣扬啊，都来找我申请好飞的地方，小烂四段儿谁去飞啊？"刘哥卖好也是一绝，前提是：要长得漂亮。

"回来给你带好吃的！谢我们任劳任怨伟大豁达的刘哥！"丁迈兮说完，和顾一两人齐刷刷地鼓掌。好闺蜜的默契之一：行动一致。

"好了，你俩别在这演了，班调完了，你们到那轻点儿浪。早点回来，注意安全。"

"保证按时归队，不给领导添麻烦。"难得今天刘哥心情阳光，这么好说话。

晚上和丁迈兮边视频边选着去香港要穿的衣裳。女人的确比男人麻烦，这不仅体现在生理方面，还体现在穿着搭配等琐事上面。什么算上袜子整个着装不要露显出三种颜色。红配绿，大傻气。黑配白，偏佛系。男人讲究就没这么多，袜子跑不出黑白灰三种颜色，若超出这三种颜色，就要掂量一下他的性取向了。

接下来的日子与往日并无不同，好像旋转木马一样，周而复始。脚下的这一片土地，不知不觉已经踩了近三年。

秦淮自从上一次安全员执照不小心被家里的泰迪大王当成磨牙饼干啃成稀巴烂以后，被停飞几个月在公司帮忙上早九晚五的行政班，执行力反倒很受领导重视，这也算因祸得福了吧。

丁迈兮还是既往得过且过的心态，不争不抢也没有太高的心理追求，朋友圈和秦淮的你一言我一语互动的倒是不少。于她而言，安逸的生活也没什么不好，至少会让她轻松过完一生。

李若离自从谈了男朋友，和顾一聚在一起的时候少了很多。顾一成天抱怨她重色轻友,她给顾一的回应说过最多的话是:"那你也重色一个给我们看看嘛!不是我说你,人家孔浩还挺惦记你呢,你差不多就行了……女孩子要强是好事儿,但不要在男孩子面前一副你什么都可以,恨不得超越对方的样子,感情不一定要势均力敌的平衡发展,互补不是更好?"

孔浩,只是偶尔在节日发来问候的微信。出差去过几个国家,会发来几张风景照。让顾一拿起手机沉默很久的是孔浩去西班牙广场拍下漫天五彩缤纷泡泡下的留言:"你说过,冰淇淋一定要在这里吃才有仪式感,草莓味儿与抹茶味儿相碰才最好吃,如今,只留下抹茶味和我站在这里,愿你一切安好。"

顾一不愿打扰孔浩的生活,倒是李若离因为有事,找过孔浩咨询,多少了解一些。说他事业蒸蒸日上,风生水起的,前两个月处理的一个案件,还上了新闻,得到称赞。最近升了职,成了合伙人。至于感情状况?单身,未婚,想念溢满整座紫禁城,只因为一位姑娘。重情却不多情。

顾一又何尝不是?

时间给予我们的不仅是成长中性情方面的稳定,更让我们积攒了一些不断迎接挑战的勇气。生活未必一帆风顺就是最好,酸甜苦辣样样尝过才堪称人生圆满。轮回,转世,投胎为人,便是又一次修行的开始。不管遇见的每一位是正在陪伴我们还是已成为过去,都何尝不是一场披着盛装的缘分,出现在我们的生命里。这世上的每一个人,都有他们存在的意义。正所谓:"存在即合理。"

  活着,真好。

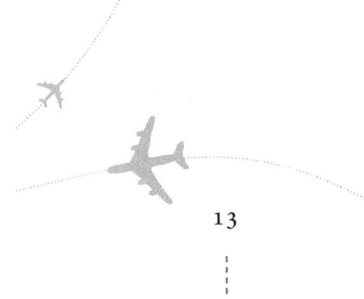

13

我试着接受这座城市给予我的幸福感与失落感并存,幸好你还在

又是一年炎热的七月。

北京依然承载着大多数人的梦想,机遇也不断和为此努力的人们招手。夜晚灯红酒绿的巷口依旧被工体所霸占,集满留学生的"宇宙中心"五道口,还是会在某个深夜释放出青春的气息。

若想吃到簋街的正宗小龙虾,万年不变的是排队好久。南锣鼓巷里多了几家带有文艺复古气息的店铺,王府井的小吃街传来的阵阵吆喝声悦耳又不失情怀。长安街的清晨4点半,环卫阿姨不辞辛苦一路清扫,只为天亮后呈现的那一份洁净。北京这座包容性极大的城市,也渐渐地被人们所善待。

顾一终于把自己定义为这座城市里的一位"无害生存

者",算是一分子了。和身边的三五好友偶尔约个小午茶,谈个浅略的人生感悟。炎热的七月里,喝上一杯Mojito或Long Island Iced Tea,烦恼瞬时消遣,生活满是快活。

这一年北京的七月,顾一已经褪去刚刚来京那一年的胆怯,换来的是与这个城市的并肩奋战。

纵使没有爱情,可依然不是孤身一人。心底的力量是自我创造的,能够让她有底气地站在这片土地上,与他人握手相拥。

从"绝大部分人"演变成"自己",过程是辛苦的,甚至是痛苦的。顾一用心感受着。

没办法,成长本身就是很痛苦的一件事。相继拥有,相继失去。大部分煎熬与未知的时刻,都是我们自己陪伴着自己,这打气的声音并不是一人喝彩,是身体里所有细胞组成的力量,为肉体加油。是的,从0到1,不过如此。

可1不是最终的句号,现实与都市剧的不同,是主人公的知与不知的人生。现实不会扔给你剧本让你照猫画虎,而是没有剧本的现场直播。

在二十出头的年纪拥有一份这样体面的工作,是万千少女梦寐以求的。

但不可否认的是,很多事物如感情一样,都会从期盼到欣喜,欣喜到高潮,高潮到平淡,平淡再延伸到瓶颈期。

不同的是,感情的瓶颈期熬过之后,多是真正意义上的家人。工作到了瓶颈期，则很难再找到发现自我的突破点。

当然，困扰于瓶颈期却仍能够坚持下来的人，生活要比别人安稳许多。尤其是像乘务员这份职业，并非大家想象中的"靠脸吃饭""吃青春饭"，若想要飞到法定退休年龄，也不是不可以。飞十年以上的乘务员并不在少数。十年，不是只有人与人，人与动物会产生感情，与工作也一样。只是，这种操作模式不再像刚刚步入航空公司的新乘一样，对事物还伴有好奇心与新鲜感。很多时候，飞的时间久了，闭着眼睛都晓得下一步的工作流程是什么。见人说人话，见鬼说鬼话也不稀奇。毕竟从站在客舱的那一天起，就想到了会碰见形形色色的陌生人。

但青春是永不止步的，正因为它的未知与迷茫，才会尽显世间万物的美好。

这几年来，顾一体会到了飞行带给她的成长与意义。当然还有日记本里记录的那曾有过的温情。

2017年8月8日

"飞厦门航班，38J座位的小姑娘跑来服务舱害羞地递给我一张用圆珠笔画的形象夸张的画。画面上有三个小朋友在跳绳，中间的那个小朋友扎着马尾辫。小姑娘说中间画的是我，并对我说：'漂亮姐姐，我今年5岁了，这幅画是送给你的，你可以叫我朵朵。'"

2017年9月2日

收到一封陌生旅客用清洁袋当作信纸，写的一封"空中情书"。

"姑娘：

你好！我知道突然写这样一封信给你有些鲁莽，但我想人总会有那么一两个瞬间会空白，做出一些疯狂的事来。在上飞机的时候第一眼看到你，我承认我的眼神没有敢在你的脸上稍作停留。怕你觉得奇怪，想我是个坏人。在你迎面向我走来时，我嘴里嚼着的口香糖都处于静止状态。想简单地把我的真实情况告诉你，XX，今年28岁，喜欢游泳、健身。不抽烟，酒精过敏。无不良嗜好。山东人，长期在北京发展。我觉得总要为自己某一个心动的瞬间大胆一次！希望看到之后可以联系我。

138XXXXXXXX 我的电话号码。

（BTW，飞机有些颠簸，字体有些拙劣，望见谅！敬礼！）

内容无过多浮躁之笔，字体，倒是真挺拙劣的。但不管怎么说，能够被喜欢，总是一件让人觉得开心的事儿。很多时候，自信真的不是与生俱来，而是来自于身边人们给予的赞美与肯定。

2017年10月4日

一位14岁的男孩子，黑发碧眼，皮肤白皙。却以轮椅旅客的身份被抬进客舱。很明显这不是先天性的，是后期所致。飞过的航班那么多，见过的轮椅旅客也不计其数。只是眼前的这一幕不禁让人感动许久：当被抬到舱门口，男孩要求妈妈把他放下来："妈，你让我自己来，我能扶着座椅走过去。"转头用微小却礼貌的声音对我说："姐姐，我很快就能走到我的座位，不会影响到大家进客舱的时间。"就这样，男孩没让任何人搀扶，一个人跟跟跄跄地挪动右腿，坐到了经济舱的第一排。

同情这个词，压根就不属于他。属于他的是勇敢和掌声。

2017年12月25日

一年，说长不长，说短不短。

和你在一起的日子总是过的飞速，岂不知与你分离的日子才是度日如年的开始。

我一直纳闷，上帝怎么会如此偏心，在创造你的时候，把原本的黑白色变得五彩缤纷。善良，浪漫又事业心强。更气的是，这些优质的属性还能被你掌握得平均得体。有时候我想，或许这些是你上辈子修来的，又或许是我上辈子修的不够好，才始终无法与你的才情相配。我自知是一个思维极度跳跃的人。你能接住我的每一个梗，是我的运气。上周和若离姐喝酒，我坦白说，害怕有一天再也碰不见像喜欢你一样去喜欢的另一个人。但愿不会，不然，一辈子要有多难过。分手的这段时间，你有短讯联系过我。9月19日你发来："干吗呢？"书上说当一个人发来这三个字就说明他想你了。我在商场试衣间外看到这条短讯时激动地快跳起来，又要装作若无其事。才发现，我错了。我以为时间的流逝会把我对你的依赖一同带走，实际不然。想念就像是一壶老酒，慢慢品尝，感受只有绵香醇厚。我始终没有刻意地去忘记过你，曾看过一句话："如果想念一个人就尽情地去想念吧，因为有一天，也许你就再也不会如此地想念一个人了。"如果想念能用空气传达该有多好，能用40分钟的车程传达该有多好，如果你能感受到，该有多好。

你总是能做到相对于你的同龄人做不到的，你的难过愤世，从不见人就发泄，而是选择一个人消化。这个世界，抱怨的人很多，倾听的人却很少。你在倾听这个领域永远扮演着任劳任怨的角色。偶尔还会像个孩子一样和我撒个娇，也会像爸爸一样对我宠溺的微笑。

这些每一点单拿出来，都够吸引我一辈子了吧。

或许我们都会遇见这样一位可远观却不可亵玩的人。他的出现就是在告诉你：该努力了。但却让我们在这个懂事的年纪清楚地知道，什么叫分离后的爱屋及乌。

就好像，他习惯把外面的餐具用茶水清洗一遍，我渐渐跟从。

在食物面前，他做鱼好吃，我就爱吃鱼，鱼香肉丝不行，鱼豆腐不行。在爱情里,不是他不行。

没关系,长大总是要经历这些事与愿违的结果。后来会发现,喜欢的最高境界,并不是占为己有,而是深情却不纠缠。

知道和他呼吸同一座城市的空气,知道未来某一天会见面,会笑,会哭,会感动,就够了。

或者足够幸运的话,是努力奔跑后,以义不容辞的姿态站在他的面前。

骄傲地说:"我知道你很好啊,但我也不差。"

感谢你的出现,让我确信了留在北京的意义。

写给K君:希望你在不断选择的道路上,能够清醒地活着。希望你的快乐比烦恼多。幸福指数直线上升。希望你过的不会太辛苦。希望你会永远记得我。

圣诞快乐。

想你。

每翻阅一次记录本,都能深刻感受到当时一笔一画写下的心情。不同的字迹,是不同阶段的象征。

那就一直走下去吧,反正山高水长,总有一天会为自己拍手叫好不是吗?

大学毕业后,顾一斟酌很久,一直犹豫未定是去国外读书还是报考MBA。工作后,每当遇到难题,顾一依然会思索,是继续工作,还是先充电?

真正敲醒她的,是清华园的一次漫步。

"学无止境"这个词用在清华园这样一所最高学府里是再好不过的,走进学校扑面而来的是浓郁的具有活力且奋进的味道。

即便是凡夫俗子,迈进这所大门,都会被氛围感染得谈吐儒雅。

如果你想知道为了未来拼命努力到底是什么样子,请来清华转转。在林间小路随便看到戴着耳机竞走的年轻人,千万不要以为人家在听相声儿,是为了考专八一遍又一遍听单词与对话。

图书馆里的俊男靓女对着电脑一看就是整整一天,别以为是在刷剧打游戏,人家是在撰写论文或编写程序。

正所谓环境塑造一个人,这就是为什么重点班级的10个学生,其中2个是差劲的,看着其他8个人的努力也会着急跟着上进。相反,若是8个差劲的学生,剩余2个优秀的学生也会随波逐流放弃自己。

这里的每一个人都在为梦想努力奔跑,顾一没有理由再度胆怯。虽说不是一级学府毕业,可勇气,向来与学识无关。

迈出清华园,顾一觉得自己应当休息一下,不要再埋头苦干,拼命耕耘,应当思考一下,继续学习,这样才能看得更远,飞得更高。

回公司递交辞职信的路上,顾一脑子里闪现出这些年飞行以及进入服质部以来的种种回忆，不由眼睛发酸。

从一名新乘到乘务长，增加的不仅是物质基础，更多的是自信、独立与思考。不再会因为一件小事慌张，而是想好处置得当的方案。年轻，最不怕的就是犯错误。错误犯的越大越好，这样就可以找到解决方式快速成长。栽跟头要趁早。4岁栽的跟头远比40岁强得多。

当然，这一路要感谢很多真心待我们以及素未谋面给予我们力量的人们。

没有丁迈兮，就不会有与这个职业结缘的机会。

没有秦淮，就不会有培训时期被照顾的画面重现。

没有李若离，就不会有在客舱里游刃有余的状态。

没有刘可，就不会有在办公室政治体系下成长的促进。

没有孔浩，就不会有今天内心丰富充实而温暖的顾一。

没有飞机上的一段真实感人的求婚，就不会对爱情仍存期望。

没有客舱里陌生奶奶递来的煮熟的笨鸡蛋，就不会觉得人心如此温暖。

没有小女孩儿送来的圆珠笔画，就不会贪恋天真无邪的美好。

世间的一切都是美好，只要你愿意去发现生活中的美。

顾一幻想过很多次递交辞职信时的心态与场景：

1. 披星戴月,生活不规律,头发掉的都快走出三界外了,索性当尼姑算了。不不不,我还没有嫁人,得留一束及腰的长发,告知未来老公顾一并非是男人。故此辞职,望领导批准。

2. 极个别旅客,百年不遇,抠完脚也不忘把不满带进客舱向乘务员发泄,更过分的是还把爸妈揣兜里带了上来,一个不顺眼就你他妈的。小女子自有尊严与抱负,这类爷伺候不起。故此辞职,望领导批准。

3. 公司机组餐太养人,一不小心胖了六斤,故此辞职,望领导批准。

而真正递交辞职信的这一刻,内心充盈着感激。

"如果没有公司的栽培,就不会有此刻的顾一。缘分始于招聘通告,真正意义上却未曾结束于此。人生的每一个阶段,会遇见不同的事物,让我们不断探索前行。好与不好都隶属于自己。好是我的德,坏是我的业,就算是遇见极个别找我们麻烦的旅客,又何尝不是提高心境的修行呢?在路上。陶渊明说,羁鸟恋旧林,池鱼思故渊。感恩领导的一路关照,在此别过,江湖有缘再见。"

"顾一,接下来有什么打算?"温总接过辞职信问。

"想先把工作放放,进修一段时间。"

的确,在对现状感到平淡时,倒不如停止脚步,换一种心情去面对生活。

"顾一,你是个难得的人才,好学、上进、肯吃苦,我理解你的想法,但希望你能再考虑一下。"温总舍不得这么好的属下,希望顾一能冷静一下。

顾一走出大楼,依然是阳光普照的大地。呢喃着时钟的秒针声音。旋律永存,青春向前。

头上这一抹阳光格外温柔,照在顾一的脸上,像是镀上了一层金,实际是阅历的积累与经验。空气弥漫着一股子甜味儿,忍不住让人摊开双臂多呼吸几口。大楼里的一切井然有序,好似与刚来的时候并无不同,时不时听到各套组拉着行李箱踩着高跟鞋进场的声音。在这里走过了数个春夏秋冬,唯独有这个季节的今天,最令顾一难以释怀。

相遇若是老天安排的一场仪式感,那分离的仪式感,便由自己选择。

早些天逛街买好了分别的礼物,准备在离开这天送给他们。顾一迟迟不舍得离开,也是因为他们,但人生终究是自己过,无人能替代。

秦淮在公司算是如鱼得水了,近阶段还在考地面理论教员。没想到,这个每天看起来嘻嘻哈哈不务正业的男孩子,也有被叫老师的一天。除了在体能训练方面超出一般人以外,游戏也不甘示弱。英雄联盟,"王者农药",段位高的直被小学生喊爸爸。顾一也劝过几次，少熬夜玩游戏，又不能赢房子赢跑车，真不知道在卖力什么。有时候甚至找队友打到半夜两点，睡两个半小时再起床飞航班，这游戏简直比世界杯都有毒，算是遇着对手了。好吧，男生的观念理解不了。随他们去吧，作为朋友，只负责起给予建议与意见的作用。但友情也少不了口是心非。

上个月中旬，秦淮发了一条朋友圈，配图是心仪已久的有线机械键盘鼠标套装。顾一复制下图片，淘宝一搜，这货真是疯了！一套键盘四千多，什么键盘啊，金子做的啊！家里开矿啊买这个！内心一顿抱怨谩骂，手指却没忍住下了单。

于秦淮这么多年的关照而言，四千多真的不算什么。温暖无价，无私更是宝贵。

键盘的下面压着一封欠了秦淮好久的信：

"秦老二，你心心念念的键盘套装在此！怎么样，这会儿感动得快叫爷爷了吧？哈哈，别激动别哭，男儿有泪不轻弹。咳咳，一直没有和你提起我要离开，最怕你们组个局弄的挥手洒泪怪伤感的。我受不了分离的场面，所以才没有当面和你们说。谢谢你这么多年的不离不弃，坦白说做恋人我不配，做朋友我的资格也欠缺了些。幸好的是，有情人终成眷属，一次和迈今喝完酒彼此微醺的状态下，听她略微提起过和你的往事，分离后再度相遇，莫大的缘分也不过如此。我必须很认真负责任地告诉你，迈兮是个好姑娘，她口中的你也是个坦诚重情义的男人。其余的我就不多说了，你自行领悟。

谢谢你用你的名额换来我身处北京，谢谢你不求回报的体现着英雄本色。

愿你

前程似锦，万事胜意。"

或许我们身边都存在着这样一个人，"不求结果，不求同行，不求你爱我，只求在最美好的年华，遇见你。"而我们所能做的却是极少，那就愿你永远健康平安。

和迈兮在服质部共事以来，顾一观察到这个并不文艺的小青年，倒是酷爱那些文艺气息超浓的帆布包。顾一在南锣鼓巷挑选很久后选中了一个有着简单的白色向日葵图案的帆布包，向日葵寓意着信念、光辉以及沉默的爱。它没有百合洁白无瑕，却比百合阳光明敞，坦荡向荣。更是对梦想与生活的热爱。这些无不是顾一想对迈兮说的。

包里面的这封信没有太多矫情的话语，毕竟，那些腻歪的话在数个深夜伴着红酒都感叹过了：

"我的兮，和你矫情多了，突然不知道说什么好，真讨厌。我要离开了，刚交了辞职信，今天也不是愚人节。不知道你会不会被这个'惊喜'吓到，如果吓到的话，你就心里骂我几句，让我耳根发热感受一下隔空被骂的酸爽。想对你说的感谢，实在太多，估计写到手残都描述不完。所有的感谢归在我以旅客身份在航班上和你相遇，你的善良，你的热情，是老天对我的善待，它把你带到我的身边，成为我的密友。谢谢你没有因为我的玻璃心而丢弃我，没有在我误会你的某一个深夜难过而放弃这段友情。谢谢你的包容，让我可以在这段友情里活得肆无忌惮。对于感情，切记要跟随内心的想法，别辜负了再相遇，更别辜负自己的心和他人对你的期待。愿你幸福，期限：一辈子。"

顾一始终没有把秦淮用名额换来她留在北京的事讲给丁迈兮听。有些故事，就这样烂在肚子里吧，越深越好。有些隐瞒，是因为说出来并不能有任何实质性的改观，不说才是成年人应做到的体面，于大家而言。迈兮，无论我在哪里，过得好与不好，都希望你能被温柔以待。

若离姐，是师傅更是亲人。从带飞完第一年冬天顾一亲手织一条围脖送给她，到接下来的每一年特别的节日，都会送给若离姐不同的精致礼物，当然，也会得到若离姐精心准备的回赠礼物。若离姐和迈兮存在于顾一生命里的意义不同。迈兮是共同探索新鲜事物的朋友，若离姐则是在每一个迷茫时期给予"一棒喝"敲醒顾一使之清醒的老师。像家长一样，在顾一数个哭笑的时刻，陪在身边。若离姐无疑是成熟女人的典范。一打TF口红，作为分别礼物再好不过。

信里内容，恨不得把所有情感包裹进去：

"若离姐，如果用最好的比喻，对你的爱，便像是约拿单对大卫那样。带飞我的时候对你说过最多的话就是：遇见我，你辛苦了。其实心里想的是，你偷着乐吧。

这一乐，就是两年多。

两年多可能还不够去了解一个人，毕竟十年我也没学好数学，语文作文却写到在考场里哭的钢笔字迹被泪淹没，不夸张地说，于你，我是后者。

那些同事之间勾心斗角尔虞我诈是说给写字楼里的白领说的，谢谢你让我感受到这个圈子的一股清流。

还有过去一年在爱情中我的期待、喜悦、失落、纠结、反复、放手，你都悄悄陪我度过。我依然会把那段属于我们三个人买菜做饭啃螃蟹，大笑畅谈微醺的夜晚写在创可贴上，贴在内心深处最隐秘的位置。而后用力地生活。

在师徒与友谊的这条平行道上，你一直付出比我多，摸摸头是你对我最多的回应。

我喜欢的小玩意儿你都会偷偷买给我，就这样无私为大私地陪伴在我身边。

到底是怎样的缘分，让我从深圳到北京，从北京到这个航空公司，那么多优秀的乘务教员，偏偏你成了我的师傅，又成为坦然踏实的家人。

突然想起一段话：'世界上有那么多城市，城市里有那么多酒馆，你却偏偏走进了我这一间。'这是形容爱情的，虽说有点词不达意，但不变的是对缘分的向往。

我一直想过一种生活：大概是有落地窗，一只猫，摇椅，榻榻米。早九晚五又能浪迹天涯，偶尔知己三两聚。希望70岁的时候我们还能坐在榻榻米上嗑瓜子，聊起当年你带飞我，被我气到口腔溃疡吃不下饭的日子。

谢谢你，我的幸运女神，我的女王大人，我将来孩子她大姨。

愿你能活成别人向往的模样，如果不能，就活成自己喜欢的模样。"

身边有这样一些感情上的军师，生活中的导师，在北京的一切才显得没有那么艰难。只要有她们在，总能熬过去。累到想哭的时候，一顿火锅两瓶江小白就过去了。虽然心烦的事不会改变多少，但有拥抱就能减压轻松。在家靠父母，出门靠朋友。这话一点不掺假。朋友，真的很重要，是最后可以给你力量的人。

谢谢你们，因为有你们，回忆溢满了北京城，因为有你们，顾一才会无所畏惧地往下走，不问结果只求过程，不负青春。

眼前的顾一，一身西装，短窄的裙下两条修长匀称的漫画腿，头顶一束活力四射的马尾辫，走起路来不禁左右摇晃，好似在为顾一的MBA面试挥手喊着加油。

又是一段新的旅程,一个阶段的新起点。不变的是,即将在这座城市迎来的数个未知。

没关系,人生就是在充满未知数中不断前行的。没有计算公式,只有波谲云诡与迎来送往。

拿着简历低头默背着准备了几晚考官可能问到问题的答案,一瓶可乐出现在胸前。

这年头,流氓都对自己爱喝可乐的喜好了如指掌?顾一想。

等等,这块手表有点眼熟,手更是熟悉不过。还有坐在身边的温度,是他。

"好久不见。"这位先生淡淡地笑着抿了下嘴。

"好久……不见。"

两人对视一笑,没有过多言语,就很懂彼此。那抹灭不了的,是坦诚相待过的真心。

窗外的阳光折射到泛着白的瓷砖地面上,一切显得安静,正因为饱经霜雪与世故,顾一才会有力量去拥抱自己想要的。

感恩你们!

感谢北京。

14

关于"这本书"

一本以航空公司为背景的职场指南通过小说的形式展现出来,是我为自己设定在30岁之前所要完成的人生愿望清单之一。感谢生命中所有的恰巧,不断历经与不断前行,让我能够在二十出头这样的年纪,做我想做。

能够写书的人,身份多半光鲜,文学家、企业家、旅行家……而我初出茅庐,没有任何"标签"。

一个很巧合的机会,我与孟斌先生相识,在他的鼓励下,我们开始写作这本小说。这本小说,是我和孟斌先生共同努力的成果,没有他的帮助,光凭我一个人也完不成这本小说。可以说,他是这本小说共同的创作者。

用了三年的时间准备,打造。而真正敲下键盘的那一刻,是在一个冬末春初的安谧夜晚，喝了两杯红酒微醺状态后。就这样开始了和他们的长跑。渐渐地，这场马拉松竟成了我一年之久的习惯。然而，在敲完最后一个回车键和他们分道扬镳时，我喝了一瓶儿红酒，大哭一场。

大到构思情节，小到人物名字，无一不是左思右想，考虑再三。我不希望这是一本不具有专业性、全靠编造故事吸引大众眼球的流水账。而是一本带着年轻人体验不同职场力争上游的读物。

我必须得承认，在写作这个领域，我与孟斌先生功力尚浅，但这并不影响我们向优秀的前辈们看齐。

于是三年以来，用文字记录下来的数个温暖时刻，就这样，以小说的形式与你们见面了。

女主人公"顾一"替我在书中完成了很多我曾想却未敢完成的事。她就像跨越时空的另一个我，更加明确心之所想，勇敢且坦荡地活着。

顾一，一生安定无忧，一生简单快活。是我自私赋予她名字的意义。如果她在小说中稍有鲁莽，还请你们多关照。

书中每一个人物的结局，都是未完待续的开始。哪怕是极少出现的角色，也在过着属于他们一日三餐的生活。我们不必太过问结果如何，请给他们自由成长的空间，相信未来的他们，不会让你失望。

顾一，谢谢你让我用三年的时间去挖掘你，一年的时间去塑造你，初次与你握手的那个夜晚，便注定了日后的朝夕相处。愿你无论处于人生的什么阶段，都能够保持初心，日行一善，认真愉悦地活着。愿你把握好运气，将它浪费在所有让你变得更好的事物上。愿你不断感恩，哪怕是帮你搭把手放行李的陌生人。愿你的生活像一份雕刻好的艺术品，不卑不亢地展现在大家面前。愿你成为自己的人生赢家，拥有选择爱与被爱的权利。

孔浩，秦淮，丁迈兮，李若离，琴子……谢谢你们一直以来对顾一的关照与陪伴。来日方长，我们江湖再见。

暂且真的要说再见了，我也该松口气给自己一个假期了。

想了很久，什么名字才与这本航空职场指南相匹配，最后定为《青春航班进行时》，希望执行每一次航班的伙伴以及乘坐每一次航班的旅客都能起落安妥。

希望我们的青春如同航班一样，直冲云霄。

还有一句话要送给亲爱的读者：我们都能够飞过山川河流，遇见未知的自己，还望有趣的灵魂常相聚。

能挤进你们的闲暇时光里，是我的荣幸。

最后要感谢那些为了这本小说付出努力的所有人，尤其是这本书的编辑舒敏老师，没有她的慧眼和不懈努力，这本小说很可能还静静躺在电脑硬盘里，在此真心向她表示感谢！

谢波